書下ろし

この歌をあなたへ

大門剛明

祥伝社文庫

目次

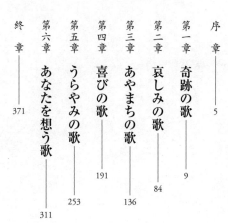

序 章

電車に乗ると、つり革につかまった。

体が揺れるのを感じながら、俺は車内にいる人々に目をやった。

揃《そろ》いのコートに身を包んだ若いカップル、子ども連れの家族などで、車内は混みあっている。行き先はきっとみんな同じだろう。

南町《みなみまち》クリスマスフェスタ。

この地域で毎年開催されているイベントだ。会場には、寒さにかかわらず多くの人が詰めかける。午後五時四十四分。きっともう、会場は人でいっぱいなのだろう。初雪が降るかと昼過ぎまで心配していたが、車窓から見える空には一番星が光っている。

「……どうぞ」

目の前の座席から声をかけられているのに気づいた。

「お兄さん、ここ、よかったら座って」

荷物を持って立ち上がったのは、ふくよかな初老の女性だ。

「あ、いえ」

落ち着いて座る気分でもなかったが、人懐っこい笑みが向けられている。少しだけ母に似ている気がした。

「遠慮しなくてもいいんですよ。もう次の駅で降りますから」

仕方なく頭を下げて座席に腰かけると、女性は満足そうに降りていった。少々おせっかいだが優しい人だ。

駅に着いた。

大勢の人がいっせいに押し出される。流れに呑《の》み込まれるようにして改札口を出た。目に飛び込んできたのは光のトンネルだ。街路樹が美しく彩《いろど》られ、イルミネーションが人々をイベント会場へといざなっている。俺はパーカーのフードをかぶり両手をポケットに突っ込むと、行きかう幸せな人々の群れに紛れ込む。

公園には人がいっぱいだった。

中央のステージでは演奏が絶え間なく続き、会場内にはホットワインやフランクフルトの屋台が軒を連ねている。ハンドベルの発表を終えた子どもたちを、大人たちが笑顔で迎えている。誰も彼もみな、幸せそうだ。

鐘撞台《かねつきだい》のところで若い女性が一人、時計を見上げている。彼女をしばらく見つめているとステージの方で黄色い歓声が上がり、そちらを向く。イベントの目玉の特別ゲストが登場したようだ。警備スタッフと押し合うように若い女の子たちが詰めかける。声援が飛ぶ中、ボーカルが歌い始めた。

苦しいときこそ、笑おうよ。

あなたがいるから強くなれる。

どんな苦しみがあっても立ち上がろう。みんなで手を取り合って……。

明るく能天気なメロディだ。

彼らがこのステージに立つまで、どんな人生を送っていたのかは知らない。生きるか死ぬかのどん底に追い込まれ、そこから這《は》い上がろうとして生まれた曲なのかもしれない。彼らの音楽に勇気づけられる人もいるだろう。だが俺の心に湧き上がってきたのは別の感情だ。

みんな死ねばいい。

目に映るもの、全てが別世界のようだ。俺だけが置き去りになっている。そう思うと、どす黒い感情が俺を包み込んでいく。

どうしてこうなってしまったんだろうな。

少し前までは、誰も憎まないように必死に生きてきた。だがどんなに耐えて努力しても報われない。ずっと心の奥に眠らせてきた本当の思いに、俺は気づいてしまった。

こんな社会、壊れてしまえばいい。

そう思いながら、顔を上げた。

苦しいときこそ、笑おうよ。

スポットライトに照らされたボーカルは、冬だというのに汗だくで熱唱していた。

そうだな。俺も笑うよ。

笑って、笑って、この社会をぶち壊してから死んでやる。

いじめ撲滅のポスターを引きはがすと、破り捨てて微笑《ほほえ》んだ。すれ違った女子大生たちが唖然《あぜん》として俺の方を振り返る。構いやしない。

死ね、うぜえんだよ。

俺はポケットに手を突っ込み、忍ばせたナイフをぐっと握りしめた。

第一章　奇跡の歌

1

海の見えるテラスから柔らかな光が差しこむ。

宮坂蒼衣《みやさかあおい》は人々のおしゃべりと司会のアナウンスを邪魔しないよう、そっと小さな音でピアノを奏でていた。

友人が淡いピンク色のバラを一本、新郎に手渡す。

他のゲストたちもそれに続く。たくさんのバラは一つに束ねられてブーケとなった。それを新婦に差し出しながら、新郎は二度目のプロポーズをした。

「おめでとう」

カメラのフラッシュとともに、盛大な拍手と歓声が湧き起こる。

純白のドレスに身を包んだ花嫁は、前任校で同僚だった友人だ。新郎も教員。この業界にありがちな教員同士のカップルだ。二人は教育学部の学生時代から付き合っていて、三十手前でようやく結婚する運びとなった。いつになったらプロポーズしてくれるのかという愚痴に散々付き合った身としては、幸せそうな花嫁を見てほっとしている。

蒼衣はピアノの演奏を終えて席へ戻る。

気候の良い季節だからか、毎週のように結婚式や二次会の予定が続く。二十九歳になって友人たちは結婚ラッシュだ。

「ピアノ、お疲れさま。素敵だったよ」

友人たちから、すっかり慣れたものだねと褒められた。

「そんなことないよ。すごく緊張するんだから」

「そうなの？　まるでプロみたいだよ。私の式のときもよろしくね」

また予約が入ってしまった。ため息をつきつつ、冷めてしまった料理に手をつけ始める。せっかくのフルコースなのに、これでは出番が終わるまで味を感じることもできそうにない。

「最近ほんとにご祝儀貧乏だよね。蒼衣、私たちもこの波に乗って絶対結婚しよう」

「う、うん」

口をもごもごさせながら、気迫に押されるように首を縦に振った。

「同業者は嫌だとか言っている場合じゃないわよ。いい出会い、引き寄せなきゃ。一緒に婚活頑張ろうね」

言葉を濁しつつ、ワインを流し込んだ。

ふと正面の視線に気づく。なぜだかさっきから見られている気がする。意味深な笑みを浮かべる彼女は現在、妊娠五か月で来月挙式だ。目が合うと、待っていたと言わんばかりに口を開いた。

「蒼衣、最近いいことあったんじゃないの」

「え？」

「彼氏できたとか」

「ええっ」

友人たちのざわめきとともに視線が集まった。

「本当なの？　蒼衣」

まだ黙っていたかったのに、どうしてわかったのだろう。

「……まだ付き合い始めたばかりだけど」

「やっぱり。何だか余裕あるなって思ったのよね」

「ちょっと、蒼衣！　いつの間にそんなことになってるの。前に会ったとき、今度お見合いパーティー一緒に行こうって約束したじゃない」

「どこで出会ったの？　ねえ、どんな人なの」

集中攻撃のような質問に変な汗が出てきた。長年浮いた話がなかっただけに、友人たちの食いつきが尋常ではない。

「ちゃんと続くかどうか、まだわからないんだからね」

蒼衣は照れながら話し始める。

春休みになったばかりの三月下旬、蒼衣の勤務先に出入りしている学校歯科医の息子さんを紹介してもらうことになった。お見合いじゃないから気楽にね、と言われたが、待ち合わせ場所は高級ホテルのレストラン。相手はビシッとスーツに身を固めていて、思いきりお見合いですと言わんばかりのシチュエーションだった。

「その人の写真とかあるの？」

一応、と蒼衣はうなずく。

「ちょっと、見せて見せて」

スマホに写真を表示すると、すぐに奪い取られ、次から次へと回されていった。

「うわ、なにこれ、格好《かっこう》いいんだけど」

「さわやかで優しそう」

結婚式の余興そっちのけで盛り上がっている。

「学校歯科医の息子ってことは、もしかして彼も歯医者？」

「……あたり」

「すごい！　保健の先生と歯医者さんなんてピッタリって感じ」

彼の名前は富岡航介《とみおかこうすけ》という。

年齢は二つ上の三十一。今は大学病院の口腔《こうくう》外科に勤めているが、いずれは父親の歯科医院を継ぐのだそうだ。

「ずっと彼氏なしで、のんびりしていたのに……。彼に友達紹介してほしいって言っておいてよね」

おかしな汗をかきつつ、ようやく手元に戻ってきたスマホをテーブルに置く。

学生時代に恋人はいたが、他に好きな人ができたといって突然振られた。それ以降、臆《おく》病《びょう》になってしまい、恋愛からは遠ざかっていた。

「付き合い始めだなんていいな。一番楽しいときでしょ？」

「どうかなあ。彼は土日も仕事あるし、私も新学期が始まっちゃったから余裕なくて。まだそんなに何回も会ってないんだよ」

「大丈夫、心配しなくても絶対上手くいくって。出会ってすぐに付き合おうってなったんでしょ。親にも気に入られているんだから結婚だってすぐかもよ」

「蒼衣、おめでとう」

まだどうなるかわからないって言っているのに。みんな気が早すぎる。恥ずかしくて何とかして話をそらせないものか機をうかがっていると、天井からスクリーンがゆっくりと降りてきた。

「ほら見て。生い立ちビデオが始まるみたいだよ」

大袈裟《おおげさ》に反応してみせると、友人たちは慌ててデザートを口に運び始めた。

照明が暗くなり、披露宴はいよいよクライマックスだ。新郎新婦の可愛《かわい》らしい子ども時代、学生時代……と写真が次々に映し出され、彼らが歩んできた人生に思いをはせる。新婦が両親への手紙を読み上げると、あちこちから洟《はな》をすする音が聞こえ、友人たちはハンカチを目元に当てた。

「いいお式だったねえ」

結婚式は感動とともに無事に終わった。

「蒼衣は一度家へ帰る？」

「うん。靴を履き替えたいから出直すよ」

家へ帰らない子たちは、二次会の時間までお茶をして時間をつぶすそうだ。

「そうなの。じゃあ、また後でね」

手を振り、友人たちと別れた。蒼衣は引き出物が入った重たい紙袋を手に提《さ》げ、電車に乗った。

座席に座って、ふう、と一息つく。

これまで友人の結婚式は複雑な心境だった。きれいな花嫁姿に感動する一方、取り残されていくような虚《むな》しさもあったからだ。

蒼衣は足元を見る。今日のために新調した靴だ。いつもハイヒールなんて履かないから、靴擦《くつず》れして血がにじんでいる。でも、その痛みが気にならないくらい気分は高揚していた。

もうすぐ自分も、結婚できるかもしれない。

友人たちに富岡のことを打ちあけたら、一気に現実味を帯びてきた感じがする。

素敵なドレスを着て、みんなに祝福される。神社で着物の挙式もいいかもしれない。ハネムーンはどこへ行こうかな。妄想が止まらない。

神様、お願いします。どうか富岡さんと、このまま上手くいきますように。

駅の改札を出たところでパーティーバッグの中のスマホが震えた。表示を見て驚く。富岡からの着信だ。忙しくても律義に毎日ＬＩＮＥを送ってくれるが、電話なんて珍しい。

紙袋を下に置き、慌ててスマホをタップした。

「もしもし。富岡さん？」

周りに人はいなくて静かだ。ちゃんと声が聞きとれる。

「蒼衣さん、今日、友達の結婚式だったよね」

電話越しの富岡の声に、胸が高鳴る。

「そろそろ終わった頃かなって。こっちも仕事が早く終わったんです。場所も近いし、もし二次会まで時間があったら会いたいと思って」

もう半月くらい顔を合わせていない。少しでも会えたらと電話してくれたのだろう。

「ごめんなさい。一度、家まで帰ることにしたから、会場を離れてしまっていて」

残念だけど会えそうもないのだと伝える。

「そっか。こっちこそ急にごめんね」

「すみません」

せっかくだったのにタイミングが悪い。

「気にしないで。きれいな格好しているのが見たかっただけだから」

「え……」

とっさに言葉を返せなかった。

「蒼衣さんって、いつも落ち着いた服装でしょう？　いや、僕はいいと思うんです。派手な感じよりいいですよ」

「はあ」

富岡と会うときは、自分なりにおしゃれを頑張っているつもりなのだが。落ち着いた服って地味ってことかな。今着ているのも無難な黒のワンピースだ。

「いきなり電話してびっくりさせちゃったね」

「そんなことないです。いつでもどうぞ」

「ほんとに？　蒼衣さん、電話は苦手なのかと思っていました」

確かに電話で話すのは得意ではないかもしれない。顔が見えないと、なぜだか緊張してしまう。

「いや、実はね。こないだ職場の後輩に、今どきのコミュニケーションはＳＮＳが基本だって説教されたんです」

「へえ」

「その後輩は何度電話かけても絶対に出ないんです。しつこくかけると、何ですかってＬＩＮＥが来る。すぐ電話してもやっぱり返事はＬＩＮＥ。意地でも電話に出たくないみたいで。おいおいコミュ障かって、つっこみたくなっちゃうよ」

富岡が笑うので、合わせるように笑った。

内心は、他人事《ひとごと》とは思えず笑えなかったのだが……。

「二次会、楽しんできて」

「はい」

「じゃあまた」

通話が切れた。蒼衣はスマホを手にしたまま息を吐き出す。

あのまま会場の近くにいたら、富岡に会えたのにな。せっかくの電話も、上手くしゃべれなかった。靴擦れの痛みが、じんじんと復活してくる。しばらく悶々《もんもん》としながら歩き続けた。

歩道橋を渡り、いつの間にか一人暮らしのアパートに着いていた。

重たい荷物を下ろして靴を脱ぐとベッドに倒れ込む。うつ伏せのままじっとしていると、そのまま寝てしまいそうだった。寝っ転がったままスマホを取り出す。富岡とのメッセージのやり取りを表示して、出会った日までさかのぼっていった。心配しなくても、ちゃんと順調だ。

——結婚だってすぐかもよ。

友人の言葉を噛《か》みしめるように、頭の中でなぞる。みんな、富岡のことを褒めてくれたし、うらやましがっていた。正式なお見合いではないとはいえ、それは建前。年齢的にも結婚前提の付き合いだとわかっているが、今のところ、たまにしか会えていないし、積極的な素振りはない。きっと、交際に慣れていない蒼衣を気遣ってくれているのだ。

「あーあ」

蒼衣はセットした髪が崩れないよう気をつけつつ、ごろんと横向きになった。いったん寝転ぶと、二次会へ出かけるのがおっくうになってきた。

富岡が自分のどこを気に入ってくれたのかはわからないが、嫌われないように頑張るしかない。これを逃したら、二度とチャンスがないかもしれないのだから。

大丈夫、きっと上手くいく。

絶対に幸せになるんだと、蒼衣は自分に言い聞かせた。

翌朝、蒼衣はいつものように急な坂道を車で登っていった。

小高い丘の上。駐車場に停めた車から降りると、思いきり伸びをする。

見上げると、新緑の青もみじが切子細工のようだ。その隙間《すきま》から青空と古い時計台が見える。校舎は時代とともに鉄筋コンクリートに建て替えられたが、講堂だけは木造のままだ。時計台は歴史的に貴重なものらしく、学校のシンボルとして長年愛されている。ここが私の勤める県立南《みなみ》星《ぼし》小学校だ。

一学年一クラスの小規模校。子どもの顔も全員覚えられるし、職員の数も多くない。アットホームな雰囲気が気に入っている。

「蒼衣先生、おはようさん」

男性の声に振り返る。用務員さんだ。年中、麦わら帽子をかぶり、朝早くから学校周りの掃除をしてくれている。

「おはようございます」

用務員さんは前任校でも一緒に働いていたので、三年前にこの学校へ異動してきたとき、知りあいがいて驚いた。失敗ばかりの新人時代をよく知っている人だ。二校目ともなると一人前に見られてしまうので気負っていたが、用務員さんのおかげで肩の力を抜くことができて助かっている。

「今週も始まっちゃったね」

「はい。また一週間、頑張りましょう」

職員玄関を通り、職員室へ入る。

蒼衣は自分の席に荷物を置くと、用務員さんが淹《い》れてくれたお茶を立ったまま一口すすった。キーボックスから鍵を取ると保健室へ向かう。

扉と窓を全開にすると、気持ちのいい風が通り抜けていった。

保健室から外に出ると運動場だ。ランドセルを背負った子どもたちが登校してくる。大きな声で朝の挨拶《あいさつ》をかわしていくうちに眠気が吹き飛んでいった。

蒼衣は七年目の養護教諭。一般の人に養護教諭だと言うと、たいてい養護学校の先生だと勘違いされる。養護学校は特別支援学校という名前になったが、今でも知らない人は多い。最近はいちいち説明するのが面倒なので、初めから保健室の先生ですと言うようにしている。

「それでは打ち合わせを始めます」

職員室に戻ると全員で朝の挨拶をした。教務主任がいつものように取り回しをしていくが、今日はみんなそわそわしている。

最後に教頭から話があった。

「六年の山城蓮《やましろれん》ですが、前からお伝えしていたとおり、本日の授業後にテレビ局の取材が来ます。他の児童の活動に支障が出ないようご配慮をお願いいたします」

職員たちは小さくざわめいた。自分たちが取材を受けるわけでもないのに、テレビの取材というだけで興奮している。蒼衣は六年担任の河村梨乃《かわむらりの》をちらりと見る。気合の入った服装だ。

チャイムが鳴って担任たちは教室へと出ていった。蒼衣を含め、〝0学年《ゼロ》〟と呼ばれる担任をもたない職員たちも、それぞれの持ち場へ向かう。

今日は洗濯日和《びより》だ。蒼衣は保健室のタオルやシーツを洗濯機へ放り込む。欠席調べの集計を済ませると、職員室に再び出向き、ホワイトボードに人数を書きこんでいった。気候がいいからか、お休みの子は少ないようだ。

ようやく人心地ついてコーヒーをカップへ注ぐ。いい香りだ。

「蒼衣先生。ほら、お客さんが来ているよ」

用務員さんが職員室の後ろの扉を指さしている。一年生の女の子だ。大きい声で呼べなくて、もじもじしている。

「いつも休憩しようとすると呼ばれちゃうね」

「ええ、ほんとに。どこかから見られているようなタイミングなんですよね」

慌ててカップを置くと、蒼衣は女の子の方へ近づいていく。

「おまたせ。どうしたの」

しゃがんで目線を合わせる。

「あのね。先生、ここ」

小さな指先をよく見ると、うっすらと切り傷があった。蒼衣は微笑《ほほえ》む。

「切っちゃったので手当てしてください、だね」

女の子はうなずくと、蒼衣の言葉をまねしてくり返す。

「はい。これで大丈夫よ」

「ありがとう」

保健室へ移動して絆創膏《ばんそうこう》をはってやると、笑顔で教室に戻っていった。こんな小さな傷、なめとけば治る。でも、あの子はかまってほしくて来ているのだ。下の弟が生まればかりなのだと担任から聞いている。

入れかわるように風邪《かぜ》気味の子がやってきた。調理実習でやけどをした子も来る。休み時間になると、運動場で転んだ子が立て続けにやってきて、これといって用がなさそうな子どもたちも周りをちょろちょろし始めた。みんな一斉に話しかけてくるものだから、体が一つではとても足りない。あたふたと全員の手当てを終えて、ようやく保健室から子どもがいなくなった。

やれやれと一息ついて、洗濯物を干そうかと思ったところで内線が鳴った。職員室からだ。

「一年生のクラスが呼んでいますけど、宮坂先生、今行けそうですか」

すぐ行きます、と言って教室へ向かう。

蒼衣が来たことに気づいて、担任が廊下へ出てきて耳打ちする。

「ごめんね。なんか後ろの方で臭うんだけど誰なのかわからなくて」

ああ、あれか。蒼衣は心の中で覚悟を決めた。

「他の子はまだ気づいていないから、さりげなく探してもらえないかしら」

そっと後ろの扉を開けて中へ入ると、授業が再開した。はいはいと元気よく手を挙げる子たちの間を縫って、においを嗅《か》ぎながら警察犬のように探っていく。

「なんで蒼衣先生いるの？」

「みんなが頑張ってお勉強しているところが見たかっただけ」

「ふうん」

適当に言葉を交わしつつ見ていくと、一番後ろの席の男の子が目に留まった。心なしか顔が固まっている。後ろに回ってよく見てみると、ズボンのお尻が濡《ぬ》れていた。

見つけた。この子だ。

担任に目で合図を送ると、隣にしゃがんで小さな声で話しかけた。

「先生と行こうか」

男の子はうなずいて蒼衣の手を握る。内心はらはらしつつ、教室を出た。本人のプライドを傷つけずに連れ出せたし、他の子にもばれていないはず。ひとまず救助は成功、次のミッションはお着がえだ。お腹が緩いみたいで、なかなか手ごわい。職員用シャワー室で洗い流し、替えのパンツと体操服のズボンを穿《は》かせて、ようやく一丁上がり。お漏《も》らしだけでなく小さい子は嘔吐《おうと》することも多いので、汚物処理は日常茶飯事だ。

教室まで送って保健室へ戻ってくると、今度は五年生の女の子がソファに座っている。しくしく泣いていて何か訳がありそうだ。

「先生。私ね、受験することになったから塾へ行き始めたの」

「そうなんだ、頑張ってるんだね」

「うん。でもね、お母さんから他の習い事はやめなさいって言われちゃって。私、ダンスは好きだから続けたいのに」

ぽろぽろと大粒の涙がこぼれ落ちる。蒼衣は隣に座って、うなずきながら女の子の話を聞き続けた。

「担任の先生から、このことをお母さんに伝えてもらおうか」

「いい。自分で言えると思う」

いつの間にか、女の子は泣きやんでいた。

「先生に聞いてもらって、ちょっとすっきりした」

表情が少し明るくなったようだ。

「またいつでもお話ししてね」

蒼衣は一緒に廊下へ出ると、手を振って見送った。

保健室へやってきた子が、ほっとして帰っていく。あたたかく見守り、笑顔で教室へ送り出したい。地味なサポート役だけど、これが私の仕事。子どものためにと毎日頑張って働いている。

洗濯機の中に放置されていた洗濯物を干し終わると、ようやくパソコンを立ち上げる。保健だよりの締め切りは今日。早く仕上げなくてはと蒼衣は意気込んだ。

直後に扉をノックする音が聞こえる。

やってきたのは大きな子だった。さすがに大きすぎると思ったら、六年の担任、河村梨乃だった。

「蒼衣先輩、今いいですか」

授業がない空き時間になると、こうしてたまにやってくる。

「私も、今日のテレビの取材が憂鬱《ゆううつ》で」

「どうして？　取材を受けるのは、あなたじゃなくて蓮くんでしょ」

「そうなんです。そうなんですけど、蓮くんのお母さんに会うのが気が重くて。どうも上手く話せないんです」

「人間同士だし相性はあるからね。何か苦情でも言われたことがあるの？」

梨乃はまあ、といって口をへの字に曲げた。

彼女は三年目の教員だ。蒼衣がこの学校へ赴任したとき、新卒でやってきた。今年は六年生を受けもっている。クラスの女子がやたらと強くてボスがいるだの、研究会の代表授業をやることになってしまっただの、聞いてほしいことがあるとすぐに飛んでくる。

「私に六年の担任は、まだ早かったんですよ」

一度話が始まると長時間コースだ。

さっさと保健だよりを作りたいのにな。そう思いつつ相槌《あいづち》を打ち、話半分に聞いていると、鼻血を出した子どもがやってきた。

「あらあら、大変」

ティッシュ箱を持って慌ててみせると、梨乃は話したりなさそうだったが去っていった。子どもには悪いが天の助けだと感謝した。

正午前。

職員室へ戻るとカレーの匂いが漂っている。給食のワゴンが到着していた。

0学年の職員は職員室で給食を食べる。大人用の給食はお皿に山盛りだ。おいしくてありがたいが、成長期の子ども向けに栄養満点のハイカロリーに作られている。案の定、この仕事についてから何キロか太ってしまい、一向に瘦《や》せる気配はない。

「今日はベジタブルカレーなんですね。おいしそう」

「カレーをよそったら、福神漬けもつけてね」

　盛り付けを手伝い、用務員さんと手分けしてトレイを運ぶ。校長、教頭、教務の三役から順番に配膳するのが鉄則だ。蒼衣は給食をのせたトレイを手に、配り忘れがないように見渡す。少し離れた後ろの隅《すみ》っこに衝立《ついたて》で区切られたスペースがある。

　近づいて中をのぞくと、男性がキーボードを叩《たた》いていた。

「あの、給食できましたよ」

　彼は野川隼太《のがわはやた》という事務職員だ。

　急病で休職した人の代わりに、三か月前、臨時の職員としてやってきた。前髪が少し長く、目が隠れていて顔の印象が薄い。他の男性職員と同じく、Tシャツにジャージ。職人気質《かたぎ》というのか誰ともしゃべらず黙々と仕事をしていて暗そうな感じの人だ。

「置いといてください」

　蚊の鳴くような声が聞こえた。勝手に食べますので、ということらしい。キーボードを打つ手を止めず、こちらに目を向けもしない。最初は傷ついたが、もう慣れた。

　最後に自分のトレイを持って席に着く。

　向かい側の席に座るのは、音楽専科の木内瑠璃子《きうちるりこ》だ。クラス担任をもたずに音楽の授業だけを受けもっていて、合唱部の顧問でもある。母と同じくらいの年齢だが、彼女としゃべりながら給食を食べるのが憩いのひとときだ。

「テレビ局の人たちって何時頃に来るかしら」

「ああ。そういえば今日でしたね」

梨乃も取材のことを話していたのに、すっかり頭から消えていた。

「それにしても、蓮くんって歌が本当に上手いのよ」

瑠璃子が牛乳瓶を片手に語り始める。

「音楽の授業で歌わせても、一人だけ次元が違うというか」

今まであんな子は見たことないと絶賛した。

「蓮くんって四月に引っ越してきたばかりの子ですよね。健診で見て顔はわかるけど、保健室には来ない子だからまだよく知らなくて」

瑠璃子との話が聞こえていたのだろう。もう食べ終わったのか、用務員さんがスマホを手にやってきた。

「蓮くんが歌っている動画、再生数が百万超えたそうだよ」

ギターで弾《ひ》きながら歌う姿が映し出された。音量が小さいので上手いか下手《へた》かよくわからないが、用務員さんは自分のことのように得意げだ。

「小学生ユーチューバー〝ＬＥＮ〟として、ネットでかなりの人気になっているらしいよ」

「へえ。よくわからないけど、蓮くんってすごいんですね」

蒼衣の代わりに瑠璃子が食い入るように画面を見つめる。

「今どき歌がただ上手いってだけじゃ駄目でしょ。でも蓮くん、曲とかも作っちゃうのよ。まだ十一歳なのに。動画が更新されていくたびに登録者数がどんどん増えているんだって。私も聴いてみたんだけど、これが結構、聴かせるのよ」

専門家の瑠璃子がここまで褒めるのだから、きっと才能があるのだろう。

「蓮くんの弾き語りを生で聴けるのが楽しみだわ」

やがて給食の時間は終わり、保健室へ戻った。

それから午後も慌ただしく過ぎていき、いつの間にか放課後になった。

干しっぱなしで忘れていた洗濯物と布団《ふとん》を取りこんでいると、正面玄関の方にテレビ局の車が入ってくるのが見えた。騒ぐ職員たちをミーハーだなと冷めた目で見ていたのに、話を聞くうちに蒼衣も興味が湧いていた。今日は部活もないし、もう子どもも来ないはずだ。せっかくだから見に行ってみよう。

保健室の鍵をかけると、職員室ではなく音楽室へと向かった。

「あれ」

下校時刻はとっくに過ぎているのに、ランドセルの人だかりができている。

「ほら、おうちの人が心配するよ。みんな早く帰ろうね」

声をかけても興奮していてなかなか帰ろうとしない。子どもにとってもテレビの威力は絶大だ。困ったなと思っていると、しかめ面《つら》の教頭が階段を上ってこちらへやってくるのが見えた。現金なもので、子どもたちは慌てて帰り始める。

「ねえ先生、知ってる?」

すれ違いざま、下から腕を引っぱられた。女の子がこちらを見上げている。何やら内緒話があるようだ。かがむと、女の子は耳元でささやいた。

「音楽室に幽霊が出るんだって」

「そうなの?」

「ん、みんなそう言ってるよ。ベートーベンが絵から抜け出してくるの」

あまりにもありがちな怪奇話だったが、がっかりさせないように驚いてみせた。

「へえ、抜け出してくるんだ。すごいね」

女の子の顔がぱっと明るくなった。

「ね、すごいでしょ? 音楽室の中で歌ってるんだって」

「へえ、先生も見てみたいな」

女の子は聞いてもらって満足したようで、先生さよなら、と帰っていった。

子どもたちと入れ違うように、梨乃がテレビ局の人たちを案内しながらこちらにやってくる。見学しようと職員たちも集まってきた。

取材を邪魔しないように、廊下から見守る。前の方にいるのは蓮とその母親か。梨乃が苦手というだけあって少し威圧的な気もする。海外のセレブを思わせるワンピースに、高そうなギターのケースを手にしている。

「それではよろしくお願いします」

カメラや照明のセッティングが終わると、早速、取材が始まった。

山城蓮。

六年生にしては顔が幼く、背も低い。声変わりはまだのようだ。

「じゃあ、蓮くん、お話を聞かせてもらうよ」

ひげもじゃの記者がインタビューしていく。

「音楽を始めようと思ったきっかけは？」

「小さい頃はイタリアのボローニャに住んでいたから、歌劇に興味があったんです。でも最新のポップスやジャズなんかも好きですよ。いろんな音楽を聴いているうちに、自分でも曲が作りたいって自然に思うようになって」

受け答えがまるで大人のようだ。父親の仕事の関係で、生まれてすぐの頃から海外で暮らしていたという。まったく物おじしないのは帰国子女だからなのか。

人だかりの中、母親が満足そうに微笑んでいる。

「そうかあ。じゃあ、ＳＮＳに歌を投稿し始めたきっかけは？」

「海外に出張しているお父さんがいつでも見られるようにって、お母さんが投稿したのが最初です。でもみんなに喜んでもらえるから、自分でも更新するようになりました」

「うんうん、じゃあ早速歌を聴かせてもらってもいいかな」

「はい」

蓮は母親からギターを受けとると、弦を爪弾《つまび》き、声の調子を確かめた。

「今から歌うのは、僕が作詞作曲したオリジナルの曲です」

みんなが息をひそめて見守る中、彼は歌い始めた。

ファルセットを上手く使った甘くせつない歌声が響く。前評判は歌ばかりに集中していたが、ギターの腕前もたいしたものだ。力まず自然体で奏でているのがわかる。十一歳でバラードを作って聴かせるとは。誰もが蓮の歌に聴きほれている。

「完全にプロじゃないか」

隣で用務員さんが感心していた。瑠璃子も、ほらね、と誇らしげだ。

「親が作ってるんじゃねえよな」

冗談っぽく用務員さんが言ったが、すぐさま梨乃が否定する。

「教室でも楽譜を書いているとこ、見ましたから。すごいんですよ。口ずさみながら音符をさらさらって」

「へえ。蓮くんって、歌は誰かに教わっているのかな」

「週に三回、声楽の先生に指導を受けているそうですよ。あと、ボイストレーニングなんかも」

母親が蓮の才能に気づき、幼い頃から英才教育を施してきたそうだ。

「おうちの地下が練習室になってて、グランドピアノもあるんです。私、家庭訪問のときに見せてもらいました」

あれほど取材が憂鬱と言っていたのは誰だったのか。梨乃はうっとりするように蓮を賞賛している。

「失恋ソングなんて、おませさんだね」

「いやいや。最近の小学生は結構進んでるんですよ。これがまた……」

梨乃の話が逸《そ》れていきそうなところで歌が終わった。

ブラボーとばかりに大きな拍手が蓮に浴びせられる。母親も感極まった表情だ。

「いやあ、生で聴くとやっぱりすごいねえ。ありがとう蓮くん」

テレビ局の人たちも盛んに褒めていた。

蓮は居心地悪そうに困ったような笑みを浮かべている。そんなところは擦れてなくて、年齢相応に可愛く見える。

「それで蒼衣先生はこの子の歌、どう思った？　あなたも合唱部の一員なんだし、意見を聞かせてよ」

「私はただの手伝いですよ。音楽は素人《しろうと》なんですってば」

「何でもいいわ。感想を教えて」

瑠璃子に問われて、少し考える。蒼衣は蓮に視線をやった。

「上手い、と思います」

「そうでしょ？　いずれは有名人になるんじゃないかしら。今のうちにサインもらっておくといいかも」

梨乃が隣から口を挟んだ。

「ほんとですよね。私、担任だったって自慢できちゃう」

瑠璃子は冗談で言ったのに、梨乃は本気でサインをもらいそうだ。

蓮の取材は再びインタビューの収録に戻っていた。

仕事もあるし、いつまでも油を売っているわけにいかない。瑠璃子と梨乃は最後まで見るつもりなのだろう。蒼衣は一人、職員室へ戻ることにした。

確かに蓮には音楽の才能があると思う。みんなに注目されてテレビ局の取材が来るというのもうなずける。音程も完璧。子ども離れした高い技術もある。いずれは売れっ子アーティストになるかもしれない。

だけどどうしてだろう。蓮くん、苦しそうに見えた。好きな人に別れを告げる歌詞のせいだろうか。そんな曲を作るなんて、感動するよりも心配になってしまった。それが蒼衣の正直な感想だ。

コーヒーを飲みながら保健日誌を書き終えると、騒がしかった職員室の外は静かになっていた。瑠璃子も帰っていったし、梨乃は席に戻っている。もう取材は終わったのだろう。保健だよりは仕上げたし、今日の仕事は終わりだ。

蒼衣は楽譜を持って廊下へ出た。

日が長くなってきたとはいえ、薄暗いので電気を点《つ》ける。お祭りの後のような静けさだ。

蒼衣は誰もいない音楽室へ入ると、ピアノの前に腰かける。

今日は合唱部が休みだったが、いつもはコンクールに向けて練習に励んでいる。今年の部員は有望らしい。指導に専念したいからと顧問の瑠璃子に伴奏を頼まれてしまった。ピアノが弾けるなんて言わなければよかったと後悔しているが、もう遅い。

蒼衣は楽譜を広げ、練習を始める。

実際に子どもの歌と合わせると楽しかったが、このままではまずいと実感して焦っている。ソロで弾くのと合唱の伴奏はまったく違うのだ。子どもの歌が引き立つように呼吸を合わせ、テンポや音量を調節しなくてはならない。失敗したら足を引っ張ってしまうというプレッシャーも重くのしかかる。

ため息をつきながらも、引き受けてしまったからにはやるしかないと、こうして時間を見つけては練習している。

夢中で弾いているうちに、気づいたら窓の外は真っ暗だった。

楽譜の横に置いてあったスマホが鳴る。富岡からのLINEだ。

――おつかれさま。今度いつ会えるかな。南町の水族館にでも行かない？

蒼衣は、いいですね、ぜひと返事する。可愛いスタンプも添えておいた。

鍵盤の蓋《ふた》をそっと閉める。

椅子《いす》から立ち上がると、壁に飾られたベートーベンの肖像画が目に入った。

そういえば、今日、おかしな話を聞いたな。ベートーベンが絵の中から抜け出してくる、と言っていた。蒼衣が子どもの頃からあった噂《うわさ》だ。トイレの花子さんと並んで、全国どこの学校にでもあるだろう。どうしてこういう噂ってなくならないのか。そんなことを思いながら音楽室の鍵をかけたとき、後ろに気配を感じて振り返る。

誰かが階段を駆け下りていった気がした。

2

保健室の廊下には、視力検査を待つ子どもの列があった。

「見えにくかったら、わかりません、だよ」

遮眼子《しやがんし》で片目を隠した女の子は黙ってうなずく。

「はい、これは？」

子どもたちは出席番号順に一人ずつ、右、下、などと言いながらランドルト環の切れ目の方を指していく。横、と口では言いつつ、真っすぐ正面を指す子がいて、思わず笑ってしまった。

毎日のように健康診断の行事が目白押しだ。養護教諭にとって一学期が一番忙しい。

その日もあっという間に放課後になった。

静かになった保健室で、蒼衣は視力のデータを入力し始める。合唱部には練習の終わりがけに来てくれればいいと瑠璃子に言われている。それまでになんとか集中して入力を終わらせたい。気合を入れたところで、扉をノックする音が聞こえた。

「蒼衣先生」

やってきたのは、背の高い眼鏡《めがね》の男の子。六年生の学級委員長だ。

「こんな時間にどうしたの？　部活には入ってなかったわよね。居残りでもしているの？」

この子が保健室に来るのは珍しい。立ち上がって中へ招き入れる。

「話したいことがあるんです」

ソファに並んで座り、言葉を待った。

「僕のことじゃないんです。クラスの子がいじめられているんです」

「いじめ？」

聞き返すと、学級委員長はうなずいた。ただ事ではない表情だ。

「誰のことか話せる？」

「はい。蓮くんのことです」

「……え」

取材を受けていたときの姿が目に浮かんだ。蓮は転校してきたばかりなのに目立ちすぎている。やっかんだ子たちに嫌がらせを受けてもおかしくはない。

「蓮くんは、どういうことをされているの？」

「上履きを隠されたり、無視されたり……」

「そのこと、担任の河村先生には言ったの？」

「言ってないです。だって友達に見つかったら僕までいじめられるかもしれない。でも、僕、蓮くんをいじめたくないんです」

教室でさよならの挨拶をした後、お腹が痛いから保健室へ行くと嘘《うそ》をついて一人、抜けてきたそうだ。

「蒼衣先生も、クラスのみんなには僕が告げ口したって言わないでください、絶対」

「もちろんよ」

「河村先生にも言っておいてもらえますか」

「大丈夫。他の子にはわからないように、河村先生に伝えておくから任せて。勇気を出してよく教えてくれたわね」

学級委員長は、はにかんで駆け出していった。

さてさてどうしたものかな。

足早に音楽室へ向かうと、歌が聴こえてきた。合唱部の子たちがパート別に練習をしている。アルトの集団の中に梨乃がいた。彼女は合唱部の副顧問だ。瑠璃子の後任として指導法を叩きこまれている。

蒼衣は廊下から、梨乃を手招きした。

「ごめんね、指導中に。実はさっき……」

事の次第を伝えると、梨乃はええっと驚いていた。やはり自分のクラスでいじめが起きていたことに全く気づいていなかったようだ。彼女の顔から血の気が引いていく。

「どうしよう、どうしよう。ああ、蒼衣先輩、どうすればいいでしょう」

「とりあえず一緒に行きましょう」

職員室へ戻り、教務主任に報告すると、対応を話し合った。

まずは事実関係を確認するため本人の話を聞かせてほしい、と担任から蓮の母親に電話をかけた。しかし母親の剣幕にしどろもどろになり、電話を切った後、梨乃は泣き出してしまった。家庭訪問する必要があるが、とても一人で行かせられない。蒼衣も関係者として同行するようにと指示された。

梨乃の車の助手席に乗る。真っ青な顔でハンドルさばきが危なっかしい。蒼衣の車に乗せてきたらよかったと後悔した。

すぐに洋風のお屋敷が見えてきた。白亜の高い壁が周りを囲んでいる。

「うわ、豪邸ねえ」

思わず声が出たが、梨乃からは返事がない。暗い表情をしたまま、まるで耳に入っていないようだ。家庭訪問に同行するのは初めてのことで蒼衣も不安だが、梨乃に比べたら気楽な立場なので口には出せない。

「誠心誠意、対応するしかないわよ」

「そうですよね……」

「蓮くんのために頑張ろう」

元気づけるように梨乃の肩をぽんと叩いて、車を降りる。

インターホンを鳴らすと、母親が出てきた。そう思ったら家政婦さんだったようで、応接室へと通される。高級そうなソファに腰かけると、蒼衣は体を固くしながら高い天井に吊《つ》るされたシャンデリアを見上げた。

「息子のことでわざわざお越しいただき、ありがとうございます」

蓮の母親だ。シャープなあごが、どこか怖そうに見える。

「先生からお電話をいただくまで何も気づいてやれなかったもので……母親失格ですね」

担任が気づかないなんて赦《ゆる》されないだろうと言わんばかりで、梨乃は早速慄《おのの》いた。

「声楽のレッスン中なので、蓮からはまだ何も聞いていないんです」

「そうですか」

梨乃の声は上ずっている。母親は柱時計を見た。

「もう終わった頃かしら。ちょっと、蓮を呼んできて」

「は、はい」

家政婦と一緒に梨乃が慌てて部屋を出ていった。なんで梨乃まで飛び出していくのか疑問だったが、取り残された蒼衣は母親と目を合わせた。

「あなたも先生なのね」

「はい。宮坂といいます。保健の先生をしていまして」

「どうしてここへ？」

「保健室でクラスの子から話を聞いたので同行しました」

そう、と息を吐く。あなたには関心ないわというような表情に心がチクリと痛んだ。母親は家政婦さんが用意していったポットの紅茶をカップへ注ぐと、どうぞと差し出した。

「ねたみ、やっかみ……本当にばからしいわ」

母親は紅茶を上品にすすった。

「動画の投稿もメディアに出るのも、もうおしまいね」

意外な言葉だった。

「蓮は特別な子なの。中学受験もあるし、周りに邪魔されている場合じゃないんです。友達作りが大事といっても、蓮と同じレベルじゃないと仲良くなんてなれないでしょう？ 勉強だって授業で習うことよりずっと高度な内容を家庭教師に教わっている。いじめなんて起きるくらいなら、学校なんて意味などないわ」

これはもう学校へ行かせないという宣言だろうか。担任がいないうちに話がまずい方向へ進んでいる。蒼衣は言葉を返せないまま、紅茶のカップをじっと見つめた。

コチコチと柱時計の音がする。

さすがに遅すぎるだろう。母親が眉《まゆ》をひそめたとき、ようやく扉が開いた。蓮と梨乃だ。二人の表情は硬いが、梨乃はさっきよりも落ち着いて見える。

蓮は母親の隣にちょこんと腰かけた。

「どういうことなの、蓮。いじめられているって本当なの？」

母親がヒステリックに問いかけるが、こぶしを握りしめて蓮は固まっている。その顔をのぞき込むように梨乃が言葉を発する。

「蓮くんがつらい思いをしていないか心配なの。どうか話してもらえないかな」

ゆっくりと顔を上げ、蓮は首を横に振った。

「誰がそんなこと言ったのかわからないけど、いじめられてなんかいないよ」

母親が驚いたように蓮の顔を見る。

「嘘つかないで。正直に言いなさい」

「……本当だって」

「蓮ったら恥ずかしいと思って隠そうとしているの？　いじめる方が恥ずかしいことをしているのよ」

「うるさいな。そんなんじゃないって」

何度も母親が問いかけたが、蓮はいじめられていないとくり返した。

「もういいでしょ。俺、歌の練習したいから」

振り切るように蓮は部屋を出ていった。

「蓮！　ちょっと待ちなさい」

母親が蓮の後を追っていく。

取り残された二人は困ったように顔を見合わせた。

「学級委員長の子が嘘をついていたとは思えないんだけどな」

「たしかに、言いづらいことではありますよね。さっき私と二人だけのときもやっぱり何も話してもらえなくて。お母さんには本当のことを言えるといいんですけど」

「そうねえ。しばらく待ってみようか」

　だが、どれだけ時間が経《た》っても蓮と母親は帰ってこない。家政婦さんがすまなそうに立ちつくしているので、礼を言って帰ることにした。学校に戻ってからも連絡がこないか待っていたが、音沙汰なしのまま夜になってしまった。

　翌朝、昨日の出来事が気になって早めに出勤すると、梨乃が飛んできた。

「先輩、来てすぐにすみませんが、いいですか」

「どうしたの？　もしかして蓮くん、学校へ来ないとか」

「いえ、ちゃんと登校しています」

　来ているということで、とりあえずほっとした。

　梨乃は眠れなかったようで目の下に隈《くま》ができている。

「実は私、今朝、昇降口で隠れて見張っていたんです。そしたらクラスの子が蓮くんの上履きを持っていくところを現行犯で捕まえちゃって」

「えっ」

「今から事情聴取ですよ」

　やはり学級委員長の言っていたことは本当だったのだ。

　梨乃の後ろについて相談室へ行くと、いがぐり頭の少年が座っていた。

「あれ、この子は」

蒼衣の顔を見ると、ばつが悪そうに小さく頭を下げた。保健委員をしてくれている顔なじみの子だ。

「どうしてこんなことしたの？」

梨乃が問いかけるが、口を固く結んで答えない。

「蓮くんの上履きを選んで持っていったでしょ」

「ごめんなさい」

小さな声が聞こえた。

「隠そうとしたのは、なんで？」

「……別に」

肝心の理由は言おうとしない。梨乃はため息をつく。長丁場になりそうなので、蒼衣はいったん外へ出た。

なんだかおかしい。あの子は四人兄弟の一番上のお兄ちゃんで、面倒見がよく優しい性格だ。保健委員会でもみんなに慕われている。靴隠しなんてしそうもない。

朝の打ち合わせの時間になっても梨乃は職員室に戻ってこなかった。六年のクラスには教務主任が代理で入るようだ。

「河村先生、大変ね」

向かいに座る瑠璃子がささやいた。

「でも、蓮くん本人はいじめられていないって言ってたんでしょ?」

「はい。でも、靴を隠されていたのは本当だったみたいで」

「へえ、そうなの。いじめられているって言うのはプライドが許さなかったのかしら」

話を続けたかったが、チャイムが鳴ったので瑠璃子は授業へ行ってしまった。

職員室でしばらく仕事をしていると、疲れた顔で梨乃が戻ってきた。

「お疲れさま。話は終わったの?」

問いには答えず、梨乃は一呼吸おいた。

「先輩、実は主犯が自首してきたんです」

「え、主犯?」

「保健室へ連れてきたんですけど、一緒に話を聞いてもらってもいいですか」

「わかったわ」

慌てて向かうと、保健室のソファには長い髪の少女が腰かけていた。塩沢桃花《しおざわももか》。前髪を真っすぐに切りそろえ、整った顔立ちだが、目つきが少しきつい。

この子が主犯? まだ詳しい事情はわからないが、この子が絡んでいるとなれば、いがぐり頭の少年のこともわかる気がする。小学生でも高学年になれば人間関係のいざこざは絶えない。六年生の中で一番力をもっているのはこの塩沢桃花だ。

「私がクラスのみんなにやらせたんです。蓮くんをいじめるようにって」

開き直ったような態度だ。梨乃は彼女の真正面に立つ。

「どうしてそんなことを？」

「蓮くんが調子に乗っているからです」

眼に力がこもっていた。蒼衣が横から問いかける。

「それってネットの動画とか取材のこと？」

「はい。特別扱いされて、いい気になっているから」

腹が立ったのだという。ただ、いがぐり頭の少年が一人だけ先生に叱られているので、さすがに黙っていられなくなったそうだ。

「全部私が悪いんです。もうしません」

桃花はぺこりと謝った。

梨乃は教室から蓮を連れてくると、桃花と引き合わせた。

「ごめんね、蓮くん」

「……別にもういいよ」

蓮の表情は落ち着いていた。二人を見て梨乃は言った。

「蓮くん、教室でもきちんと話をするからね。大丈夫かな？」

「はい」

六年の教室へ移動すると、待っていた子どもたちも一斉に蓮へ謝罪の言葉をかけた。

「蓮くん、ごめんなさい」

「ほんとにごめん」

梨乃がこちらを見て、もう大丈夫ですと目配せする。蒼衣はうなずいた。

少々あっさりしている気もするが、この学校の子どもたちは根が素直だ。目立った転校生がうらやましくて嫌がらせをしたものの、悪いことをしたというのはちゃんとわかっているはず。素直に反省して関係を修復できるだろう。蓮がみんなと仲良くなれることを祈りつつ、蒼衣は教室を後にした。


最近、給食中の話題は、もっぱらコイバナだった。

「ねえ、それはそうと……」

早速と言わんばかりに、瑠璃子は少し声をひそめた。

「どうなの。歯医者の彼とはちゃんと上手くいっているのかしら？　南町の大学病院でお勤めなんでしょう」

富岡のことを瑠璃子にしゃべったのは間違いだったと後悔している。こうやってしょっちゅう聞かれるし、話しているうちに興奮して瑠璃子の声が大きくなる。いつの間にやら他の職員たちにも知れ渡ってしまった。

「ええと、それはまた報告します。それより蓮くんのことですけど……」

必死で話題を変えた。

「まあ、みんなで謝ったんだし、早く自首してくれてよかったわね」

「はい。なんとか収拾つくんじゃないでしょうか」

瑠璃子は牛乳を一気に飲みほした。

「あとは蓮くんのお母さんにどう説明するかってとこね。他の子たちの親にもちゃんと伝えなきゃいけないし、終わってても事後処理が大変ね」

梨乃の愚痴はしばらく続くだろう。まあ、それくらい聞いてあげるのも仕事のうちだ。

蒼衣はデザートのヨーグルトをひとすくいし、口に運んだ。

だがそのとき、後ろから声がした。

「いじめはまだ終わらないと思います」

衝立の向こうから発言したのは、事務職員の野川だった。食べ終わった食器を片付けようと出てきたところのようだ。

蒼衣と瑠璃子は目を合わせる。野川は蒼衣たちの話を聞いていたのか。

「野川さん、どうしてそう思われるんですか」

瑠璃子が問いかけると、野川は口を開いた。

「その塩沢桃花って女の子のこと、気になりませんか」

蒼衣は目を瞬《しばたた》かせた。

野川はトレイを手にしたまま立ち止まっている。長い前髪で隠れて視線が見えない。

「その子は本来、いい子なんですよね。他の子が一人で叱られているのに耐えきれなくなって、名乗り出たくらいなんですから」

「そりゃあ、桃花ちゃんだって悪い子じゃないのよ。友達にきついこと言ったりするけどね。でも、それがどう気になるっていうんですか」

蒼衣は野川と瑠璃子、二人の顔を交互に眺める。野川がこんなにしゃべるのは初めて見た。

「どうして周りを巻きこんでまでいじめたのか？　その理由がはっきりしていない。だからこれですんなり終わるとは思えません」

野川の言葉に、瑠璃子はぽかんと口を開ける。

「何を言ってるの。理由なんてはっきりしてるじゃない。蓮くんが調子に乗っているからいじめたんだって。桃花ちゃんが白状してるのよ」

「それは本当のことでしょうか」

「いじめの理由が嘘かもしれないということ？　考えすぎよ」

瑠璃子があっさり否定するが、野川は矛《ほこ》を収めようとしない。

「でも、蓮という子も、自分はいじめられていないと嘘をついていたんですよね」

「そうだけど……」

　瑠璃子の言葉がとぎれたところで、野川はくるりと体の向きを変えた。トレイを返却して、キーボックスから束になった鍵を手に取る。蒼衣たちは呆気《あっけ》にとられたまま、野川が職員室から出ていくのを見送った。

「まさか事務さんが、あんなこと言ってくるなんてね」

　瑠璃子は首をひねった。

「はい。すごくびっくりしました。野川さんって、なんだか不思議な人ですね」

　蒼衣は、ごちそうさまをして食器を重ねる。

「つかみどころのない人よね。屋上に一人でよくいるみたいだし。三十二歳、独身か」

「瑠璃子先生、いつの間に聞き出しているんですか」

「男性職員のチェックは欠かさずしてるの。お節介でごめんね。まあ、どこにどんな出会いがあるか、わからないからね。でも歯医者の彼と上手くいっているなら、あなたにはもう必要ないかしら」

　また雲行きが怪しくなってきたので、蒼衣は逃げるように席を立った。

　もうすぐ掃除の時間だ。運動場では飼育委員が亀を散歩させている。靴を履き替えて外へ出ると、何気なく屋上を見上げた。誰かがいる。もしかすると野川だろうか。いじめはまだ終わらないという彼の言葉が心に引っかかっていた。

3

巨大なクエが目の前をゆっくり泳いでいく。

日曜日、蒼衣は南町水族館にいた。昨日は家でごろごろしているうちに終わってしまったが、おかげで一週間の疲れは取れた。給料日に奮発したスカートは、自分にしては華やかな色だと思う。

蒼衣は水槽に顔を近づけてクエとにらめっこする。正面から見ると、とぼけた顔をしていて愛嬌《あいきょう》がある。休日なのに思ったよりも人は少なく、のんびり過ごせそうだ。隣には背の高い男がいる。富岡航介。直接会うのは久しぶりだ。

「水族館なんて来たの、子どもの頃以来だなあ」

「私はたまに来てますよ」

富岡の顔が曇ったので、蒼衣は慌てて付け加える。

「学校の遠足で来るんです。仕事だとゆっくり見られないから、今日が楽しみで」

「それならよかった」

富岡が微笑むのを見て、蒼衣は胸を撫《な》でおろす。

「ほら見て、蒼衣さん。魚だけじゃなくてカワウソもいますよ」

「ほんとだ」

蒼衣は子どもに混じって水槽に駆け寄った。

「カワウソ好きなんだね」

「はい。ブームになる前から、私はずっとカワウソ推《お》しだったんです」

富岡はカワウソではなく、蒼衣を見てくすりと笑った。

「蒼衣さんって、時々おもしろいですよね」

「そうですか?」

「いいと思いますよ」

ありがとうございます、と蒼衣はよくわからない礼を言った。二人は並んで水槽の中のカワウソを眺める。富岡のうんちくが始まり、しばらく聞き続けた。テレビの動物番組で聞いたことのある話ばかりだったが、初めて知ったように振る舞うと富岡は満足そうだった。だからだろうか。蒼衣がトイレに行っている隙に、富岡がカワウソのぬいぐるみを買ってくれていた。

「なんか、すみません」

「いいえ。喜んでもらいたいだけですから」

笑顔を浮かべつつ、蒼衣は内心戸惑った。カワウソは好きだけど、ぬいぐるみを持ち歩くのは恥ずかしい。しっぽが少々はみ出すが、鞄《かばん》の中に無理やり押し込んだ。

イルカショーにクラゲの群れ。いろんな海の生き物の展示を見ているうちに、あっという間に時間が過ぎていった。

「楽しかったね。ちょっと休みますか」

「はい」

助かった。慣れないハイヒールのせいで足が痛くなっていたところだ。二人は水族館を出たところのカフェへ入った。

「最近、学校の方はどうですか」

蒼衣は最近の出来事を話した。珍しいことといえば蓮の取材だ。

「そうなんだ。学校にテレビ局が来るなんてすごいですね」

「私も撮影なんて初めて見ました。放送されるのはまだ先みたいですけど」

スマホで蓮の動画を見せた。

「さすがって感じだね。生で聴いてみてどうでした？」

「すごく上手でしたよ」

正直なところ蓮の歌声は頭に残っていなかった。むしろその後で発覚したいじめの方が強烈だった。

「いいですね、学校って楽しそうで」

それから富岡は仕事の話を始めた。

口腔外科というのは歯科医というより外科医に近いそうだ。交通事故で口の周りを怪我《けが》した患者を緊急手術することもあるらしい。

「でも僕らにとっては日常なんですよね。本当はああ、またかって気持ちになったりもするけど。患者さんにとっては代わりの利《き》かない大切な歯だから、気を引きしめてやらないとね」

「そうですよね。急に手術だなんて、すごいなって思います」

言葉は本心からのものだ。富岡の話はしばらく続く。二人で会うときは、ほとんど蒼衣が聞き役だ。受け答えは、受容と共感。相手を褒める。いつの間にか養護教諭みたいになっているが、それが富岡には心地いいみたいだ。

「蒼衣さんにはわからないかもしれないけど、責任が重い仕事なんです。精神的に疲れるし、こうして話を聞いてもらえるとすごく癒されるんですよ」

「そんな、私でよければいつでも聞きます」

蒼衣は微笑む。養護教諭の仕事だって楽しいことばかりじゃないし責任も重い。だけど、癒されるという言葉が嬉《うれ》しくて何も言わなかった。

「ところで蒼衣さん」

「はい？」

「このまま今の仕事、続けたいと思っていますか」

「それは……まだよくわからないです。養護教諭の仕事は好きですけど」

「そっか」

富岡はにこりと笑った。

「僕としたら、家庭に入ってほしいなあ、なんて」

「えっ」

「なんていうか、ただの希望なんですけど」

これは、ついに……顔を赤らめていると富岡も口を閉ざし、しばらく間があいた。

「ああ、ごめん。深く考えないでください」

取り繕って富岡は話を変えたが、蒼衣は上《うわ》の空だった。

「暗くなる前に帰りますか」

「はい」

思考がストップしたまま店を出ると、駅の方へ向かった。

広場にある鐘撞台《かねつきだい》の鐘がリンゴンと鳴っている。明るいのにどこかもの悲しい雰囲気を感じて、蒼衣は足を止めた。

「ああ、ここって……」

富岡は周りを見渡す。

「事件があった場所ですね。僕が小六のときだったから、もう十九年も経つのか」

言われて蒼衣も何のことか気づいた。

かつてこの南町駅前の広場で大きな事件が起きた。毎年行われるクリスマスフェスタの最中《さなか》、刃物を持った男が現れて人を殺したのだ。

「知っている場所だったからショックだったなあ」

蒼衣もうなずく。

「私もニュースで見たのを覚えています」

「小さい頃のことでも、あれは記憶に残りますよね」

「はい。もう怖くて怖くて……自分の周りでも同じようなことが起きるんじゃないかって眠れなくなっちゃって」

もう少し成長してからわかったことだが、社会を赦せないと自暴自棄になっての犯行だったらしい。亡くなった人たちはたまたまクリスマスフェスタに来ていただけだ。彼らのことを思うと、何年経とうが痛ましさは消えない。

「犯人の母親って、ちょっと変な感じの人でしたよね」

富岡は言った。

「そうでした？　私はそこまで覚えていなくて」

「申し訳なく思っているようにはとても見えなくてね。ワイドショーで散々責められていたのを覚えていますよ。犯人はもちろんクズだけど、クズに育てた親の責任だってあると僕は思います」

富岡の口調はいつもと違って少し攻撃的だった。

蒼衣は相槌を打てずに、口をつぐむ。

学校で働いていると、親が子どもに与える影響は大きいと実感する。だが、ここまで大きな事件を起こすとなると、果たしてそれが家庭環境だけによるものなのか見当もつかない。どうしようもなかったのではないか、という気持ちにもなる。

「ごめん。暗い話題になっちゃいましたね」

「いえ」

視線の先には、事件を風化させまいとモニュメントが建っていた。

駅前のパーキングに停めてあった富岡の車に乗ると、アパート近くのコンビニまで送ってもらった。

「楽しかったよ。また連絡します」

「それじゃあ」

手を振り、富岡と別れた。

車が消えてから大きく息を吐く。富岡との交際は順調だ。蒼衣のことを大事にしてくれているように思う。だが不思議とデートして富岡と別れた後はいつも解放感に包まれている。これでしばらく休めるというような、ほっとした気持ちになるのだ。いい加減慣れてほしいと、自分で自分が情けなくなる。

コンビニで買い物をしてからアパートへ戻った。

「あれ？」

扉を前にして鍵がないことに気づいた。カワウソのぬいぐるみをつかみ出し、鞄の中身を引っ掻《か》き回すが出てこない。そういえば出かけるときに急いでいて、鞄の外ポケットに突っ込んだ気がする。どこかへ落としてしまったのだろうか。

母がスペアキーを持っているし、仕方ないので実家へ行くことにした。

駅に向かって歩き始めると電話が鳴った。

「はい、もしもし」

急いで出ると、別れたばかりの富岡からだった。

「もしかして鍵がなくて困っていない？　助手席に知らない鍵が落ちてたんだ」

「ああ、きっと私のです」

「今から届けるよ」

「いえ、そんな。もう遅いし悪いです。もう実家へ向かっている途中ですし」

結局、明日の午前中に学校まで届けてくれることになった。電話を切って、蒼衣は肩を落とす。何をやっているんだろう私は……恥ずかしくて、ため息が出た。

また一週間が始まった。

チャイムが鳴ると、子どもが保健室へ一斉にやってきた。休み時間は遊ぶのに夢中で怪我しても気に留めていないのに、調子のいいことだ。

「一人ずつ、順番だよ」

ぶつけた、転んだ、など大した怪我はない。授業が始まっているので急いで手当てをしていく。勉強が嫌で時間を稼ごうとする不届き者もいたが、さっさと追い出した。やれやれ。ようやく全員いなくなった。

ふうと一息ついた途端、扉がノックされた。

「失礼します」

入ってきたのは、事務職員の野川だった。

「これを富岡って人から預かったので」

渡されたのはアパートの鍵だった。一気に顔が赤くなる。

「あ、ありがとうございます」

何も言わずに野川は出ていく。そういえば届けてくれる約束だった。プライベートを知られて恥ずかしい。

職員室へ戻りスマホを見る。富岡から学校の玄関に来たというＬＩＮＥが届いていたが、気づかなかったので近くにいた職員に渡すしかなかったようだ。

やがて梨乃がやってきた。空き時間のようなので声をかける。

「梨乃先生。クラスの様子はどう？　蓮くんは休まず学校に来ているみたいだけど」

野川の顔を見て、以前彼が言っていたことが思い浮かんでいた。いじめはまだ終わっていないというあれだ。

「はい。おかげさまで落ち着いています」

梨乃は明るい表情だ。

「休み時間も張り付いていて、さっきもドッジボールをクラスのみんなでしていたんですけど。蓮くん、みんなと仲良くしていますよ」

「それならいいけど……」

瑠璃子が言うとおり、野川の考えすぎだったのか。

あっという間に給食の時間になって、午後も一気に過ぎていく。部活がない日なので放課後は一人黙々と検査器具を煮沸消毒していた。

気づくと、窓の外には夕焼け空が広がっている。

蒼衣は大きく伸びをした。さて職員室へ戻ろうかな。そう思っていると、がらっと保健室の扉が開いた。慌てた様子で梨乃が室内を見回す。

「先輩。蓮くんって、ここに来ていませんか」

梨乃の顔は真っ青だ。

「来てないよ。どうして？」

「蓮くんが行方不明なんです」

「えっ」

「学校から帰ってきてないってお母さんから電話があって。今みんなで探しているところなんです」

そうだったのか。保健室に一人でこもっていて何も知らなかった。

「先輩。蓮くん、どこ行っちゃったんだろう。もうこんな時間なのに」

時刻は午後六時。下校時刻は三時半だ。遅すぎる。いじめ事件に今度は失踪《しっそう》騒ぎだなんてトラブル続きだ。

慌てて職員室へ戻ると、雰囲気が騒然としている。

「保健室側の校舎にはいませんでした」

梨乃が教頭に報告する。

いつもは帰るのが早い瑠璃子も、電話の前に座っていた。

「瑠璃子先生」

「ああ。心配しなくても、すぐに見つかるんじゃないかしら。あの子、しっかりしてそうだもの」

「そうだといいんですけど」

詳しい状況を瑠璃子から聞いた。

留守を任されていた家政婦さんは、蓮が声楽のレッスンで地下室にいると思いこんでいた。実際はレッスンが臨時の休みだったらしく、母親が帰ってきてから蓮がいないことが発覚。ランドセルはなく、蓮のスマホが家に置かれたままだったので、どうやら学校へ行ったきり帰ってきていないということのようだ。

「警察への連絡はしなくていいのか」

校長がしびれをきらしてそう言い放つ。

「まだ少し早いかと」

やんわりと教頭が止めた。

「保護者が警察への連絡はぎりぎりまで避けたいと言っていますので、学校として勝手なことはできません。職員総出で探していますし、あの子は引っ越してきたばかりだから近所で行くような場所など少ないはずです。もうしばらく待ってみましょう」

管理職のやり取りを横目に、瑠璃子が小さな声で教えてくれた。

「蓮くんのお父さんって海外出張しているの。母親の落ち度になるから、できるだけ騒ぎを大きくしたくないみたいよ」

「そんなもんなんですかね。子どもの方が大事でしょうに」

「保護者にも、いろんな考え方があるのが難しいところよね」

そのまま刻々と時間が過ぎていく。電話が鳴るたびに期待するが、見つからないという報告ばかりだった。瑠璃子と手分けして六年生全員の家にも電話をかけたが、誰も知らないという。

さすがにまずい気がしてきた。

楽観的だった瑠璃子の顔もいつの間にかこわばっている。

「もしかして事件に巻き込まれたのかしら。あの子っておぼっちゃんでしょ？　しかもネットで顔も出して有名人だし」

事故という可能性だってある。一度悪い方へ想像してしまうと、止まらなかった。

「何かあってからでは取り返しがつかんだろう。どうなってるんだ」

校長が声を荒らげた。額には大量の汗をかいている。

「保護者の方も探していらっしゃいますので」

教頭はいたって冷静で、校長と対照的だ。母親の意向も大事だが、限度があるだろう。

校長が苛立《いらだ》つ気持ちもよくわかる。梨乃が状況を確認しに戻ってきたが、進展がないことに落胆していた。息つく間もなく、もう一度出かけるようだ。

「梨乃先生、待って」

蒼衣は声をかけた。探すのは一人でも多い方がいい。

「瑠璃子先生、私も行ってきます」

「わかったわ」

梨乃と連れ立って学校を出る。すっかり夜だ。小学生が用もなく外をふらふらするような時間ではない。公園やスーパー、学区外のショッピングモールもしらみつぶしに探していくが影も形もない。

息を切らしながら足を止め、蒼衣は梨乃を振り返った。

「梨乃先生。蓮くんがいなくなったのって、クラスのいじめ事件と関係があったりしないかしら」

「えっ。どうしてそう思うんですか」

「何となくだけど……蓮くんばかり問題が続くのっておかしくない？」

「でも……クラスのいじめはもうないはずだけど」

そのとき、救急車のサイレンが聞こえた。二人は黙って、そちらへ目をやる。どうしてだろう。嫌な予感がする。蒼衣が唇を噛みしめたときだった。

「あれ、あの子って……」

梨乃が指をさす方から自転車が近づいてきた。

ライトがまぶしくて一瞬目をつぶると、先生、と声がする。自転車に乗っていたのは眼鏡の学級委員長だった。今、塾の帰りだという。

「先生たちは、こんなところで何をしているの？」

梨乃がつらそうに口を開いた。

「実はね、蓮くんがいなくなっちゃったのよ」

「えっ」

学級委員長は目を大きく開くと、顔を歪《ゆが》める。そういえばこの子は勇気を出して一人で保健室へ来て、蓮へのいじめを教えてくれた子だ。

――いじめはまだ終わらないと思います。

蒼衣の脳裏をよぎったのは、野川の言葉だった。

蓮の失踪といじめ。やはり関係があるかもしれない。

「ねえ、もしかしてだけど……いじめって終わっていなかったの？」

蒼衣が訊《たず》ねると、隣にいた梨乃が驚いてこちらを見た。

「お願い。何か知っていたら教えてほしいの」

学級委員長は視線を左下に落とす。素直でわかりやすい子だ。後ろめたいことが何かある。梨乃もそれに気づいたようで、蒼衣と同じ質問をくり返す。

「教えて。蓮くんは、まだいじめられていたの？」

二人の教師に見つめられ、学級委員長は泣きそうな顔で答えた。

「それは、あの……塩沢さんがやれって」

塩沢桃花か。あのとき蓮に謝って、もうしないと誓っていたのに。

「河村先生にバレないように、みんなで無視したり小突いたりとかは続いていたんです」

「ああ、なんてこと！」

梨乃は頭を抱えた。野川の言うことは当たっていた。彼が気にしていたように、いじめの理由が別にあったのだろうか。

「どうして桃花ちゃんは、いじめを続けさせたの？　確かに蓮くんは目立っていたけど、いじめた理由はそれだけ？」

蒼衣がさらに追及すると、学級委員長は下を向いて上着の袖《そで》をつまんだ。

「蓮くんは前の学校で、いじめをしていたって」

「えっ」

学級委員長は、まごまごしながら説明してくれた。

蓮は新学期に転校してきたが、当初から、ねたまれていたわけではない。むしろクラス中の羨望のまなざしを一身に集めていた。だがある日、桃花が蓮の噂話を聞いたらしい。バレエ教室に、蓮が転校前に通っていた学校の子がいたそうだ。

「塩沢さんはクラスのみんなに言ったんです。前の学校の子をいじめていたのに、いい子ぶってうちの学校に来たって。蓮くんのことを赦しちゃだめだ。自分がどんなにひどいことをしていたのか、わからせてやらなくちゃって」

そんなことがあったとは……。リーダー格だった桃花はもともと蓮に嫉妬《しっと》していたのかもしれないが、正義感の強い桃花らしい行動に思える。

「みんなで蓮くんに謝って、もう大丈夫だと思ったのに。こっそりメモが回ってきたんです。私たちだけ謝って、蓮くんのことを赦すなんておかしいって」

蒼衣は梨乃と目を合わせる。蓮の失踪と関係あるかどうかは不明だが、新しい情報を得ることができた。

「教えてくれてありがとう。帰り道に引き止めて悪かったわね」

気をつけて帰るようにと、学級委員長を見送った。

「一度、学校に戻りましょう。あの子に聞いたことを確認した方がいいわ。蓮くんの居場所がわかるヒントがあるかもしれない」

「そうですね。前の学校にも電話して聞いてみます」

とぼとぼと二人は夜道を歩いていく。

しゃべる気力も体力もなくなってきたが、蓮の無事を確認するまでは頑張るしかない。

住宅街の角を曲がると、ようやく校舎が見えてきた。

「先輩、あれ何」

どうしたのだろう。職員たちが運動場に出て大声をあげている。

複数のライトが飛び交っていた。走って近づきながら、蒼衣は校舎を見上げる。

梨乃が悲鳴のような声を上げた。

四階の教室のベランダに、子どもが立っている。もしかして……ライトで照らされ、顔がはっきりと見えた。

蓮だった。

手すりに手をかけ、よじ登ろうとしている。

校長も教頭も、その場にいる大人たち全員が血相を変えて慌てている。

「蓮！　蓮！」

母親が取り乱して叫んでいる。瑠璃子が蒼衣たちを見つけて走り寄ってきた。

「教室にいるのを見つけた先生が声をかけたら、こんなことになったらしくて。必死に止めようとしているけど、やめないみたい」

警察と救急車は呼んだのですぐ来るそうだが、こうしてはいられない。蒼衣と梨乃は校舎に入ると階段を駆け上がった。六年の教室に入ると、ベランダの入り口に教師が立っていて、その先に蓮がいた。

「近づいたら飛び降りるって聞かないんだよ」

教務主任は半泣き状態だ。

「蓮くん！」

呼びかけると、蓮は振り向いた。ライトに照らされると唇が震えているのがわかった。

梨乃は泣きながら言葉をかける。

「まだ嫌がらせが続いていたんだよね。ごめんね、気づいてあげられなくて」

手すりに手をかけた蓮は冷たい目でこちらを見た。学級委員長が言っていたことは事実なのだろう。蒼衣も声を張り上げる。

「蓮くんが前の学校で何をしていようと、クラスの子から責められるのはおかしい。みんなが間違っている」

「………」

「先生たちはわかっているから。だから、もうやめて」

必死で呼びかけるが、蓮は無表情だった。死ぬことなんて怖くない。そう言わんばかりによじ登ると、そのまま手すりの上に立った。

下の方から悲鳴が起きる。パトカーや救急車のサイレンが聞こえるが間に合わない。

蓮は蒼衣たちの方を見てから両手を指揮者のように広げ、目を閉じた。

だめ。そんなのだめだよ。

足がすくんで動かない。梨乃の叫び声が遠くから聞こえる。

夜風が蒼衣の頬《ほお》を撫でたとき、手すりの上に立つ、蓮のバランスが崩れた。

「ああっ！」

落ちる。

誰もがそう思った。

時が止まり、頭が真っ白になった。思わず目をつぶる。

だがゆっくりと目を開けると、蓮は落ちていなかった。

大きな人影が手すりから身を乗り出し、蓮の腕をつかんでいる。

やがて蓮は引っぱり上げられ、ベランダに尻もちをついた。

助かった……のか。

しばらくして、火がついたように蓮は泣き始めた。泣きながらがくがくと震えている。

蒼衣たちは蓮に飛びつくように強く抱きしめた。

「蓮！」

まもなく母親が教室へ飛び込んできた。

「……ママ」

蓮が絞り出すように言った。母親が奪いとるように蓮を抱きしめ、そのまま床にへたりこんでしまった。蒼衣たちは母と子を邪魔しないように、そっと離れる。

梨乃は腰が抜けたようで、へなへなと崩れた。蒼衣も壁にもたれかかる。

サイレンが響く中、蓮と母親のむせび泣く声がしばらく聞こえていた。

4

二年生の女の子が、保健室のベッドで熟睡している。

間仕切りのレースカーテンの中へ入り、そっとおでこを触った。汗で前髪が張り付いていて、真っ赤な顔だ。熱が上がっていそうなので測りたいけれど、起こすのはかわいそうかな。迷っているうちにチャイムが鳴って、女の子は目を覚ました。

「起きちゃったね。お熱、もう一度測ろうか」

返事がない。寝ぼけているようなので、そのまま体温計を脇に挟んだ。

「ああ、やっぱり。三十八度もあるよ。おうちの人に連絡して迎えに来てもらうね」

蒼衣の言葉に、女の子は完全に目を開けた。

「ええっ。やだ。帰りたくない」

「どうして?」

「お母さんに怒られる。仕事が忙しいから熱出さないでねって言われているのに」

「でも、お熱を出したくて出したわけじゃないでしょう? 心配しなくていいから今日は帰ろうね」

担任から連絡してもらってしばらく待つと、スーツ姿の女の人がやってきた。

「お母さん！」

あれだけ不安そうだったのに、女の子は嬉しそうだ。

「それじゃあ、お大事にしてください」

「お世話になりました」

母親の背中におんぶされて帰っていく。すぐに病院へ連れていくそうだ。

蒼衣は、ほっとして椅子に腰かける。

「先生、あの子、お母さんに怒られるの？」

一部始終を見ていた桃花が訊ねた。

「大丈夫よ。口ではいろいろ言うかもしれないけど、実際は怒ったりしないよ。大事な子だもん」

「そうかあ」

蒼衣が微笑むと、桃花はテーブルに頬杖《ほおづえ》をついた。

「どう？　プリント進んでるかな」

「もう全部終わっちゃったよ。やることない」

それなら今からでも、みんなのところへ行く？　つい言ってしまいそうになって、蒼衣は引っこめる。今日の四時間目に行くと既に約束しているのだから余計なことは言うべきではない。桃花もそのつもりで心の準備をしているのだから。

何気なく触れたテーブルの上が、じゃりっとした。

運動場の砂が風で飛ばされてくるのだ。今日は風が強い。窓を閉めようとすると、六年生が体育の授業をしているのが見えた。ジャージを着た梨乃が、笛を吹いて子どもたちを整列させている。ここから梨乃の顔は見えないが、頑張る姿に心の中でエールを送った。

事件直後、担任の梨乃は責任を感じて教師を辞めたいと言い出した。学校にも来られなくなってしまいどうなることかと心配したが、最近ようやく復帰した。

陽射しは日に日に強くなり、早いもので来週からは水泳の授業が始まる。

蓮の飛び降り未遂事件から一か月が過ぎようとしていた。

無事だったとはいえ、学校は大混乱だった。教育委員会からも臨時でスクールカウンセラーが派遣され、蒼衣も子どもたちの心のケアにあたった。

職員室でも保護者からの電話がひっきりなしだったし、教育委員会からも毎日お偉いさんがやってきて、管理職はみんな死にそうな顔をしていた。あれだけのことが起きたのだ。すぐに元の通りになんていかないだろう。

ただ蓮が死ななかったことだけが、本当に救いだと思う。

蓮はずっと学校に来ていないし、桃花は保健室登校だ。

桃花なりの正義感があってのことだったのはわかる。弱い子や異質な子を標的とするいじめとは少し種類の違うものだろう。だが決して赦されることではないし、桃花の心にも一生消えない大きな傷が残ってしまっただろう。クラスの子たちも同じだ。

チャイムが鳴り、体育を終えた六年生が校舎へ入っていく。その様子を、カーテンに隠れるように桃花は見ていた。

休み時間は保健室へ来る子は少なく、すぐに四時間目が始まった。

振り向くと、桃花は唇をきゅっと結んでランドセルを背負っている。やっぱり行きたくないと心変わりしないか心配していたが、覚悟は決まったようだ。

「じゃあ、行こうか」

桃花はうなずいて、蒼衣の後についてくる。階段を上っていき、六年生の教室が見えたところで立ち止まったが、それは一瞬だった。蒼衣を追い抜き、すたすたと歩いていく。プレッシャーをかけないように何でもない風を装って付き添っているが、強い子だなと感心してしまう。

教室前の廊下へ桃花が来ていることに気づいた子が声を上げた。梨乃がすぐさま迎えに来た。

「桃花ちゃんだ」

「さあさあ、入って」

背中を押されるように教室の中へ入っていくと、女の子たちが桃花の荷物をあっという間にロッカーへ片付けた。桃花は初めから自分の席に座っていたように溶け込んでいる。

梨乃が前もって指導していたのだろう。みんな騒がず、自然にしている。

「桃花ちゃんが戻ってきてくれて本当に嬉しいです。あとは一日も早く、蓮くんが戻ってきてくれることを願っています」

梨乃が凛《りん》とした表情で教壇に立った。

「みんなもつらい思いをして、十分にわかったことだと思うけれど……桃花ちゃんがクラスに来てくれたので、もう一度だけお話しさせてください」

子どもたちは静かに梨乃の顔を見つめ返している。

「蓮くんは、この学校に来てからは何もしていない。それなのにいつまでも前の学校でやったことを責め続けていいのかな？　それはいいことをしているようで、実はいじめと同じだと先生は思います」

梨乃はみんなの顔を見渡した。

「人に言われたから仕方なくやったというのも、やったことには変わりません。一人一人が自分のしたことを反省して、二度と同じことをくり返さないようにしてほしい。もう誰のことも責めないでください。みんなならできると信じています」

神妙な顔で子どもたちは聞き入っている。

「蓮くんが無事でよかった。本当に、よかった」

梨乃の目には涙が浮かんでいた。

「みんなが傷ついたけど、蓮くんがきっと一番傷ついています。先生もショックでお休みしていましたが、みんなが手紙をくれたおかげで元気になれました。桃花ちゃんもこうして戻ってきてくれました。だから、今度は蓮くんに戻ってきてほしい。クラス全員揃《そろ》ってこの教室ですごして、みんな笑顔で卒業できることが先生の今の願いです」

教室のあちこちから、すすり泣く声が聞こえる。

陰からこっそり見ていた蒼衣も思わず泣きそうになって、その場をそっと離れた。

桃花が教室に戻れた喜びに浸っていると、午後もあっという間に過ぎていき、合唱部の練習も終わった。

「お疲れさま。じゃ、お先に」

いつも部活が終わると、瑠璃子はさっさと帰ってしまう。仕事が早くてうらやましい。

職員室でパソコンに向かっていると、梨乃が外から帰ってきた。今日も蓮の家へ行っていたようだ。

「すみません。今日も部活出られなくて」

「そんなのいいよ、お疲れさま」

冷蔵庫に隠しておいたプリンを二つ出してきた。瑠璃子からの差し入れだ。他の先生たちの分はないので、こっそり隠れて食べながら話を聞く。

「蓮くんには会えたの?」

「いえ、お母さんとしゃべっただけです。毎日だと少し慣れてきましたよ」

言葉とは裏腹に、梨乃の顔は疲れていた。

「クラスの子の手紙は蓮くんに渡してもらえるようになったので、いい方へ向かってくれるといいんですけど」

「大丈夫だよ。きっと上手くいくはず」

「そうですかね」

「桃花ちゃんだってクラスに戻れたじゃない」

「ああ。それは本当にほっとしました」

二人はそれから桃花の話題で盛り上がった。飛び降り未遂があった直後は桃花のせいだと責める子や親もいたが、誰か一人だけの責任ではないのだと何とか理解を得て今に至る。

「そういえば、先輩、すごいことがわかったんです」

「なあに?」

「蓮くんを助けたのって、野川さんだったたって」

「えっ。それってあの間一髪だったときのこと?」

「そうなんです。蓮くんのお母さんから聞きました。お礼がしたいけど名前がわからないから誰だか教えてほしいって。特徴を聞いていったら、どうも野川さんみたいだから本人に聞いてみたんです。そしたらあっさりと、そうだって」

開いた口が塞《ふさ》がらないとはこのことだ。

まさかあれが野川だったとは。蒼衣は衝立の方に目をやる。中にいるのかどうかはわからないが、ここからだと離れているので話は聞こえていないだろう。

「屋上から排水管を足場にベランダへ降りてきて、蓮くんの腕をつかんだそうです」

思い返して、ぞっとする。蓮の生死は、本当に紙一重の差だったのだ。

「私、野川さんのことは正直名前も覚えていないくらいの存在だったんですけど、もう感謝してもしきれない。すごいですよね。まるで忍者ですよ」

梨乃が真面目な顔して言うので、蒼衣は噴き出した。梨乃もつられて笑う。それにしても、あの場面でとっさに動けるなんてなかなかできることではない。野川がいてくれて本当によかった。

「プリン、おいしかったあ。瑠璃子先生に明日、お礼を言わなきゃ」

「うん。みんな応援しているからね」

少しすっきりした顔になって、梨乃は席に戻っていった。

話を聞いたり励ましたりすることしかできないし、正直、担任じゃなくてよかったと思ってしまう。気楽な立場で申し訳ないような気もするが、大変な部分はそれぞれ違うのだと自分に言い聞かせた。蒼衣は腕まくりをすると、パソコン作業の続きを始める。自分の仕事を粛々とやるしかない。

「ふう、やっと終了」

研究報告書の作成は、思ったより時間がかかってしまった。すらすらと文章が書ける人になりたいものだと真剣に思う。外はもう真っ暗になっている。蒼衣は大きく伸びをした。梨乃も帰ったようだし、職員室に残っているのは数人だ。

もう帰りたいところだが、最近伴奏の練習をしていない。遅くなったついでだ。明日は早く帰るぞと決めて、楽譜を手に音楽室へ向かった。

「……あれ」

明かりが漏れている。

瑠璃子はとっくに帰ったし、音楽室の鍵は蒼衣の手にある。

扉のガラス越しに中をのぞく。姿は見えないが、人がいる気配がする。ベートーベンの噂を思い出すが、本当に肖像画から抜け出すなんてあるわけない。扉に手をかけると、準備室から人が出てくるのが見えた。

「あれ」

男の人だ。少し髪が長く痩せている。誰だろう。すぐにはわからなかったが、その横顔を見て驚いた。

野川隼太。

事務職員が何で音楽室なんかに？

そのまま息をひそめてのぞいていると、野川はピアノの前に座り、鍵盤に指を置いた。

ドレミファソ……。

ぎこちない調子で弾き始めた。

もしかしてピアノの練習？

単音で指を慣らした後、和音を響かせる。何かの伴奏のようだ。

こんなところで一人、みんなに隠れてピアノを練習しているなんて可愛いかもしれない。イメージとギャップがありすぎて笑えてきそうだった。ここは何も見なかったことにして帰ろうか。もっとも声をかけたところで話す話題もない。

音をたてないように、その場を離れようとしたとき、小さな歌声が耳に届いた。

野川がピアノの音に合わせて口ずさんでいる。

大きく息を吸い込んだかと思うと、野川の肩から力がすっと抜けていく。

やがてその口が静かに開かれた。

聴こえてきたのは日本語ではない。これはオペラだろうか。

蒼衣は大きく目を開く。

響いているのは、どこまでものびやかなテノールだ。

こんなところで事務職員が歌っている。その違和感もピアノの拙《つたな》さも、彼の歌声が一瞬でかき消していった。

圧倒的な存在感。

声量は次第に増していく。

なにこれ……。

足元から、ぞわっと鳥肌が立った。

初めて聴く歌なのに、懐かしさを感じる。

野川はピアノを弾きつつ、まるで音楽に乗っ取られたように体を揺らしている。この歌を捧げることが私の全てなのです。今ここで歌うことが喜びなのです。そんな感じだ。大袈裟かもしれないが、見えない観客、あるいは神に向けて自分の全てをさらけ出しているようだった。

やがて歌は終わった。

歌の余韻とともに浮遊感があったが、少し落ち着いてくると興奮が襲ってきた。ベートーベンが歌っているというのは、彼のことだったのか。

この感動を口にせずにはいられない。野川に声をかけたい気持ちでいっぱいだった。

だが次の瞬間、彼の長い前髪の隙間から、目がのぞく。そのまなざしが蒼衣をとらえた気がした。

息が止まるかと思った。

蒼衣は思わずその場から離れ、階段を駆け下りていた。

心臓がばくばくしている。私はなんで逃げているんだろう。

職員室に戻ると、ただ事ではない蒼衣の様子に教頭が怪訝《けげん》そうな顔をしている。お先に失礼しますと、頭を下げてそそくさと出てきた。

車に乗りこむとハンドルを握る。

流れてきたＣＤの音を消し、静寂につつまれる。

耳にはいつまでも野川の歌声が響いていた。

第二章　哀しみの歌

1

週末、仕事を終えるとアパートではなく実家へ向かった。

一人暮らしをしているといっても、実家からは車で二十分の距離しか離れていない。勤務地も周辺なので実家から出る必要もなかったのだが、一人暮らしの経験がしてみたくて両親とは別に暮らしている。

チャイムを鳴らすと、ロックの外れる音が聞こえた。

「ただいま」

「ああ、蒼衣、おかえり」

母が迎えてくれた。

「明日は土曜だし、泊まっていくから」

「わかっているわよ。ゆっくりしていきなさい」

今、父は校長、母は教頭をしている。子どもの頃から学校の先生たちはみんな、蒼衣の両親のことを知っていた。誇らしい気持ちと、恥ずかしさが半分ずつ。宮坂先生と言われても、父と母、どちらのことなのかすぐにはわからない。時には死んだ祖父のことだったりもした。逃れようもない教員一家だ。

「お父さんは？」

「まだ帰ってないけど。最近遅い日が多くて」

大人になったら自分も教員になるのだと、いつの間にか決めていた。ピアノを弾《ひ》くのが好きだから、音楽の先生にでもなろうかな。小さい頃は単純にそう思っていた。しかし、大きくなるにつれてあがり症だと気づき、養護教諭なら人前で話すこともなさそうだと志望を変えた。結局それは誤算だったが、自分には担任よりも養護教諭が合っていたと今は思う。

「富岡さんとはどんな感じ？」

早速聞かれるだろうと思っていたが、予想通りだった。

母と瑠璃子は同じ学校で勤めていたことがあって仲がいい。学校歯科医の先生に紹介してもらったことも、全部筒抜けだ。

「うん、たぶん順調だよ」

「こんないいご縁なんて滅多にないんだから、頼むわよ」

菜箸《さいばし》でこちらを指した。言われなくてもわかっている。

「一緒にいて嫌じゃなかったら十分なのよ。結婚したら、ただの同居人になるんだから」

玄関の扉が開き、父が帰ってきた。母は黙って天ぷらを揚げ始める。

「お父さん」

「ああ、蒼衣。帰ってきていたのか」

疲れているだろうに微笑《ほほえ》む父を見て、何となく気の毒な気持ちになった。

夕食までは少しある。母に手伝えと言われる前に、蒼衣はテレビの前へ逃げた。

「蒼衣も飲むか」

父が嬉《うれ》しそうにビールを出してきた。

「うん」

酒は強くはないが、つきあい程度には飲める。枝豆をつまんでいる間に夕食の仕度が整ったようだ。母の揚げる天ぷらはサクサクで、いくらでも食べられる。

「学校は少し落ち着いたか。大変だったらしいな、いろいろと」

直接話していないことまで、父も母もよく知っていた。

「第三者委員会が調査にあたっているのよね」

親子水入らずでの久しぶりの団らんは、仕事のようだった。

両親が眠ってからも、だらだらと遅くまでテレビを見た。疲れているなら早く寝ればいいのに、どこか興奮している。ようやく自分の部屋へ行くと、部屋の隅《すみ》のピアノが目に入った。随分長いこと弾いていないし、音も狂っているだろう。埃《ほこり》をかぶった蓋《ふた》を開けて鍵盤をそっと撫《な》でると、音楽室で見た光景が浮かぶ。

野川隼太。

彼の歌は本当に素晴らしかった。

あの日、蒼衣がのぞき見ていたことに、野川は気づいただろうか。何か言われないか心配で、接触を避けるようになってしまった。給食のトレイを運ぶときも、どうぞと置いて、さっと逃げてしまう。

長い前髪のせいで野川の顔はどんなだったか思い出せない。それなのに、あのどこまでも伸びていく透明な歌声は今も耳にこびりついている。

どうしてあんなところで一人、歌っていたのか。臨時の事務職員なんてしているけど、いったい、どういう人なんだろう。

そんなことを考えながら、ベッドに潜り込んだ。

校庭のひまわりの背がいつの間にか高くなっていた。

四年生が育てているゴーヤも、一年生の朝顔も、すくすくと育っている。少し枯れかけているのは、水やりをサボっている子の鉢だ。蒼衣は空を仰ぎ見る。明け方の雨が嘘《うそ》のように、陽射しがまぶしい。

プールの水温もみるみる上昇し、水泳の授業は予定どおり行われることになった。水着の子どもたちがはしゃぎながら歩いていく。バスタオルを巻きつけた、てるてる坊主の行列だ。蒼衣は手を振って見送る。

「宮坂先生」

教頭が機嫌の悪そうな顔で呼んでいる。

「ここにいたんですか。子どもが保健室に来ていますよ」

「すみません。すぐ行きます」

ずっと探していたのだろうか。蒼衣は慌てて保健室へ向かう。

待っていたのは常連の男の子。何てことはない、ただのすり傷だった。絆創膏《ばんそうこう》を貼ると嬉しそうに教室へ戻っていく。これくらい教頭が代わりに手当てしておいてくれてもいいのに。そう思ったが、怖そうな教頭に手当てされても嬉しくないか。

まあ、それはいい。蒼衣は困ったことに気づいた。絆創膏の在庫がなくなっている。まだたくさんあったと思っていたのに、うっかりしていた。

腹をくくって、職員室の一角、衝立で区切られた事務スペースをのぞく。

「すみません。野川さん、今いいですか」

遠慮がちに背後から呼びかけると、野川が振り返った。

「何ですか」

急ぎで注文してほしいって頼んだら怒られるかな。でも必要なものだから仕方ない。

「実は予算希望を出していないんですが、絆創膏が足りなくなってしまったので買っていただきたいんです」

「ああ、そうですか」

小さくつぶやくと、野川は購入希望用紙を差し出す。

「すぐに書いてきます」

思ったより反応があっさりしていて拍子ぬけした。用紙を受け取ってすぐに帰ろうとしたが、ふと立ち止まる。

「野川さん、それと」

無言のまま、野川はこちらを向いた。

「あの……」

今、職員室には他に教頭しかいない。野川の機嫌は悪くないようだし、歌のことを聞けるだろうか。そう思ったが、なぜか言葉が出てこなかった。

「まだ何か用でも？」

「いえ、ありがとうございます」

ぺこりと頭を下げて、蒼衣は逃げるように席に着く。

とりあえず怒られなかったからよしとしよう。野川から渡された用紙を記入していると子どもに呼ばれ、再び職員室へ戻ったときには、もう昼だった。

給食のトレイを持って、衝立の中をのぞくと野川はいなかった。

ほっとして、記入済みの用紙もついでに置いておく。ふと、パソコンの奥にスーパーの袋があるのに気づいた。眠気覚ましのガムとシリアルバーが入っているのが見える。普通の人っぽさが垣間見えて、少しほっこりした気分になった。

「いただきます」

向かいに座る瑠璃子が、袋をやぶって麺《めん》を皿に出した。今日はジャージャー麺だ。

「そういえば、蓮くんって今どんな感じ？　ずっと学校に来ていないでしょう」

「私も詳しくは知らないんです。梨乃先生と顔を合わせられるようにはなったみたいですけど」

ふんふんとうなずきながら、瑠璃子は麺をすすった。

「このまま、夏休みに入っちゃいそうね」

「ええ。クラスに戻れるきっかけがあればいいんですけど」

蒼衣は牛乳瓶の蓋を開けた。爪を短く切ったばかりでキャップが取りにくい。目線を上げると、瑠璃子は衝立の方を見ていた。

「どうしました？」

「中の人、また何かヒントを言ってこないかしらって」

「ああ。野川さんは今いないですよ」

瑠璃子はつまらなそうに唇を尖《とが》らせる。

「使えない男ね」

「いえいえ。命まで助けていますから」

「知っているわよ。忍者みたいだったんでしょ」

突然、前の方で給食を食べている用務員さんが笑い出した。いけない。しゃべり声が大きくなっていたようだ。職員室では、みんなが話を聞いている。瑠璃子と蒼衣は目を合わせると、声のトーンを下げた。

「ええと、何の話でしたっけ」

「もう何でもいいわ。でも忍者で笑えるのも、蓮くんが無事だったからこそね。命さえあれば何とでもなるのよ」

蓮の今後について心配は消えないが、究極的には瑠璃子の言うとおりかもしれない。それから合唱部の話に変わり、給食を食べ終える。

トレイを片付けようと席を立つと、机の上のスマホが光った。

富岡からのＬＩＮＥだ。瑠璃子に見つかると面倒なので、更衣室へ移動して表示する。

いつものように優しい文面。待ち合わせの詳細だ。

春休みに付き合い始めて、もう夏が来ようとしている。富岡と会うのは何回目だろう。忙しくて毎週会うというわけにはいかないが、それなりに回数を重ねてきている。

明日楽しみにしていますと、可愛《かわい》いスタンプを送っておいた。


期待していなかった映画は、意外と面白かった。

周りの客は楽しそうに感想を言いあっている。エンドロールが終わるのを待って、蒼衣は余韻に浸りながら席を立つ。隣の富岡が首を傾げた。

「いまいちだったなあ」

「え、そうですか」

「うん。ああいう系統の作品は、演出次第でもっとおもしろくできると思うんです。シナリオもキャスティングも問題ありですし」

富岡の映画評論が始まった。外へ出てからも、街を歩きながら熱っぽく語り続ける。上映中は黙って観ているだけで楽だったけど、終わってからが面倒かもしれない。

「お腹減ったね。食べたいものありますか」

「私は何でもいいです」

蒼衣は食べものに好き嫌いはないが、富岡は味にいろいろと好みがあるようだ。煩《わずら》わしいので最近は富岡に合わせるようにしている。

「じゃあ、パスタでも食べようか」

おいしい店を知っているんだと言うので、お任せすることにした。ついていくと、ホテルの高層階へエレベーターで上がる。予想外に高級な店で驚いたが、予約してあったみたいで初めからここに来るつもりだったようだ。

夕陽で染まる街を見下ろし、シャンパンで乾杯した。

「こないだ歯科健診があったんですね。父から聞きました」

「あ、はい。うちの子たちが、お世話になりました」

「もっと早く歯式が書けるようになるといいねって、父が言っていましたよ」

「すみません。私、やることが遅いので」

蒼衣が恐縮すると、富岡は微笑んだ。

「気にしなくていいですよ。テキパキしているより愛嬌《あいきょう》があっていいんじゃないかな」

パスタが運ばれてくる。富岡が勧めるだけあって味はすごくおいしかった。

「最近、学校で変わったこととかありました？」

聞かれて頭に浮かんだのは野川のことだった。

「富岡さんも子どものとき、ベートーベンの噂《うわさ》ってありましたか？　音楽室の肖像画から抜け出してくるってやつです」

「懐かしいな。今もあるんですか」

「少し前に子どもから、ベートーベンが歌っているって聞いたんです」

「へえ、おかしいね」

くすりと富岡が笑った。

「でも、それが実は……」

ベートーベンの正体は臨時の事務職員。普段は寡黙な人なのに、一人で歌っていて驚いたと話す。

「誰かの歌を聴いて、あんなに心揺さぶられたのって初めてかもしれません。本当にすごかったんです。今、思い出しても鳥肌が立つくらいで。どうしたらあんな風に歌えるんだろう。素人《しろうと》とはとても思えない。時間を戻して、もう一度聴きたいくらいです」

「ふうん」

富岡は少し冷めた目で蒼衣を見た。

「珍しいね。蒼衣さんがこんなに興奮してしゃべるなんて。その人に頼んで、もう一度歌ってもらえばいいじゃないですか」

「いえ。何というか、野川さんは話しかけづらい人なので」

無理なんです、と声を小さくした。

富岡はへえ、と言ってからエスプレッソを口にする。

「その人、いくつくらいの人なんですか」

「確か三十二って聞きました」

「僕とそんなに変わらないんですね。結婚している人？」

「いえ、独身だそうです」

瑠璃子情報によれば、そうだった。以前、富岡が学校でアパートの鍵を渡したのが野川だと説明すると、何となく思い出したようだ。

「そんなに歌が上手くて正規職員じゃないってことはあれかな。夢を追っている系の人かもしれないですね」

「さあ、どうでしょう……」

そんな想像はしたことないが、実際のところはわからない。

「いいんじゃないかな」

富岡はカップを置いて、うなずいた。

「そういう人生もありだと思います。うらやましいな。でも実際に生活していくのは大変だろうね」

富岡の口調は穏やかだったが、批判めいたものを感じずにはいられなかった。蒼衣が話題を変えようとするまでもなく、富岡は自分の仕事のことを話し始める。相槌《あいづち》を打ち、すごいですねと褒めながら蒼衣は聞き続けた。

食後のデザートが済むと、富岡は店員に目配せをした。

大きなバラの花束が近づいてきて、どうぞと手渡された。富岡はポケットから小箱を取り出す。

蒼衣は訳がわからないまま、心の中で小さくえっ、とつぶやく。まさか……。

小箱を開けると、ダイヤの指輪が光っていた。

「蒼衣さん、結婚してください」

あまりのことに蒼衣は頭が真っ白になった。

「一生、大切にします。あなたを守りたい」

富岡の瞳は真剣だった。

夢にまで見たプロポーズ。シチュエーションは、ドラマで見て憧《あこが》れた理想そのものだ。

「あの、私……」

言葉が途切れた。

富岡は笑顔を浮かべながら、じっと待っている。

「サプライズは成功したかな」

蒼衣が感激しすぎて、泣きそうになっていると思ったようだ。

早く何か言わなくては。でも、頭が混乱するばかりで冷や汗が出てくる。もらった花束はきれいだ。だが不思議と造花のようで現実感がなく、香りも感じない。恋人からプロポーズされるなんて、一生で一番嬉しい日、忘れられない思い出になるはずなのに。

どうしよう。

こんなことになるなんて、思ってもみなかった。

さすがに様子がおかしいと気づいたのか、富岡は取り繕うように微笑んだ。

「返事は、すぐじゃなくてもいいんです」

富岡は小箱の蓋を閉めた。

「ちょっと急ぎすぎたかな。でも結婚したいって気持ちは本当です」

優しい言葉と気遣いが心に突き刺さる。申し訳なくて涙がこぼれそうだった。

「……すみません」

「気にしないで。気長に待っていますよ」

富岡は明るくそう言った。

駅まで送られ、そのまま別れる。

電車はすぐ来たが、ホームのベンチに座ったまま見送った。蒼衣は富岡からもらった花束を静かに見つめる。何本か電車を見送るが、ぐちゃぐちゃになった気持ちはいつまでも落ち着かない。

このまま富岡と結婚してもいいのだろうか。

蒼衣は星の見えない夜空を見上げた。

2

校舎の屋上で、野川隼太は頰《ほお》に風を感じていた。

本格的な夏も近いが、空気はまださわやかだ。子どもたちが歓声を上げながらドッジボールをしている。手すりをつかんで、運動場を見下ろす。

ここは自分だけの場所。昼休みは十五分間しかないのに、元気なものだ。漫画やドラマならいざ知らず、屋上に子どもは上がってこられない。他の職員も屋上に用事なんてないだろう。だが事務職員は貯水槽の点検と称して自由にここへ上がれる。小高い丘の上の学校ということもあって、屋上からは町が一望できてとっておきの場所だ。

臨時の学校事務の仕事は快適だ。偶然見つけた職だったが、ここ数年続けている。

プライバシーに関わる仕事をするため、衝立で囲まれた事務スペースが与えられている。勤務時間の大半は、その中に一人でいればいい。年度末と年始は異動関係や予算などの仕事が集中していて忙殺されるが、基本的にマイペースをつらぬける。任用期間の短い仕事を希望すれば、同じ学校に長くいることはないし、子どもや親との関わりもない。職員や業者とのやりとりはあるが、必要最低限のコミュニケーションだけで済む。

それなのに最近、少し目立ちすぎてしまった。子どもを助けることができたのはよかったが、職員たちとの無駄な接触が増えている。この学校にはもうしばらくいるつもりだから、もっと影を薄くしなくてはいけない。

チャイムが鳴った。運動場の子どもたちが帰っていく。昼休みは終わりだ。

さてと、仕事に戻るか。

扉にしっかりと鍵をかけて階段を下る。

授業中なので、教室以外の場所は人気《ひとけ》もなく静まり返っている。学校という場所は大勢の大人と子どもが生活しているが、動きと行動範囲は細かくパターン化されている。それを避けるように単独行動することは容易だ。

誰もいない廊下を進んでいくと、職員室の手前で掲示板を見ている人影に出くわした。知らんぷりして横を通り過ぎようとすると、すかさず呼び止められた。

「すみませんが、職員の方ですか」

ひげもじゃの男が、にこにこしながらこちらを見ている。

「五月にテレビの取材でお邪魔させていただいた記者なんですが……」

部外者か。教頭はどこにいる。何で勝手に中へ入らせているんだ。

「山城蓮くんって今、学校に来ているんですか」

自信ありという顔だ。おそらく飛び降り未遂のことを聞きつけてやってきたのだろう。

「僕はよく知りません」

「ああ、警戒させちゃったかな。すみません。学校にも複雑な事情があることはわかりますし、蓮くんの将来のことも考えて大っぴらに取材する気はありませんよ。ただ何がどうなっているのか、他人事《ひとごと》でいることなどできなくてね」

無関係の人間は立ち入らないでおくべきだろうに、ぺらぺらと偽善者ぶって話しかけてくる。

「おたくも蓮くんの歌って聴かれました?」

「ネットでなら」

「それは残念。やっぱり生で聴くと違うんだよなあ。ああいった抜きん出た才能のある子は集団から爪弾《つまはじ》きにされがちなんでしょうかねえ」

それとなく探りを入れられている気がしたので、相手にしないで立ち去ろうとした。だがひげもじゃの記者は、隼太の顔をのぞき込むように、じっと見つめてきた。

「以前どこかでお会いしましたっけ」

「は?」

隼太は男の顔を見返す。

こんなむさくるしい男は知らない。だが記憶のかけらが脳裏で小さく音を立てた。心地いいものではない。サンドウィッチに混じった卵の殻を噛《か》んだような音だ。

「……失礼します」

顔を伏せると、職員室の中へ逃げ込んだ。あからさまに嫌な顔をしたので驚かせたかもしれないが、知ったことではない。どこの誰かもわからないのに、初めから相手になどするんじゃなかった。

職員室のキーボックスに鍵の束を返すと、衝立の中に引きこもる。そのままパソコン作業を黙々と続けた。

今日は仕事帰りに寄る場所があったので、定時に学校を出た。

電車に揺られる。

ほとんどの乗客が無言のまま、ただスマホをいじっている。

隼太も真似《まね》するようにスマホを取り出した。特に何が見たいというわけではないが、何気なくニュースを表示する。どこかの少年が同級生を殺したとして逮捕されたそうだ。コメント欄にずらりと並ぶ、攻撃的な言葉が目につく。

早く親の名前さらせよ。

代わりに親が死刑になれば?

そんな書き込みだ。それに反発して擁護する書き込みもあるが、投げ込まれた餌《えさ》に鯉《こい》が群がるように、さらなるツイートでかき消されていった。正義感のつもりなのだろうか。

いや、きっとただの暇つぶしの娯楽。ゲームアプリやアダルト動画を検索するのと何ら変わらないのだろう。

そう思い、次の駅で降りた。

駅前のビルの一角に、セントラル法律事務所と書かれている。

隼太はエレベーターで四階に向かい、受付で事務員に声をかける。

「島田《しまだ》先生はおられますか」

「ああ、はい。お待ちください」

しばらくして一人の男がこちらに向かってくる。隼太の顔を見て微笑んだ。

「こんばんは。隼太くん」

彼は島田健彦《たけひこ》という年配の弁護士だ。

「これ、またよろしくお願いします」

封筒を渡すと、島田は複雑な顔で中に入っている現金を確認した。

「確かに預かったよ。でも、しつこいようだけど無理はしなくていい。君たちの生活だって大事なんだから」

「何とかやっていますから。こうしないと落ち着かないんです」

ほんの少額で免罪符を買っているような後ろめたさもあるが、何もしないでいるのも無関係を装っているようで耐えがたい。

「隼太くんには言いにくいことだが、一つ頼みがあるんだ」

老弁護士は封筒をしまうと、眼鏡《めがね》を中指で直した。

「何です？」

「正己《まさみ》さんに会ってくれないか」

はっとして島田を睨《にら》みつけると、憐《あわ》れむようなまなざしが返ってきた。

「会いましたよ」

「もう一年も経《た》つだろう。君に会いたがっているんだ」

「……そうですか」

「考えておいてくれると、ありがたい」

イエスともノーとも言わず、隼太は背を向けた。

「では俺はこれで」

ビルを出ると、そのまま電車に乗った。

嫌な名前を聞かされた。

気分のいい日なんてものはまずないが、よりいっそう気分の悪い日になった。

駅を出てしばらく歩く。スーパーで適当に惣菜やインスタント食品を買って、また少しとぼとぼ歩くと自宅に着いた。

昭和を思わせる古ぼけたアパートを見上げる。祖父母が死んでから、ここへ越してきた。老朽化が進んでいて中も狭いが、生きていく上で不自由はない。

郵便受けを見るが、ピザ屋のチラシ以外は特に何も入っていない。ほっとして玄関の鍵を開ける。

意味もなくテレビをつけると、お笑い番組をやっていた。チャンネルを変えるが、どの局もクイズやバラエティばかりで大して見たいとも思わない。

隼太はテレビに向かって文句を言いつつ、インスタントラーメンの湯を沸かし始めた。最近のお気に入りは醤油《しょうゆ》味だ。いろいろな味を経て、結局、原点に戻ってきたというところか。量を増やすために、蓋をして待つ時間を長くする。麺をすすり始めたときに、玄関の扉が開く音が聞こえた。

「ただいま」

隼太は振り向かずに汁を飲む。

「やだ、お兄ちゃん。またラーメン食べてる。ちょっと待っててくれたら、ご飯作るのに。せっかく急いで帰ってきても意味ないじゃないの」

腹が減ったんだよ、と言いわけしてもよかったが、面倒なので黙って食べ続けた。

「ちょっと、聞いてる?」

やかましい声が降ってきた。朋美《ともみ》は腕まくりすると、台所に立つ。

「ちょっと待ってて。炒《いた》めもの、作ってあげるから。野菜も食べたほうがいいよ。栄養をちゃんと摂らないと体によくないし」

「シリアルバーも食べてる。あれって栄養補助食品だろ」

「もう。添加物もりもりじゃない」

朋美は冷蔵庫の中から適当に野菜を見繕って、フライパンに放り込んだ。子どもの頃から料理をしているので手際《てぎわ》がいい。はい、と炒めものを出してくれた。

「野菜も食べなさい」

隼太はありがたく食べ始める。よくわからないが、スパイスが効いていて普通の炒めものとは一味違う。朋美も向かい側に座って食べ始める。ご飯と味噌汁《みそしる》もつけて、野菜炒め定食だ。

「学校はどうなの。仕事は順調？」

いつものおせっかいが始まった。

「特に問題ない」

「だったらいいじゃないの。やっぱり来年の採用試験、受けた方がいいよ。正規になった方が待遇もよくなるし」

「別に今のままでいい」

「でも学校事務の仕事は続けるんでしょ？　将来のことを考えたら、ずっと臨時で働くのは不安だよ。来年の試験に向けて、今から勉強すれば間に合うと思う」

最近、顔を合わせるとすぐにこの話題になる。理由はわかりやすい。自分の将来が決まったから、一人残していく兄のことが気になるのだ。

「もういいから。お前は自分のことだけ考えてろ」

朋美を残して立ち上がる。注意されるとわかっているので、ラーメンの汁は全部飲み干さずに流しに捨てた。

朋美が自分でつかんだ幸せだ。俺に気を遣う必要なんてないのに。

その晩、夢を見た。

隼太は一人、暗闇の中を歩いていた。

すすり泣きが聞こえる。誰だろう。女の子の声のようだが、怖くなって駆け足でその場から立ち去った。

だが声は追いかけてくる。駆け出すと、小さくて細い腕が隼太の右手をつかんだ。振り払うが、今度は別の腕につかまれる。

何だこれは……。

けむくじゃらの太い腕がさらに伸びてきた。足をつかまれ、前のめりに倒れた。逃れられない。動きがとれない。

手は増えていく。

顔が見えないが、隼太は何人もの人に捕らえられている。地面に顔を押しつけられていて、息ができない。

謝れ、謝れ！

そんな叫び声が聞こえる。そこにあるのは激しい怒りだ。

ごめんなさい。ごめんなさい。

隼太は必死で謝った。

怒りと情けなさと罪悪感でぐちゃぐちゃになりながら、隼太はごめんなさいと、いつまでも謝り続けていた。

3

一学期の健康診断が全て終わった。

集計結果を学校保健委員会で報告すると一区切りつくが、蒼衣にとっては大きな山でもある。学校医やＰＴＡの役員たちを前に、蒼衣は始終緊張していた。何年経っても、あがり症は克服できそうにない。

ようやく会が終わって抜け殻のようになりつつも、学校医たちを見送るため慌てて玄関へ向かう。

「先生方、今日はありがとうございました」

「宮坂先生も健診のまとめ、ご苦労さま」

恐縮しながら頭をぺこぺこ下げる。出席者たちが帰っていく中、学校歯科医がその場に残っていた。他に誰もいなくなったところで、小声で話しかけられる。

「息子から聞いたよ。別れたんだって？」

「……はい」

気まずいが、紹介してもらった手前、きちんと伝えなくてはと思っていた。

「先生にも息子さんにもよくしていただいたのに、私が悪いんです。本当に申し訳ありません」

「そんなに気にしないで。結婚は一生のことだから、合わなかったのなら仕方ないよ。私は正直、残念だがね。息子もそうだろうけど」

蒼衣はうつむいて、小さくなるばかりだった。

「宮坂先生。うちの息子のことは別として、これからも変わらずよろしく頼むよ」

ぽんと蒼衣の肩を叩《たた》くと、微笑んで富岡の父は去っていった。笑うと目元が富岡にそっくりだと今さらながら思う。

先日、富岡のプロポーズを断った。

婚約指輪まで用意させてしまったのに、富岡は蒼衣のことを何も責めなかった。さぞかしショックだったろうに、最後まで優しくしてくれた。本当に自分は馬鹿だ。だが何度思い返してみても、富岡のプロポーズを受けることはできなかった。それでいながらあれで本当によかったのかなと、揺れる気持ちがいまだにある。

ため息をつきつつ職員室へ戻ろうとすると、元気な声が聞こえた。

「こんにちは」

振り返ると、明るい髪の女性がいた。

「ああ、こんにちは」

挨拶を返すと、ぱっと笑顔になるところが可愛《かわい》らしい。スリッパを靴に履き替え、玄関を出ていった。保護者だろうか。いや、小学生の親にしては若いかな。ひょっとすると自分と年齢が近いかもしれない。

何気なく下を見るとハンカチが落ちているのに気づいた。もしかしてさっきの人が落としていったのだろうか。追いかけるように外へ出ると、自転車を引いて門から出ていこうとしているのが見えた。

「すみませーん！」

大声で呼びかけると振り向いた。

きょとんとしているので蒼衣はハンカチを差し出す。

「これ、落としませんでしたか」

あっ、と目が丸くなる。

蒼衣の顔をじっと見た。


「すみません。ありがとうございます」

恥ずかしそうに小さく笑うと、ハンカチを受けとる。蒼衣の顔をじっと見た。

「南星小で働いていらっしゃる方ですか」

「はい」

蒼衣が答えると、少し考えるような顔をした。鞄《かばん》から何かを取り出す。

「私、ここのお店で働いているんです」

渡されたのはショップカードだった。『CAFÉ & BAR そらまめ』と書かれている。住所を見ると、出張でよく行く教育センターの近くのようだ。

「夜はたいていお店にいるので、よかったら遊びに来てください」

「あ、はい」

「それじゃあ、ありがとうございました」

頭を下げて自転車で去っていった。

うちの学校に何の用事があったのだろう。いきなり店に来てくれだなんて少し驚いたけど、感じのいい人だったな。そう思いつつ、蒼衣は門を閉めた。

会議室に戻ると会合用に並べた机を元に戻し、湯呑《ゆのみ》を洗って片付ける。他の先生たちは学期末の成績処理で忙しそうだが、蒼衣は一足早く一段落ついた。嬉しいはずなのに、時間に追われている方が余計なことを考えなくていい。そんな具合に思ってしまう。公私ともに、いろいろありすぎた一学期だった。

保健室に戻ると、待ち構えていたかのように梨乃がやってきた。

「先輩、蓮くんが学校に来ないまま夏休みになってしまいます」

相変わらず愚痴をこぼしにきたようだ。

「そうねえ。休みに入る前に、二学期に希望をつなげられるような働きかけができるといいんだけどね」

「はい。おうちでは蓮くんと会ってしゃべれるようになったし、クラスの子たちの手紙も読んでくれてはいるんですけど、まだ学校には行きたくないって」

「顔を出すには勇気がいるわよね」

「何かいいきっかけはないでしょうか」

二人して首をひねるが、いい手立ては浮かばない。結局だらだらとしゃべっている間にチャイムが鳴った。

梨乃が戻っていったので、運動場に出て洗濯物を取り込む。

風に乗って、音楽室から子どもの歌う声が聴こえた。しばらく耳を傾けながら、ぼんやりと思い出す。

あの教室で野川の歌を聴いたのは、いつだっただろうか。蓮が飛び降りようとしたとき、野川が助けてくれた。いじめがまだ続いていると言ったのも、野川だった。寡黙で周りに関心がないのかと思いきや、突然、驚くほどするどい言動をする。

不思議な人。

突然、強い風が吹き、運動場に砂嵐が巻き起こった。

目をつむり、蒼衣は急いで中へ入る。

さてと、子どもが来ないうちに次の仕事をしますか。

激務に明け暮れる教務主任から、職員会議の資料を組む作業を請け負っていた。機械が壊れて手作業でやらなくてはならないと途方にくれていたので、代わりにやりますと申し出たのだ。蒼衣は印刷された紙の束を保健室のテーブルに広げると、ホッチキスを用意する。作業を始めようとすると、がらっと扉が開いた。

「どうかしましたか」

野川が保健室へ来るなんて初めてのことだ。

「丁合機の修理が間に合わなかったから、一緒に手伝ってこいと」

「はあ」

自分から引き受けた蒼衣と違って、無理に頼まれたのだろう。不機嫌そうだ。

「あ、じゃあ。お願いします。一ページ目から並べてあるので」

蒼衣はテーブルの上を指さす。

「組んだら、ここへ積み上げていってください。後で一気に綴《と》じるので」

「……わかりました」

小さく声が聞こえた。野川と蒼衣は並んで立つと、作業を始める。

沈黙の中、作業は異様な速さで進んでいく。

「野川さん」

呼びかけると、野川は手を止めることなく顔を上げた。

「あ、いえ。何でもないです」

あれから何も言ってこないところを見ると、蒼衣が歌をこっそり聴いていたことには気づいてなさそうだ。しばらくしてチャイムが鳴って下校時刻になったが、二人は構わず作業を進める。

保健室へやってくる子どもはいなかったので沈黙は長く続いた。気まずさに耐え切れなくなるかと思ったが意外とそうでもなく、淡々と時が流れていく。いつの間にか野川に慣れていることに蒼衣は気づいた。

ホッチキスを留め終わると、作業は終わった。

そうだ、この人ならなんて言うだろう。とんとんと資料の角を揃えながら、蒼衣は野川の方へ顔を向けた。

「六年の山城蓮くんのことなんですけど。例の飛び降り未遂以来、不登校になってしまっていて。どうしたら学校へ来られるようになると思いますか」

話は聞いているようだが、反応はない。

「すみません、突然そんなこと聞かれても困りますよね。つい野川さんなら何か思いもよらないヒントをくれそうな気がしちゃって」

蒼衣は取り繕うように微笑んだ。

「手伝ってくださって、ありがとうございました」

ぺこりと頭を下げると野川は立ちあがり、このまま部屋を出ていくかに見えた。

「学校へ来ることだけが幸せではないと思います」

こちらを振り返って漏《も》れたのは、優しい声だった。

そんなことを野川が言い出すとは思わなかったので驚いたが、ちゃんと考えて言葉を返してくれたのが嬉しかった。

「確かにそうですね。学校へ来るのがベストって決めつけずに、いろんな選択肢があった方がいいと思います。でも、私は蓮くんに戻ってきてほしいんです」

「……なぜ？」

「一日でもいい。みんなのもとに戻ってこられたって気持ちを味わえるように。このまま卒業を迎えてしまったら、追い出されたような思い出だけが残ってしまう。クラスの他の子たちはみんな反省して蓮くんに戻ってきてほしいと思っているし、お互いを受け入れることができたっていう思い出を作ってあげたいんです」

野川に訴えたところで仕方ないのに、つい気持ちが入ってしまった。そう思っていると、つぶやくように野川は何か言った。

曲、と聞こえた気がする。

「はい？」

「彼の曲です」

「もしかしてテレビ取材のときの、蓮くんが作った曲のことですか」

野川は大きくうなずいた。

「動画で見ました。あの曲って好きな人との別れを歌ったような歌詞ですけど、本当は別の思いが込められているのかもしれません」

蒼衣は首を傾げた。

どういうことだろう。たとえそうだったとしても、そのことに何の意味があるというのか。不思議に思っていると、野川は扉を開けて出ていってしまった。

蒼衣は早速、パソコンを立ち上げて検索すると、動画が見つかった。再生して注意深く聴いてみる。

蒼衣は動画をくり返し再生した。歌い上げられる言葉、悲しげな蓮の表情……。あれ、これって。野川が言おうとしていたことを、蒼衣は突然理解した。

そうだ。そうに違いない。

蒼衣は急いで職員室へ戻ると、梨乃が出ようとしているところだった。きっと蓮の家へ行くのだろう。

「梨乃先生、ちょっと待って」

保健室へ来てもらい、蓮の動画を再生する。

「ほら、この曲には蓮くんの本当の気持ちが込められていたのよ」

ところどころ停止させながら、蒼衣は説明していった。

「……ほんとだ！　野川さんの言うとおりかもしれない」

梨乃も大きな声を出す。蒼衣の興奮が移ったようだ。もう一度初めから再生しながら歌詞の内容をじっくり読み取る。

「先輩、私、失恋ソングだとばかり思ってましたけど、前の学校でいじめてしまった子に謝る歌だったんですね」

「うん。〝君の涙に僕は背を向けた〟ってところなんて、そのままよね。蓮くんは他の子と一緒になっていじめをしていたそうだけど、本当は蓮くんも苦しんでいた。ごめんねって謝りたくて歌を作っていたのよ」

「こんな歌を作るくらいなんだから、すごく反省していたってことですよね」

秘めた思いにようやく気づいてあげることができた。蒼衣はパソコンを閉じる。

「もしかしたら、このことが解決の糸口になるかもしれない」

「そうですよね。私、この歌詞のことを蓮くんに話してみます。そして蓮くんがいいって言ってくれたら、クラスのみんなにも教えてあげたい。気持ちをわかり合えたら、何かが変わるかもしれない」

「そうね。そうかも」

蒼衣がうなずくと、梨乃は明るい顔になっていた。


翌日、蓮は欠席のままだったが、梨乃と廊下ですれ違ったときに聞いた話は嬉しくなるようなものだった。蓮の了承を得てクラスで歌のことを話したところ、子どもたちから何やら新しいアイディアが飛び出したそうだ。

給食のトレイを持って衝立の中をのぞく。

野川がいた。いつものようにパソコン画面から目を離さず、黙ってそこに置いていけ、という無言の圧力を感じる。だが、そんなことでは今さらびくともしなくなっていた。蒼衣は横顔に向かって微笑む。

「野川さん。ご飯に付いているお漬物は、校長先生からの京都みやげですよ」

「…………」

「昨日は歌詞のこと、教えてくださりありがとうございました。梨乃先生も随分と感謝していましたよ。上手くいくかはわかりませんが、六年生の子たち、蓮くんみたいに歌で気持ちを伝えたいって言いだしたそうで」

野川はぴくりとも反応しないが、耳を傾けてくれていることは知っている。

「それじゃあ」

機嫌よく一方的に話し終わると、頭を下げて出てきた。

さて、午後から出張だ。給食を食べ終わると、保健室の鍵を急いでかける。

「今日は戻りませんので。行ってきます」

引き止められることなく、順調に外へ出ることができた。蒼衣は養護教諭対象の研修に参加するため、教育センターへ向かう。普段は学校に一人という立場なので、出張先で他の仲間に会えることも楽しみにしている。

今日の講演会のテーマは、いじめ対応について。

いつも給食を食べてすぐ研修に向かうと睡魔との戦いになるのだが、今は目がぱっちり冴《さ》えている。蒼衣は講師の話に引き込まれていった。

「いじめをしている子どもと、いじめられている子ども。そして、それを見ている観衆や傍観者。それぞれの心理を理解してケアすることが大切です」

いじめ防止と早期発見。再発を防ぎ、心の傷を癒す。マニュアルは頭でわかっていても、実際にやってみるとなると難しい。最近つくづくそう思うが、それでも少しずつ前に進んでいると思いたい。

質疑応答が終わると、解散となった。

「お疲れ。今からお茶でもどう？　そのまま夜ご飯でも」

帰っていく人の流れの中、同期の友人を見つけて声をかけた。

「ごめん。仕事がたまってて、今日は学校に戻るんだ」

「そっか。じゃあ、また今度ね」

久しぶりに誰かとしゃべりたい気分だったが仕方ない。手を振って別れた。

蒼衣は、ううんと伸びをする。せっかく部活を休ませてもらったし、冷蔵庫も空っぽだ。このままどこかの店に入って、のんびり夜ご飯にしよう。ふらふらと店を探しながら歩いていると、古ぼけた看板が目に留まった。

『CAFE & BAR そらまめ』か。どこかで聞いたことがあるような気がする。少し考えて思い出し、手帳に挟んであったショップカードを取り出す。やっぱりそうだ。ハンカチを拾ってあげた女の人がいる店だ。

アイビーが生い茂っている中に、ひっそりと入り口の扉がある。知らない人なら気づかず通り過ぎてしまうだろう。あの女の人は感じがよかったし、たまには新しいお店もいいかもしれない。入り口の取っ手を引くと、カランコロンという古めかしい鈴の音が聞こえた。

「いらっしゃいませ」

迎えてくれたのは、例の彼女だった。エプロン姿がよく似合っている。

「あっ。この間の」

蒼衣のことがすぐにわかったようで微笑んだ。

「お店のカードをもらったから、本当に来ちゃいました」

「ありがとう。嬉しいです」

どうぞと言って奥の席へ案内してくれた。

平日だから空《す》いているのか、他に客は一組しかいない。店内は多国籍風で、木彫りの像や地図、民族楽器のようなものが置かれている。かかっているのも、どこだかわからない遠い異国の音楽だ。

蒼衣は散々迷ったあげく、タコライスのセットを注文した。

「食後の飲み物はコーヒーにしますか」

「あ、いえ」

ドリンクは別料金だった気がする。メニューを受けとると、彼女はにこりとした。

「大丈夫、サービスします」

「いいんですか」

「はい。うちの売りはフェアトレードコーヒーなんですよ。ぜひ飲んでみてください」

「おいおい。コーヒー以外にもおすすめはいっぱいあるよ」

カウンターの中から男の人がひょっこり顔を出した。この人がマスターだろうか。蒼衣は会釈する。

「いらっしゃい。朋美ちゃんのお友達ですか。ゆっくりしていってね」

朋美、という名前なのか。

マスターも人が良さそうだし居心地のいい店だ。ソファに深く腰掛けて見回すと、木でできた小箱のようなものが目に入った。

「この楽器……ええと、確か、カリンバ?」

「すごい。わかるんですか」

朋美が目を丸くした。音楽準備室の棚に転がっていた気がする。

「触ってもいいですよ。アフリカの民族楽器で、ハンドオルゴールとか親指ピアノなんて言われるものだそうです」

そっと両手で包み込むように持つと、横に並んだ金属棒を親指で弾いてみた。音階なんてなく、素朴な面白い音がする。そういえばピアノも打楽器の仲間だったと、ぼんやり思った。しばらくカリンバを弾いていると、朋美が料理を運んできた。

「お待ちどおさま。カリンバ上手ですね。もしかして音楽の先生ですか」

「いえ、保健の先生をしてます」

「そうなんですか? ああ、確かにそんな感じがします」

優しそうな人に見られたのだろうかと、蒼衣は嬉しくなる。

「じゃあ、いただきます」

食べてみて、コーヒー以外にもおすすめはいっぱいある、というマスターの言葉に納得だった。

「このタコライス、おいしいですね。スパイスがすごく効いていて」

「でしょう？　マスターと研究してたどり着いた配合なんです」

あっという間にぺろりと平らげてしまった。こんなにおいしいのに客が少ないのは、店が目立たないからだろうか。奥にいた一組が帰っていき、客は蒼衣だけになった。

「ごちそうさまでした」

お腹がいっぱいになって、気持ちがさらに緩んでいく。朋美が皿を下げに来てくれた。

「マスター、食後のコーヒーお願いします」

「はいはい」

コーヒー豆をいそいそと挽《ひ》き始める。朋美の方がまるで店長だ。

「お客さんもいないし、朋美ちゃんもお友達と飲むかい？」

「えっ。そんな、いいですよ」

朋美が遠慮がちにこちらを見た。蒼衣は微笑む。

「どうぞ。せっかくだから、よかったら一緒に」

「じゃあ、お言葉に甘えちゃおうかな。せっかくですもんね」

間もなく二人分のコーヒーとナッツを朋美が運んできた。エプロンをしたまま、蒼衣の向かい側のソファに座る。二人は目を合わせると、ぺこりと頭を下げた。

「今日はお店に来てくれてありがとうございました」

「いえ。素敵なお店を教えてもらえてよかったです」

「お名前、なんて言うんですか」

今さらながら蒼衣は自己紹介した。年齢も聞かれたので、二十九だと答える。

「わあ、やっぱり。同じくらいの歳だと思いました。私、二十八なんです」

すごく人懐っこい子だ。しかも笑顔が可愛いので、接客業はぴったりだろう。カウンターの方を見ると、いつの間にかマスターの姿はない。遠慮して、奥へ下がったようだ。つくづく商売っ気のない店だと蒼衣は苦笑いする。

「南星小には何の用事で来ていたんですか」

問われて、ああ、と朋美は笑った。

「私ったら謎《なぞ》の女でしたね。あのときは兄に頼まれて、忘れ物を届けに行ってたんです」

「お兄さん？」

「はい。事務職員をしてます」

「えっ、じゃあ、野川さんの？」

「はい。妹です」

全く似ていない。蒼衣の口は半開きになった。

「うちの兄って職場ではどんな感じですか？　ちゃんと上手くやれているんでしょうか」

子どもを心配する母親のような口ぶりに、野川と朋美の関係性が一瞬でわかった気がした。

「今の学校事務の仕事は、兄に合っている気がするんです。だから臨時で働くんじゃなく、正規を目指してみたらって兄に勧めているところで……」

朋美のまなざしは真剣だ。もしかすると朋美は兄のことが聞きたくて、蒼衣にショップカードを渡したのかもしれない。

「お兄さんにはいつも助けられています。学校でも活躍されていますし、お仕事は合っているんじゃないでしょうか」

そう言うと、朋美は嬉しそうだった。

「すごく、お兄さん思いなんですね」

「いえ、実はうちの両親は早く死んじゃって、兄と二人暮らしをしているんです。だけど私もうすぐ結婚するから、一人残していく兄のことが気になっちゃって」

蒼衣は朋美から視線を外すように、コーヒーを口にした。富岡と別れたことを思い出して胸がちくりとする。

「野川さんは大丈夫だと思いますよ。そんなに心配しなくても」

「そうですよね」

　朋美もコーヒーをすする。

「うちって特殊だから、気にしすぎなところがあるのかも」

　それからしばらく、お互いの話をした。結婚を控えた朋美に少しばかり劣等感のようなものも感じていたが、それもすぐに消えていった。波長が合うというか、いい友人になれそうな気がする。随分と長居した後、連絡先を交換した。

「蒼衣先生と親しくなったこと、兄にもしゃべっていいですか？」

「もちろん」

　構わないが、野川がどんな反応をするか全く見当もつかない。

「これからも兄ともども、よろしくお願いします」

　朋美は頭を下げて、またね、と手を振った。蒼衣も手を振り返して店を出る。カランコロンと、再び鈴が鳴った。

　不思議な夜だった。

　雲一つない夜空に満月がぽっかりと浮かんでいる。

　なりゆきで野川の妹と友達になってしまった。

　思いもかけない出来事だったが、たくさんしゃべったおかげで少し気持ちがすっきりしている。一学期はいろいろあったな。夏休みになったら、のんびりペースで充電しよう。

履き慣れたぺたんこの靴で、蒼衣は駅に向かって歩き出した。

4

前髪を長くして、顔を隠すようになったのはいつからだったろう。

そう思いながら、隼太は電車の窓に映る自分を見つめる。

乗り継ぎ二回。ようやく着いた駅で降りると、しばらく歩いた。

建物の中へ入って受付を済ませると、入浴中だとかでしばらく待たされた。案内されてエレベーターで上階に向かう。

ノブに手をかけたまま、隼太はしばらく動きを止めた。

ここまで来たが、気が変わった。そう言って帰ってしまっても責められることはない。そんなやりとりが頭をよぎるが、そのまま部屋に入る。

隼太の前には、いくつも穴の空いた透明なアクリル板があって、その向こうに坊主頭の男が腰かけた。

向かって左側には、刑務官が座っている。

前髪を撫でつけて上目遣いで様子をうかがうと、坊主頭はじっとこちらを見つめていた。

どうしたのか、口をつぐんでいる。会いたいというから、わざわざ足を運んだのだ。そちらからしゃべるのが筋だろう。そう思って黙っていると、米粒でくっついていたような唇がゆっくり開いた。

「隼太、来てくれてありがとな」

正己は目を細めた。

「一年ぶりか。前に来てくれたときも夏だったろ」

隼太は口を開きかけるが、言葉は出ない。

「島田先生から話は聞いているけど、お前たちが元気にしているか気になってな」

黙ったまま正己の顔を見つめる。

童顔で四十二歳には見えない。そう言いたいところだが、よく見ると刈り込んだ髪には白いものが目立ち、目尻や頬にはしわが寄っている。

「大丈夫だよ」

ゆっくり息を吐き出すと、隼太は正己を見つめた。

「……そっちは？」

ようやく絞り出すように言葉を発すると、正己は嬉しそうにうなずいた。

「元気があり余ってる。体を鍛えているからな。この前、外に出たとき鳥が鳴いていた。

あれはなんて鳥なんだろ？　高い声で、キイキイって感じで」

しばらくどうでもいい話が続いた。

昔、一緒の家に住んでいた頃、こいつのことを何と呼んでいただろう。兄さんだったか、兄ちゃんだったか。年が離れていたこともあって遠い存在だった。記憶にもやがかかっているが、こんなによくしゃべる奴じゃなかったことは確かだ。

「毎日が退屈なんだよ。こうして話を聞きに来てくれるのは本当にありがたい」

会いたいという理由は退屈しのぎのため、というところか。

「お前はラジオを聴いたりするか」

「いや」

「そうだろうな。俺も昔はラジオなんて全く聴かなかった。それなのにここに来てからは、よく聴いている」

適当に相槌を打ってやると、正己は楽しそうに微笑んだ。

「この前、懐かしい歌を聴いたんだ」

「歌？」

「何て名前の歌だったかな。サビの部分しか思い出せない」

隼太に聞き返されたのが嬉しかったのかメロディを口ずさんだ。

「母さんが昔よく歌っていたよな」

耳を澄まして聴いてみたが、正己は音痴だから何の曲だかさっぱりわからない。

「そういや、お前も歌が上手かったな。のど自慢大会で優勝したもんな」

正己は興奮気味に思い出話を続ける。

「歌手になりたいってよく言ってたのによ。今は学校の事務員だっけ？　結局、現実は甘くないってことだ。子どもの頃の夢なんてそんなもんさ」

隼太はたまらず下を向いた。

「なあ、隼太。朋美はどうしている？」

「どうって、別に」

「ちびだった頃しか知らないからさ。今、どんなだろう。美人か」

隼太は口をつぐんだ。朋美のことに触れられ、苛立《いらだ》ちが強くなっている。

「あいつは今、ええと」

正己は指折り数えている。

「二十八か。結婚はまだだろ。付き合っている男とかいるんだろうか」

「さあ」

「幸せになってくれるといいな。一度、あいつにも会いたいよ。またお前からも頼んでみてくれ」

嘘でも、わかったとは言えなかった。

正己の顔を、隼太は気づかれないよう前髪の隙間《すきま》からのぞき見る。それに気づいたわけではないだろうが、正己は急に口を閉ざした。

「なんだよ」

「いや。久々に会って、やっぱりなと思ったんだ」

「何のことだよ」

問いかけると、正己はにやりと歯を見せた。

「なあ、隼太。お前って俺のこと、ずっと恨んでいるだろ」

隼太は膝《ひざ》にのせたこぶしを握りしめた。

「はは、そうだよな」

正己が笑うのを見て、隼太の中で何かがぷつりと切れた。

「当たり前だろ。恨んでいるに決まってる」

隼太は真正面から正己を睨みつけた。

「お前が母さんを殺したんだ」

言い出したら止まらなかった。

「どうして母さんが自殺しないといけなかった？　あんなに優しくて、あんなに俺たちのことを思ってくれていたのに」

正己は聞きたくないとばかりに目をそらす。

「母さんはお前のせいで、ひたすら謝り続けた。お前は塀の中で守られていて何も知らなかっただろうが、世間から直接責められたのは母さんだ。全部、お前の代わりにな」

　言いながら悔しくてたまらなかった。

　あのときは自分もまだ子どもで、わけもわからず翻弄されるまま、どうすることもできなかった。

「いい母さんだったな」

　正己は嚙みしめるように言うと、小さく首を横に振った。

「だが隼太、母さんが死んだのは俺のせいじゃない」

「は？　何言ってるんだ。お前のせいだろ」

「それこそ社会のせいだ」

「ふざけんな」

　怒鳴《どな》ると、立ち会いの刑務官がこちらを見た。隼太は怒りに震えながら、すみませんと刑務官に頭を下げた。

「あと三分」

　何事もなかったように刑務官は言い放つ。

　隼太は正己をじっと見つめた。

「あんたは社会っていう、いもしない怪物を一方的に憎んで復讐《ふくしゅう》したかっただけだろう」

　正己はふんと鼻で笑ったが、隼太は構わずに続けた。

「でもあんたがしたのはそんなもんじゃない。罪のない人にナイフを向けただけだ」

　二人とも黙りこんだところで、面会時間が終わった。

　隼太は立ち上がる。背を向けたとき、呼び止められた。

「そっくりだな」

　そう言って正己は笑っている。

「ああ?」

「俺とお前だよ。まるで鏡を見ているみたいだ。お前もわかっているから、そうやって前髪で隠そうとしているんだろ」

「………」

　隼太は何も答えず、そのまま面会室を後にした。


　面会なんてしなけりゃよかった。

　胃のむかつきが抑えられず、駅前の飲食店を素通りする。

　正己が家族との面会を希望するようになったのは、ここ最近のことだ。だからといって反省を口にするでもなく、犯行動機についても黙ったままだ。

　あいつと自分は違う。それを確かめたいがために面会に応じているという自覚はある。

それなのに実際に会ってみると、違うと言い切れない気がしてきて怖くてたまらない。

そのまま電車にしばらく揺られた。

南町で最後の乗り換えをすると、あとは終点まで座ったままだ。緊張の糸が切れたのか、少しだけうとうとした。

誰もいないはずのアパートに戻ると、カレーの匂いがして朋美がいた。

「夜は食べてくるんじゃなかったか」

「久保《くぼ》さんに急用ができちゃったの。お兄ちゃんこそ、何でうちにいないの。もしかして私に内緒で誰かとデート?」

「あほか」

朋美は隼太の顔を見て、くすくす笑った。

「夜ご飯はまだよね。バターチキンカレーあるよ」

「またか」

「しょうがないじゃん。お店で出すメニューの試作なんだから。それにお兄ちゃん、カレー好きでしょ」

好きでもさすがに飽きるだろう。他のものも食わせてほしい。

「マスターとスパイスの配合を研究しているところなの。タコライスに続いて看板メニューにしたくて」

お玉でカレーをかき混ぜながら、朋美は鍋を温め始めた。

「そうだ。お兄ちゃん、宮坂先生って知ってるよね」

どうしていきなり、その名前が出る。

「お店に来てくれたんだよ。タコライス、おいしいって言ってくれた」

「何でお前の店に来るんだよ」

「出張先から近かったみたい。しゃべったら、南星小の先生だって。すごい偶然」

少し嘘くさい気もしたが、背中を向けたまま朋美は話を続ける。

「いい人だよね。年も近いし、友達になっちゃった」

「どうでもいいが、余計なことはしゃべるなよ」

隼太の声が硬くなったことに気づいたのか、朋美が振り向く。

「大丈夫だって。ホントお兄ちゃんは警戒しすぎなんだから。ほら、食べる前に手を洗ってきて」

返事をせずに、隼太は洗面所へ行く。

朋美がシャワーを浴びた後だったようで、鏡が曇って空気がむわっとしていた。蛇口をひねると、汗ばんでいる顔もついでに洗う。

——まるで鏡を見ているみたいだ。

浮かんだのは、最後に発した正己の言葉だった。

どこが似ているっていうんだ？

そう言い返したかったが、言えなかった。隼太は水を出しっぱなしにしたまま、顔に張り付く前髪をかき上げる。曇った鏡を指でこすると、自分と目が合った。

その顔は、昼間会ったばかりの殺人犯によく似ていた。

第三章　あやまちの歌

1

朝早く学校へ来ると、看板を門の横に立てた。

風で倒れないように、用務員さんと協力してロープで固定する。

「いいお天気でよかったです」

「絶好の音楽祭日和《びより》ってとこか」

屋内の行事だから天気は影響しないが、すっきり晴れていた方が気分がいい。足元を見ると、花壇のコキアたちが日を浴びていた。ふわふわでもこもこしていて、可愛《かわい》らしい。

種がこぼれて毎年自然に生えてくる。

「蒼衣先生にもらわれていったコキアは元気かな」

「はい。元気は元気です」

　夏休み中は気持ちに余裕がもてて、毎日水をやることができた。植物を枯らさなかったのは初めてかもしれない。だが一つだけひっかかっている。蒼衣のコキアは傾いたアーモンドみたいな形で、ちっとも丸くない。どうしてそうなったかもわからず、まん丸な学校のコキアがうらやましい。

「先輩、一人で何しゃがみこんでいるんですか」

　顔を上げると梨乃がいた。白いスーツで決めている。

「今から蓮くんのお迎え？」

「はい。緊張しちゃって、昨日は全然眠れませんでしたよ」

「音楽祭には参加するって約束しているんでしょ？」

　そう言うと、さっと梨乃は顔を曇らせた。

「やっぱり行きたくないって言い出しませんかね。ここまできて蓮くんが来られなかったらと思うと、私、もう吐きそうです」

　寝不足で本当に体調が悪そうだ。袋を渡しておいた方がいいだろうか。

「梨乃先生、リラックス。リラックス」

　両手を握ると、息を合わせて一緒に深呼吸をした。

「もしも急に行きたくないって言っても無理強《じ》いは禁物よ。蓮くんの気持ちが大切だから」

「そうですよね。はい」

ふらふらした足どりで、梨乃は門を出て行った。

蓮の登校が上手くいくよう祈りつつ保健室に戻ると、女の子がソファに座っていた。桃花だ。夏休み明けの始業式に長い髪をばっさり切った姿で登校し、背丈も蒼衣を追いこしていた。一学期に保健室登校をしていた期間はそれほど長くはなかったが、その頃の桃花を懐かしいと思うくらい子どもっぽさが消えている。

「桃花ちゃん、どうしたの」

「生理痛」

ぶすっとした顔で前かがみになっている。六年生のピアノ伴奏は桃花の担当だと聞いている。本番前の緊張も影響しているのかもしれない。

「講堂へ移動するまで、まだ少し時間があるでしょ。ベッドで横になったら？　お腹あためると少し楽になるよ」

うなずくと桃花はベッドに潜り込んだ。蒼衣は桃花のクラスに連絡して、ペットボトル湯たんぽを作る。布団《ふとん》の中に入れてやると、もそもそと桃花は顔を出した。

「先生」

「なあに」

「今日、蓮くん来てくれるかな」

桃花は嚙《か》みしめるように話し続けた。

「私、蓮くんにもクラスのみんなにもひどいことしたのに、今じゃ誰も私のことを責めないんだよ。河村先生がみんなに言ってくれたおかげだけど、優しいよね。でもみんなも本当は全部、私のせいだって思っているんだよ。だって私がそう思うんだもん」

蒼衣はベッドに腰かけると、桃花の顔を黙って見つめる。

「あれから蓮くんの作った歌を何度も聴いたの。蓮くんはいじめていたことを苦しんで、ごめんなさいって思っていたのに。私、そんなことも知らずに絶対赦《ゆる》さないって、すごく嫌な子だった」

桃花の目から大粒の涙がこぼれた。

「蓮くんが死ななくてよかった」

震えるような小さな声で言うと、桃花は頭まで布団をかぶった。むせび泣く声が中から聞こえる。蒼衣は布団をぽんぽんと優しく叩《たた》いた。

「桃花ちゃんはすごく立派だと思うよ。自分のしたことから逃げずに、きちんと反省してきたでしょう。みんなもそれがわかるから赦してくれたんじゃないかな。大丈夫。きっと蓮くんは来てくれるよ」

しばらくそのまま布団をさすっていると、扉の方で声が聞こえた。

「失礼します。先生、桃花ちゃんを迎えに来ました」

「はあい」

蒼衣は返事をして顔を出す。心配そうな表情の女の子が二人立っていた。

「もうすぐ講堂に移動する時間なのね。桃花ちゃん、行けそう？」

声をかけると、レースのカーテン越しに桃花がゆっくりと体を起こすのが見えた。待っている間、蒼衣は迎えに来てくれた女の子たちに話しかける。

「六年生の出番はラストだよね？」

「そうだよ。先生も聴きに来てね。『切手のないおくりもの』を歌うんだ」

「みんなの思いを蓮くんに伝えたくて、この曲がいいって決めたの。一緒に歌おうねって、手紙も書いたんだ。歌も録音して蓮くんに届けてもらったんだよ」

そうなんだ、と蒼衣は微笑《ほほえ》む。蓮が自作の曲に思いを込めたことをヒントに、子どもたちが言い出したそうだ。蓮も自宅に届けられた同じ楽譜で歌の練習を続けているらしい。

やがて桃花がカーテンから出てきた。平然としているので、桃花の目が腫《は》れていることに誰も気づかない。

「先生、もう大丈夫。行けるから」

「湯たんぽ持ってっていいよ。伴奏、頑張ってね」

「ありがとう」

女の子たちは仲良さそうにくっつきながら、保健室を出て行った。

音楽祭が始まった。

プログラムを手に講堂へ入ると、子どもたちの席の後ろに保護者が大勢詰めかけていた。蒼衣は出入り口の暗幕の前に立つ。

ブザーが鳴る。

トップバッターは二年生だ。カスタネットや鈴を鳴らしながら、みんな一生懸命歌っている。簡単な振り付けもあって可愛らしい。保護者たちは大きな三脚を立て、わが子の撮影に必死だ。

「蒼衣先生」

発表が終わったところで声がかかる。瑠璃子だった。

「合唱部の伴奏、よろしく頼むね。いつも通りでいいから」

「はい。頑張ります」

瑠璃子は周りの保護者に聞こえないよう、声のボリュームを下げた。

「蓮くんって学校に来たの？」

やはりみんな気になっているのだろう。

「まだわからないんです。梨乃先生が迎えに行ったところまでは知っているんですけど」

蒼衣の言葉に、瑠璃子はうなずく。

「音楽の授業のときも、みんな本当によく頑張って練習したのよ。やっぱり気持ちが入っているのと違うのよね。指導していても楽しかったわ。蓮くんにもみんなの気持ちが届いているんじゃないかな」

「はい。きっとそうだと思います」

「六年の発表、楽しみね」

それじゃあ、と言って、瑠璃子は前の方へと消えていった。

その後も学年ごとの発表が続き、途中、合唱部も歌を披露する。コンクールのリハーサルを兼ねての発表だ。

白いブラウスに黒のスカート。ベレー帽をかぶった部員たちが並ぶ。

瑠璃子の指揮のもと、蒼衣はピアノを弾《ひ》いた。緊張でテンポが少し速くなってしまった気がするが、歌の方はなかなかいい出来だったと思う。とりあえず大役を終えてほっとしつつ、急いで講堂の後ろへと戻る。歌の鑑賞中に怪我人《けがにん》なんて出ないはずだが、急病人には備えないといけない。蓮はどうなっただろうか。気になって仕方ないが、ばたばたしていて確認する余裕がない。

休憩時間と一年生の発表を挟んで、いよいよラストだ。暗転していた舞台に、ぱっと照明が点《つ》いた。

「次は六年生の発表です。曲は『切手のないおくりもの』、小学校最後の音楽祭です。三十六人全員の気持ちを一つにして、心を込めて歌います」

拍手とともに六年生が入場し、合唱台に並んでいく。指揮者は学級委員長の男の子、ピアノ伴奏は桃花だ。梨乃が舞台の脇の方で子どもたちを見守っているのが見えた。こらえきれない様子でハンカチを目に当てている。

「あ……」

子どもたちの真ん中に蓮がいる。

タクトが振られると、前奏が始まった。

みんな一斉に歌い始める。どの子も明るい表情だ。口を大きく開き、音にのって弾《はず》むように体を揺らしている。男の子の声、女の子の声、全員の歌声がハーモニーとなり、講堂いっぱいに響き渡っていく。子どもたちの心が一つになっているのがわかった。

この子たちのこれまでを思うと、歌詞の一つ一つが胸にぐっと迫りくる。

やがて発表は終わった。

割れんばかりの拍手が起こる。

保護者たちが三脚を片付け始め、大きなカメラがどけられると、その向こう側に野川がいた。小さく拍手をしているようだ。どんな表情をしているかまではわからないが、蒼衣は思わず笑顔になる。この人はいつもそう。周りに無関心でいるようでいて、本当はちゃんと気にしてくれているのだ。蓮がこうしてクラスに戻れたのは、野川のおかげでもある。

蒼衣は満ち足りた気持ちで、いつまでも大きな拍手を送った。

午前中で音楽祭が終わり、子どもたちが下校していく。

「じゃあね、先生」

「さよなら。気をつけて」

余韻に浸っているのだろう。あちこちで楽しげな子どもの歌声が聴こえてくる。門のところで看板を片付けていると、ランドセルを背負った蓮がクラスの男の子たちと一緒に帰っていくのが見えた。じゃれあって子犬のようだと蒼衣は思った。

職員室へ戻ると、給食の代わりの仕出し弁当が届いていた。いつもは教室で食べる担任も、今日はここで食べるのだ。子どもの下校が終わって先生たちが戻ってくると、職員室は賑《にぎ》やかになるだろう。

衝立《ついたて》の中、野川は戻ってきているだろうか。そちらを見ると、ちょうど中から出てきた。

「俺の分、もらっていきます」

「はいよ。ご飯が大盛のやつね」

用務員さんから弁当を一つ受け取り、廊下へ出ていく。

どこへ行くんだろう。

ふいに好奇心が湧いて、蒼衣はこっそり後をついていくことにした。

野川は階段を上っていき、突き当たったところで鍵を開ける。扉の向こうに屋上へ続く階段が現れ、野川の姿は消えていった。

こうやって野川は屋上を利用していたのか。蒼衣も貯水槽の点検で屋上へ上がったことがあるが、たった一度きりだ。他の職員も屋上へ上がることなどまずないだろう。野川にしてみれば、都合のいい居場所なのかもしれない。

迷ったあげく蒼衣も屋上へ上がることにした。音楽祭の余韻と、蓮がクラスに戻れた興奮に後押しされたのもある。それに野川の妹と友人になってから、野川自身に対しても親しみが湧いていた。誰もいないところで一度、話がしたいと思っていたところだ。

埃《ほこり》だらけの階段を上っていき、最後の扉を開けると光が差しこんでいた。

野川の後ろ姿。

手すりを握って、空を見上げるように風を感じている。

きまぐれな風が彼の前髪を撥《は》ね上げると、どこかさみしげな横顔が見えて、蒼衣は思わずドキリとする。

野川の弁当が無造作に置いてある。今日は職員室に人がいっぱいいるから、ここで一人で食べるつもりなのか。一応、学校という組織の中で働いているのに、自由すぎて少しうらやましい。この人はどうしてこうなんだろう……あの夜も、音楽室で一人歌っていた。

蒼衣は風にあおられながら、一歩、二歩と野川の方へ近づいていく。

声をかける前に、野川が気づいて振り向いた。

「野川さん」

笑みを浮かべて、蒼衣は話しかける。

「こんなところで一人でお昼ご飯ですか」

野川は嫌そうな顔をしたが、気にしなかった。

「大丈夫。誰にも告げ口しませんから。屋上でお弁当を食べるなんていいですね」

ふい、と目をそらされたが、負けないようににっこりと笑う。こういう子どもはよくいるから慣れている。

「音楽祭、よかったですね。蓮くん、あんなにいい笑顔で、六年生の子たちもクラス全員で歌えて……。これも野川さんがいろいろと助けてくれたおかげです。ありがとうございました」

蒼衣は頭を下げた。

「俺は何もしていませんよ」

こちらを見ずに野川は言った。

彼の横顔をじっと見る。屋上の風のおかげで、いつもは髪に隠れて見えない野川の顔がよく見える。優しい顔だ。

野川は黙ったまま、空を見上げた。

蒼衣もつられて空を見る。雲が一つもなく、爽やかな風が通り抜けていく。心地よさが広がっていき、今なら何でも言えそうだった。

「あの、申し遅れましたが、妹さんと友達になりました」

返事はなかったが、知っていると顔に書いてあった。

「朋美ちゃんから話を聞いているかもしれませんが、私の方から野川さんに何も言わないでいるのも変だなって思っていたので。他の先生たちにはこのことをしゃべっていませんから心配しないでください。プライベートなことですもんね」

蒼衣は自分の言葉にうなずいた。

「それともう一つ。野川さんって、すごく歌が上手いんですね」

野川は驚いたようで口が半分開いている。どうしてそれを？　そう言いたげだ。蒼衣は続けて言った。

「聴くつもりはなかったんですけど、一学期に音楽室で歌っているのをたまたま聴いてしまったんです。ごめんなさい」

「そう……ですか」

「でも私、野川さんの歌にすごく感動したんです。本当に、今まで聴いた歌の中で一番心に響いて、言葉にできないくらい素敵で……」

話しているうちに、気分が高揚してきた。

「私は合唱部のお手伝いなんてしていますけど、ピアノをちょっと弾くくらいしかできないから……。歌が歌える人って昔から憧《あこが》れがあるんです。今日の子どもたちの歌も素晴らしかったし。歌っていいですよね、本当に」

少し間があって、野川は口を開いた。

「俺は歌が嫌いです」

「え……」

蒼衣は目を瞬《しばた》かせる。

どうして、と訊《たず》ねる前に、野川は弁当を拾い上げると足早に階段を下りていった。

蒼衣はしばらく屋上に立ち尽くす。

いつの間にか風がやんでいた。

2

駐車場に車を停めると、玄関まで続く並木道を抜けていった。

用務員さんが掃き掃除をしているので、蒼衣はとっさに笑顔を作る。

「おはようございます」

「おはようさん」

挨拶《あいさつ》を交わして通り過ぎると、呼び止められた。

「蒼衣先生、今日はなんか元気ないね」

「そうですか？　朝ご飯食べてくる時間がなかったせいかな」

「そりゃいかん。若い子はもりもり食べんと」

昨晩はよく眠れなくて、アラームが鳴ってもなかなか起きられなかった。職員室に入ると早速おやつコーナーを見る。音楽祭の差し入れのおかげで、いつもよりお菓子が豊富だ。冷蔵庫には給食で残った牛乳もたくさんある。食器棚に隠れて立つと、鍵を取りに来る子どもに見つからないように注意を払う。蒼衣は朝食代わりのクッキーをかじり、ミルクたっぷりのコーヒーをすすった。

壁にかけられた出勤札を見るが、野川の札は赤のままだ。まだ学校には来ていない。

そう思ったとき、廊下が騒がしくなった。

「野川さん」

梨乃が呼ぶ声がする。気になって扉の隙間《すきま》から顔をひょこっと出すと、リュックを背負ったままの野川が、玄関に立っていた。駆け寄るように六年生たちが集まってきて、その後ろには梨乃がいる。

「出勤して早々、すみません。子どもたちがどうしてもお礼がしたいって言うので、連れてきてしまいました」

あっという間に、野川は取り囲まれた。

「いろいろとお世話になりました。全部、野川さんのおかげです。蓮くんを助けてくれたのも、歌詞のことを教えてくれたのも、本当に感謝しています」

梨乃は頭を下げる。

「ありがとうございました」

担任に続いて子どもたちも頭を下げた。その中に蓮も混ざっている。背の高い桃花の姿もすぐに見つけることができた。ありがとうございます……廊下にこだまが起こる。

「青春ねえ」

後ろから急に声がしたので驚いて振り向くと、瑠璃子がにやにやしていた。

「野川さんったら、もう少し嬉《うれ》しそうな顔してもいいのにね」

「こんなとき、どう反応したらいいのか、わからないんじゃないでしょうか」

「あら。いつの間にやら理解があるのね」

「そんなんじゃないですよ。何となく思っただけで」

のぞき見を続けるが、野川は面倒くさげにうなずくだけだった。視線に気づいたのか、ふと野川がこちらを向いた。蒼衣は亀のように首をすくめる。瑠璃子は素知らぬ顔でクッキーを口に放り込み、自分の席へと戻っていく。廊下のざわめきが消えていき、間もなく野川は職員室に入ってきた。

「おはようございます」

すれ違いざまに声をかけると、蒼衣は保健室に向かった。

――俺は歌が嫌いです。

昨日の言葉が思い出される。嫌いだったら、どうして音楽室でこっそり歌っていたのか。あんなに素晴らしい歌声をもっているのに、意味がわからない。歌が嫌いなようにはとても思えなかった。

気候もよく過ごしやすい時期なので、体調を崩して保健室に来る子は少ない。

「宮坂先生って暇そうだね」

保健委員の当番に来た男の子にからかわれた。

「……病院と警察は暇な方がいいのよ」

「授業中って何しているの。やることないんじゃない？」

「そんなことないんだよ。今日もほら、歯磨き教室で使う紙芝居を作っているのよ」

「先生って絵が下手《へた》だね」

「うるさいな。当番の仕事が済んだなら手伝ってよ」

「へいへい」

下書きを黒のマジックでなぞってもらい、蒼衣は色を塗っていく。男の子がマニアックなアニメの話を夢中になってするので、ふんふんと聞き流しながら蒼衣は作業を続ける。

心配していた六年生もこれで落ち着きそうだし、しばらく保健の行事もない。のんびりと仕事をする日があってもいいだろう。クラスで浮いてしまうオタクな男子の相手をするのも大事な務めだ。

陽射しの暖かい昼下がり。ふわふわとした気持ちでいると、運動場の方から大勢の子どもがざわめきながらやってきた。保健室では静かにっていつも言っているでしょ。そう出かかったが、言葉を呑《の》みこむ。

「先生、先生」

「早く来て！」

ただ事ではない様子だ。必死に蒼衣を呼んでいる。

「どうしたの？」

「女の子が、うんていから落ちたの」

「えっ」

救急鞄《かばん》をひったくるように手に取ると、室内履きのまま運動場へ飛び出す。事態を察知して、他の先生たちも走ってきた。

「こっちこっち」

手招きする子どもたちについていくと、大声で泣いている女の子がいた。地面に座り込んで、左腕を押さえている。

「何があったの。見ていた人いる？」

わあわあと騒ぐようにして、周りの子どもが状況を説明してくれた。誰かがぶつかってきて、うんていから落ちてしまったそうだ。相手の子はそのまま走って逃げてしまったのだという。

「ごめんね、ちょっと見せてくれる？」

押さえていた手をどけ、怪我の様子を確認する。砂にまみれた腕が少し腫れていた。これは骨折しているかもしれない。動かさないように固定する。

すぐに保護者に連絡をとって、病院で落ち合うことになった。泣きやんだ女の子を玄関で待たせ、職員室に戻って急いで支度をしていると、教頭に声をかけられた。

「宮坂先生よろしく頼むよ。また、どうだったか病院から連絡して」

「はい」

学校用の携帯電話を受けとる。

「あの、タクシーは？」

「呼んでないよ。今回は宮坂先生の車で病院へ連れていってもらえますか」

「それは……」

蒼衣は返事をためらった。これまで怪我をした子どもを病院へ連れていくときは必ずタクシーを使っていたのに。

「気をつけて行ってらっしゃい」

「はあ」

本当は嫌だと言いたいところだが、子どもが待っている。教頭を説得している時間なんてない。仕方なく従おうとした瞬間、後ろから声がかかった。

「これ」

振り向くと野川が立っていた。封筒をこちらに向けて差し出している。

「タクシー代です。領収書を忘れずに」

「あ、はい」

驚いて、言葉が続かなかった。

「僕の方でタクシーは呼びましたから、玄関で待っていてください」

「野川さん、勝手なことをしてもらっては困るんだが」

教頭が苦虫をかみつぶしている。事務職員が突然しゃしゃり出てくるなとでも言いたげな表情だが、野川は全く引こうとしない。

「児童を移送する際は、自家用車の使用は控えるようにと指導されています。万が一、事故を起こしてしまったらどう責任を取るんです」

　教頭は口を曲げた。

「心配しすぎだ。先生がわざわざ自分の車に乗せていってくれたって思われた方が、少しでもプラスになるだろう。加害児童がわからない以上、学校が責められかねない状況だ」

　融通の利《き》かない奴だな。教頭はそんな顔をした。

「万が一、が起きることがあるんです」

　野川の目が険《けわ》しくなった。

「事故が起きると思って運転している人がどれだけいますか？　思いもよらなかった事態にだって突然、巻きこまれるんです。どうして自分には無関係だと思うことができるんですか？」

　教頭も蒼衣も、熱を帯びた語りに呆気《あっけ》に取られていた。野川は二人の視線を振り切るように、防犯カメラのモニターを見上げる。

「タクシーが来ました。ほら、急いで」

「あっ、はい」

　蒼衣は慌てて封筒を受け取ると、子どもと一緒にタクシーへ乗り込んだ。

　移動中、子どもに話しかけながらも、ずっと胸が高鳴っていた。

　流れていく窓の外の景色を見る。病院へ着くまでの間、野川と教頭のやり取りが頭の中でくり返されていた。

翌朝も眠い目をこすりながら、蒼衣は出勤した。

「蒼衣先生、大変だったらしいね」

植木に水やりをしている用務員さんに話しかけられた。

「いえ。とりあえず手術が無事に済んでよかったですよ」

玄関へ行くと、昨日の女の子の母親がランドセルを取りに来ていた。入院のため、しばらく欠席。怪我は思いがけず重傷で緊急手術が行われた。教頭も途中から病院へかけつけ、蒼衣と並んで手術室の前に座っていた。通常なら保護者に付き添いをバトンタッチして帰る。ただ今回は誠意を見せるべきという教頭の方針に従い、病室のベッドに女の子が落ち着くまでその場を離れることはできなかった。

「本当に申し訳ありません」

教頭は何度も頭を下げた。

「全クラスで何度も確認しましたが、相手の子が誰だか結局わからない状況でして」

「いえいえ、そんな。子どものやることですし、うちの子が他の子を怪我させてしまうことだってあるでしょうから」

ありがたいことに母親は良識的な人のようだ。

「本当に申し訳ありませんでした。どうぞお大事になさってください」

蒼衣も教頭と一緒に頭を下げて別れる。

早速、朝の打ち合わせで怪我の報告があり、運動場での遊び方のルールを徹底するよう指導を受けた。

「怪我をさせたらちゃんと申し出るように、あわせて指導してください。大勢の子どもが生活する場ですから、誰でも加害者や被害者になる可能性があります。行事後は気が緩んで大きな事故が起こりやすいので、より一層、安全に気を配るようにしてください」

校長の言葉で打ち合わせが終わった。

チャイムが鳴って、職員たちは自分の持ち場へと散っていく。

「野川さん」

衝立の中をのぞくと、パーカーを着た野川がいた。黙ってこちらを振り返る。

「これ、タクシーの領収書です」

蒼衣からレシートを受けとると、ふい、とパソコンへ顔を向ける。蒼衣は勇気を出して、言葉を続ける。

「昨日はありがとうございました。教頭先生に車を出せって言われて困っていたんです。自分じゃ言えなかったから、野川さんに言ってもらえて助かりました」

「………」

「あの、それと」

「まだ何かありますか」

野川がこちらを見た。

「いえ。じゃあ、失礼します」

逃げるように蒼衣は背を向ける。自分の席に戻ると、ため息をついた。もっと野川と話がしたかったのに、いざとなると何を話したらいいか言葉が出てこなかった。

話がしたい？　なんでそんなこと思ったのだろうか。浮かんだ疑問をかき消すように子どもに呼ばれ、蒼衣は保健室へと向かった。大きな怪我が続くこともあるが、その日は平穏に過ぎていった。昨日のオタク男子も休み時間のたびに保健室へ通ってくれ、歯磨き教室用の紙芝居は早く完成した。

放課後、合唱部の練習に向かう。

いよいよコンクールも間近なので、瑠璃子の指導には熱が入っている。

「はあい、アルトの人たち、もう少し頑張って声出して。まん丸に目を開いて、口は大きく縦に」

子どもたちは一生懸命に瑠璃子の顔を真似《まね》して歌っている。恥ずかしがってはだめ。変な顔にならないと上手く歌えないのだと、瑠璃子はいつも注意している。

「ほっぺを高く上げて。そうそう上手よ」

　自分は伴奏でよかったと思いながら、みんなの顔を眺める。後ろの方には梨乃がいて、指導内容を観察しながらノートに書き留めている。六年生がすっかり落ち着いたので、梨乃も部活の指導に復帰したのだ。瑠璃子がいつ学校を異動になるかはわからないので、後任を任されている梨乃も大変だ。

　周りは熱気に溢《あふ》れているのに、蒼衣はどこか上《うわ》の空だった。

　部活が終わると、少しだけ仕事をして学校を出た。

　車は自宅ではなく、『CAFE & BAR そらまめ』に向かっている。何となく朋美と話がしたい気分だった。

　店が空《す》く時間を見計らい、カランコロンと鈴の音をさせて中に入る。

「いらっしゃい。あ、蒼衣先生」

「また来ちゃいました」

　メニューを見ずに、バターチキンカレーのセットを注文する。

「マスター、私も休憩に入っていいですよね。お腹空いたな」

「はいはい。朋美ちゃんもカレーでいいかな」

　この店のマスターが甘いことがわかってきたので、蒼衣も朋美のように遠慮をしなくなった。人のいいおじさんで、朋美もさぞかし働きやすいだろう。すぐにカレーがやってきた。わあいという感じで口に運ぶ。蒼衣はいつの間にか常連になっていて、朋美とくだらないことをしゃべって笑いながらお腹を満たした。

閉店時間になると、いつの間にかマスターは奥へ引っこみ、朋美は食器を洗って片付ける。カウンターに座って、蒼衣はその様子を眺めていた。

「今度ね、うちのお兄ちゃんに久保さんと会ってもらうの」

「久保さんって朋美ちゃんの結婚相手だよね」

「そう。そのうち蒼衣先生にも紹介するよ」

「私にも？　ありがとう。どんな人なのか会うのが楽しみだよ」

朋美は皿を拭《ふ》きながら、嬉しそうに微笑んだ。

「蒼衣先生は付き合っている人とかいるの？」

「それは、あのう……夏前に別れてしまって」

随分と久しぶりに思い出した。別れた直後は富岡のことをよく考えていたが、いつの間にか過去のことになっている。

「プロポーズまでされていたんだけどね」

「そうなの？　それまたどうして別れたの」

つっこんだ質問だったが、そんな話もできるくらいの仲になっていた。

「私にはもったいないくらいの素敵な人だったんだけどね。でも、ちょっと合わなかった。今だからわかるんだけど、私、焦っていたんだと思う。周りの友達は結婚していくのに、自分にはずっと出会いがなくて……。だから、久しぶりの恋愛に舞い上がっちゃって、無理して合わせて。馬鹿だったなって思うよ」

吹っ切れたように富岡のことを洗いざらい話していった。

「そっか」

朋美は蒼衣を思いやるような表情で言った。

「自分自身の気持ちなのに、見えなくなることってあるよね。蒼衣先生は、その人と結婚するかもしれないぎりぎりになって、本当の心に気づくことができたんだね」

「うん、まあ……そういうことかも」

「今度はその人よりも本当に蒼衣先生に合ったいい人に出会えるよ」

力強く断言してもらえて、蒼衣は嬉しかった。ありがとう、と微笑む。

「蒼衣先生も、うちのお兄ちゃんも、みんな幸せになってほしいな。二人とも絶対いい人と出会えると思うんだよね」

野川の話が出たので、蒼衣は聞いてみることにした。

「ねえ、朋美ちゃん。野川さんってどうしてあんなにぶっきらぼうなのかな」

「やっぱり職場でそんな感じなんだ」

「目も合わせてくれないから、初めは私も怖い人だと思ってびくびくしていたんだよ」

蒼衣がため息をつくと、おかしそうに朋美は笑った。

「そんなふうなのに、ちゃんと仕事はできているの？」

「うん。実は周りのことをちゃんと見てくれていて、困っているときには助けてくれるの。みんなもそれがわかってきて感謝しているのに。どうしてなんだろう。誰も近づいてほしくないような、拒絶しているような、そんな気がする」

朋美は蒼衣の目をのぞき込んだ。

「蒼衣先生、お兄ちゃんのことを気にしてくれているんだ」

「何でだろう、養護教諭だからかな。いつも一人でいる野川さんが気になっちゃって。無視されても話しかけちゃうから、本当は嫌がられているかもしれない」

「そんなことないよ」

朋美はゆっくりと目を伏せてから、やがてどこかさみしげに微笑んだ。

「ありがとう。そうやって心配してくれる人がいてくれてすごく嬉しい。でも私には、お兄ちゃんがそうなっちゃう気持ちもよくわかるんだ」

少しためらうように口を閉じた後、朋美は続けた。

「期待して裏切られるのが怖いんだと思う。私が久保さんをなかなか受け入れられなかったのと一緒。男の人だと余計に臆病《おくびょう》になっちゃうのかもしれない。本当は誰よりも人の優しさを求めているはずだから、懲《こ》りずに話しかけてやってください」

急に深々と頭を下げられて、蒼衣は戸惑った。

「そんな改まらなくても大丈夫だよ。私、野川さんのこと……」

放っておけない。そんな言葉が出かかって自分でも驚く。とっさに別の言葉に変えた。

「ちゃんと職場の仲間として気にかけているから」

胸がどきどきしてきたので、慌てて言葉を続けた。

「朋美ちゃんの話に戻すけど……彼のこと、なかなか受け入れられなかったってどういうこと？　プロポーズのときに返事に迷ったの？」

ああ、と言って朋美は微笑んだ。

「私の場合は付き合うまでが大変だったから、そこは迷わなかったな。私ね、久保さんが何度告白してくれても断っていたの」

「えっ。どういうこと？」

意外な話に驚いた。

朋美と久保が出会ったのは二年前。彼が『CAFE & BAR そらまめ』に客として偶然やってきたという。久保は朋美に一目ぼれして、店に通い詰めたのだそうだ。

「初めの頃なんて久保さんのこと、ストーカーだと思ったもん」

未来の夫に対してのあんまりな言い草に、蒼衣は噴き出した。

「どこで朋美ちゃんの気持ちが変わったの？」

「私、一生結婚なんてできないって思っていたの。諦めさせようとして最後には家庭の事情とかも話したんだけど。それでも構わないって言ってくれて。ああ、この人なら何があっても大切にしてくれるって思ったんだ」

「ふうん……」

どうして結婚を諦めていたのか。家庭の事情、という言葉にも引っかかる。言われてみれば以前にも、特殊なうちだと言っていた気がする。

「自分なりに懸命に生きていれば、ちゃんと味方になってくれる人が現れるんだなって。久保さんには本当に感謝している」

「そっか、なんだかうらやましいな。私もそんな人に出会いたい」

朋美は台ふきを、ぴんと伸ばして干した。キッチンの片付けは終わったようだ。

「とりあえず、うちのお兄ちゃんと久保さんが仲良くなってくれないと。それだけが心配かな。娘さんをください、ならぬ、妹さんをください、なんて挨拶するのかなって。ああ、どうなるんだろう」

蒼衣の中で妄想が膨らむ。お前に妹はやらん、と頑固おやじのように野川が反対するなんてこと、あるだろうか。

「朋美ちゃんって野川さんと二人で暮らしているんだよね。ご両親を早くに亡くされたってことだけど、他にご家族はいないのかな」

何気なく訊ねたが、びくっと手を止めて朋美は凍り付いたような目をした。

「あ、うん。おじいちゃんもおばあちゃんも死んじゃったし」

「そうなんだ」

相槌《あいづち》を打つが、ただ事ではない雰囲気を感じ取って蒼衣は口を閉ざす。やはり野川家のことを聞くのは何かまずいようだ。

蒼衣はカウンター席から降りると、鞄を手に取る。

「もうこんな時間。遅くまで悪かったね。ごちそうさま。おいしかったよ」

にっこり微笑むと、いつもの朋美の顔に戻っていった。

「また来て」

「うん。じゃあね」

店を出ると、車のエンジンをかけた。

ハンドルを握りながら、蒼衣は野川のことを思い浮かべた。前髪に隠れているが、どんな顔をしていたか今ではちゃんと思い出せる。

野川の家庭には複雑な事情がありそうだ。朋美は結婚を諦めていたと言ったし、相手の家に反対されかねない何かがあるのだろうか。野川兄妹はこれまでどういう人生を歩んできたのだろう。

考え事をしながらの運転は危険だとわかっていても、思考がぐるぐると回り続けて止まらなかった。

3

旅費関係の書類作成が一段落ついたとき、衝立の向こうから教頭に呼ばれた。

隼太が応接室に入ると、校長が窓際にたたずんでいた。運動場で遊ぶ子どもたちを、孫を見るような目で眺めていたが、こちらに気づくと微笑んだ。

「ああ、野川さん、座って」

「失礼します」

教頭と校長、二人と向きあう形でソファに腰かけた。

「六年生の山城蓮くんのことは聞いていますよ。落ちそうなところを間一髪、助けてくださったそうで」

「たまたま、上手くいっただけです」

「今さらだけど、ありがとう。野川さんがこの学校にいてくれて本当によかった。山城くんがクラスに戻れたことも喜ばしいですが、全部あの子の命があってのことですからね。野川さんには感謝してもしきれない。あなたは神様みたいなもんですよ」

校長は頭を下げげつつ、野川に向かって手を合わせた。

「そんな、やめてください」

慌てて止めるが、校長の隣に座る教頭の方が気になっていた。気難しそうな顔で隼太の履歴書を見つめている。

　まさか。正己のことに気づいたのか。隠していたと後で難癖をつけられては困るので、履歴書の家族構成欄には正直にあいつのフルネームも書いてある。家族の名前など誰も注目していないだろうし、問題はないと思ってきた。

「校長先生、それでお話というのは？」

　焦ったように隼太は問いかけた。校長はまだ話し足りなかったようだが、そうだったねと笑って本題に入った。

「君みたいな優秀な人が臨時で働いているのはもったいないと思ってね。採用試験を受ける気はないのかね。いろいろな職を転々としているようだけど、最近は学校事務の仕事に落ち着いているみたいだが」

「はあ」

　朋美のようなことを言われて拍子ぬけした。

「とりあえずはこのままでと考えています」

　正規になれば収入も安定するが、何年も同じ職場で勤めることになるし、学校外のつながりも増えてしまう。いつでも辞められる身でいた方が、何かあったときに安心だ。

「そうか。気が変わったらいつでも言ってくれよ。ああ、それと君の任用についてのことなんだが」

「何でしょう」

「本職の事務さんの回復が思わしくないようでね。休職期間が長くなるんだ。野川さん、当初の代替期間を延長して、うちで引き続き働いてもらえないかね」

「それは……」

間もなく南星小を去るものだと思っていたので、空気のように気配を消しつつ任期が終わるのを待っていたのに。

どうする? 気持ちが揺れたが、すぐに答えていた。

「別に構いませんが」

「そりゃよかった。こちらとしても君にいてほしい。よろしく頼むよ」

「はい。それでは失礼します」

応接室を後にした。

この職場を離れがたい。そんな気持ちがいつの間にか芽生えていることに驚く。今までの自分だったら任期の延長など考えられなかった。

廊下へ出て印刷室へと向かう。途中、保健室の前を通りかかった。

手の込んだカラフルな掲示物が飾られている。『歯を大切にしよう』という手書きの文字があって、歯磨きする子どもの姿が描かれていた。こんな絵なら子どもが描いた方がましだろう。苦労して作っていることが伝わってくる。

この前、朋美から聞いた。学校歯科医の息子と蒼衣が交際していたが別れたと。そういえば以前、鍵を渡してほしいと頼まれたことがあったが、あいつのことだろう。そんなことを思い出していると、急に扉が開いた。

「あ……」

宮坂蒼衣だ。目が合って思わず立ちすくんでしまった。

「野川さん？　何か用事でもありましたか」

優しげなまなざしで、こっちを見ている。

「いえ、何も」

失礼しますと言って立ち去る。

掲示物を見ていたことに気づかれてしまっただろうか。目立たないようにと思っているのに、どうも最近調子が狂う。色画用紙の在庫だけチェックして、さっさと帰ろう。身を隠すようにして職員室へ戻ると、出勤札を裏返した。

学校を出てすぐの歩道橋の上から、隼太は沈みゆく夕陽を眺めていた。

そういえば今日は面倒なイベントがある日だった。適当に残業してすっぽかしてやろうかとも思っていたのに、勢いで早く出てしまったからには逃げようがない。

ふと騒がしい声が聞こえ、高学年の子どもたちが前を通っていく。その後ろを別の男の子が追いかけていった。ガチャガチャとランドセルの音がする。

「ジュンくん、アイカのことが好きなんだってさ」

「そんなこと言ってないよ！」

「言った、言った」

ふざけるように男の子たちがはやし立て、女の子たちがキャーと黄色い声を上げた。今も昔もたいして変わってないな。そんなことを考えていると、少し昔のことを思い出す。

子どもの頃、好きだった子がいた。

同級生の女の子だ。家が近所だったので自然と仲良くなっていた。周りにからかわれるのが嫌で、中学校に上がってからはわざと知らないふりをしていた。土砂降《どしゃぶ》りの帰り道、赤い傘に入れてくれたのを覚えている。

そのときこっそり手をつないだ。そうだ。あのとき、一度だけ。

その後、兄のことがあって会えなくなった。

ようやく電話をかけることができたとき、何があっても俺のことが好きだと言ってくれた。しかし、あの子は来なかった。引っ越す前に、こっそり会おうと約束したのに。

それ以来、会っていない。この先も二度と会うことはないだろう。子どもの頃の話だろうと人には笑われるかもしれないが、自分の置かれた現実を思い知るには十分だった。

もしも兄のことがなかったら、自分はどんな人生を歩んでいただろう。いろいろなことを諦めなくても済んだのか。人づきあいだって、今よりは多少上手くやれていただろうか。

アパートの扉を開けると、見慣れない男物の靴があった。

やはり逃げられないようだ。覚悟を決めて中へ入る。

「ただいま」

声をかけると、すぐに笑顔の二人に出迎えられた。

「お兄ちゃん、おかえり」

スーツを着た小太りの青年は、緊張気味に頭を下げた。

「おじゃましてます」

この青年の名前は久保秀樹《ひでき》。朋美の婚約者だ。

隼太は会釈だけを返す。

「気楽に夜ご飯を食べに来てって言ったのに、久保さんったらこんなきちんとした格好《かっこう》で来ちゃって」

「ご挨拶させていただくんだから当然です」

夏でもないのに額には汗がにじんでいる。

「こないだ、二人でうちのお墓参りに行ったときもスーツだったんだよ」

そう言って朋美は笑った。

「ご飯の支度をするから、先に飲んでて」

朋美に背中を押されて中へ入ると、男二人はテーブルを挟んで座った。朋美がいそいそと缶ビールとつまみを運んできてくれたので、グラスに注ぎ合い乾杯した。

何を話せばいいんだ？　基本的に会話は苦手だ。

ちびちびとビールを飲んでいると、久保の方から話しかけてきた。

「お義兄《にい》さん」

その呼び方にはっとして顔を上げると、久保は声を上ずらせながら続けた。

「……はお仕事のないときは何をされているんですか」

「特に何も」

話が続かず、すぐにグラスが空っぽになった。

隼太は沈黙に耐え切れずテレビをつける。横目で久保をちらりと見ながら、ふと思った。もしかすると自分と案外似ているのかもしれない。正座したままの久保は背中を丸めて固まっている。酒に弱いようで耳まで真っ赤になっていて、汗もすごい。見るに見かねて、どうぞとティッシュを箱ごと渡す。

「す、すみません」

恥ずかしくてたまらないようで、久保はさらに縮こまった。結構いい大学を出ているそうなのでもっと鼻もちならない奴かと思っていたが、実際に会ってみると好青年そのものだ。

ほどよく酔いも回ってきて、隼太は口を開く。

「久保さん」

「はい」

「お仕事は、実家の手伝いをされているって聞いたんですが」

隼太から質問されたのが嬉しかったのか、ぱっと表情が明るくなった。

「そうです。親父が祖父の代からの工場を経営していまして。主にミシンの部品を作っています。母も経理関係を手伝っていまして、家族と少ない従業員で細々とやっている感じです。いずれ僕が継ぐことになっているので、今は親父のもとで修業中ってところでしょうか」

つまりは次期社長、ということだ。うちとは随分と違う。

「立派なご家庭なんですね」

「いえ、工場を経営しているって言っても大したことはないんです。弟は逃げるように東京の大学へ行ったまま地元へは戻ってこないし、僕も跡を継ぐかどうか迷ったくらいですから」

「それなのに、どうして継ごうと？」

「初めは都会の企業に就職したんです。営業を任されて頑張っていたんですけど何か違和感があって……。それで地元に帰省したときに気づいたんです。自分にはものづくりが合っている。それに田舎《いなか》の方が居心地よくて。子どもの頃から知っている従業員さんやご近所さんたちが優しくしてくれるし、実家を継いだ方が自分らしく生きられる気がして今に至るって感じです」

照れくさそうに話す久保からは、人柄の良さが伝わってくる。少し我の強い朋美とも仲良くやれるだろう。結婚したら朋美も家業を手伝うことになりそうだが、新しい家族に囲まれて幸せに暮らす姿が目に浮かぶようだった。

隼太は手に持っていた空のグラスを、テーブルの上に置いた。

「ご両親は知っているんですか」

真っすぐに久保の目を見て問いかけた。

「え？」

「俺たちの兄のことですよ」

台所に立つ朋美がこちらを向いた。これが一番、いや唯一、聞きたかったことだ。

久保は真剣な表情になって、深くうなずく。

「はい。僕からきちんと話をしました。初めはやっぱり驚いていましたけど、時間をかけて話していくうちに理解してくれて。長いこと苦労された娘さんなら、きっといい方なんだろうって。朋美さんに会えるのを父も母も楽しみにしています」

「そう、ですか」

「朋美さんだったら絶対に気に入ってもらえると思います。本当に素敵な女性ですし、明るくて前向きな性格が少しうちの母に似ているかもしれません。それを話したら母がすごく喜んじゃって。うちは男兄弟だから、娘ができるみたいで嬉しいそうです」

「そうですか」

少し話しただけでもよくわかった。久保は朋美のことが大好きで仕方ないといった様子だ。何度振られても、諦めなかっただけのことはある。

「朋美さんと僕とで我が家への挨拶が済んだら、今度はお義兄さんも一緒にみんなで食事をしませんか？　僕が地元を案内します。何にもないところですけど、もみじのきれいな川とかが近くにあるんで」

二人は自分たちの結婚を実現させようと、着々と計画して動いている。向こうの親ならともかく、こっちが反対する理由なんてない。

いつの間にか、負けたような気分になっていた。だがその敗北は決して悔しいものではない。それどころかとてもすがすがしく、心地いいものに思えた。この男なら大丈夫だ。

その思いが心の中ではっきりと形になった。

隼太は久保に向かって正座をし直すと、深々と頭を下げた。

「どうか妹をよろしくお願いします」

慌てて久保も座り直す。

「こちらこそ。一生、命がけで朋美さんを守ります」

額が床につくくらい頭を下げられた。ちょっと二人で何やってるの、と笑いながら朋美がやってきた。テーブルにカセットコンロを置いて点火する。

「あれ、久保さんもビール空っぽ。弱いのに大丈夫なの？」

「ごめん。緊張して早く飲んじゃったよ」

「ちょっともう。真っ赤じゃない」

しょうがないな、と朋美が水を取りに行った。久保は朋美の尻に敷かれるだろうが、きっといい夫婦になれるだろう。

今夜はすき焼きだ。

三人で鍋を囲みながら、夜は更けていった。

「ごちそうさまでした」

足元をふらつかせながら久保が帰っていく。朋美もアパートの外まで見送りに行った。

一人、静けさの中、玄関に立つ。

よかったな、朋美。

久保はいい男のようだし、昔のことは全部忘れて幸せになればいい。

隼太は少しだけさみしいような気持ちで背を向けた。

4

三年生の教室では、タオルを首にかけた子どもたちが、鏡で口の中を見ていた。

「歯の赤くなっている部分が、汚れているところですよ」

学校歯科医がそう言うと、みんな騒然とする。

「朝ご飯の後、ちゃんと歯磨きしたのに」

「全部まっかっかだよ。きたない！」

うんうん、と学校歯科医は満足そうにうなずく。

「ちゃんと磨けていなかったんだねえ」

歯垢《しこう》染色剤を使った歯磨き教室は、このシーンがいつもおもしろい。記録写真を撮りながら、蒼衣は歯科衛生士とともに個別指導に加わる。授業が終わる頃には、子どもたちの歯はぴかぴかになっていた。

「富岡先生。今日はご指導ありがとうございました。また子どもたちの感想をまとめて持っていきますので」

「楽しみにしていますよ。ご苦労様でした」

さすがにもう、息子の話は出なかった。高級車を見送ると、蒼衣は門を閉める。紙芝居は子どもも受けがよくて、苦労して作ったかいがあった。先週、合唱部のコンクールも終わったし、この先しばらく大きな仕事はない。一息つくと、花壇のコキアを見つめる。心なしか色づき始めただろうか。

顔を上げると、玄関から誰かが慌てて出てくるのが見えた。野川だ。珍しくスーツを着ているので、蒼衣はどきりとする。そういえば職員室のホワイトボードに出張と書いてあったように思う。

「いってらっしゃい」

声をかけるが、届いただろうか。思ったよりも小さな声しか出なかった。

何なのだろう、この気持ち。

ずっと心にもやがかかっていて、どんなに追い払っても逃れられない。野川と朋美の育った家庭には何か複雑な事情があるようだが、彼らが隠している以上、関心をもつべきではないのに。考えないようにしようとすると余計に気になってしまう。

保健室へ戻ってからも、後片付けが手につかなかった。

「失礼します」

ノックと同時に声がして、二年生の男の子がやってきた。

「先生。ここ、突き指しちゃった」

「うん、見せて」

右手の小指だ。見たところ腫れてはいない。

「冷やして様子をみようか。昼休みの時間に、もう一度見せに来てね」

蒼衣は保冷剤を渡す。

「ありがとうございました」

きちんと頭を下げて、男の子は出ていった。

給食の時間になっても野川は帰ってきていないようだった。出勤札が赤にひっくり返ったままになっている。出張が長引いているのだろうか。蒼衣は味噌汁《みそしる》をよそいながら、用務員さんに訊ねた。

「野川さんって、学校に戻ってきてから給食食べますよね?」

「うん、そうだって聞いているよ。食べ物の恨みは怖いからね。俺の給食がないって怒るといけないから、ちゃんと取り分けておいてくれよ」

はあい、と返事して、皿の数を確認する。蒼衣は衝立の中へ野川の給食を運ぶと、そっとラップをかけておいた。ふと、野川がいつも着ているパーカーが目に留まる。椅子《いす》の背もたれから今にも床に落ちそうになっているので直しておく。

「おっ。蒼衣先生、世話焼き女房みたいだねえ」

いきなり用務員さんが衝立の中に入ってきたので、びくっとなった。

「べ、別に……気になっただけで」

「ほい。配り忘れていたから、これも野川さんの給食につけておいて」

用務員さんは蒼衣に焼きのりを渡すと出て行った。世話焼き女房……。用務員さんの言葉が頭の中でこだまするので、蒼衣は首を激しく横に振る。どうしてだろう。調子が狂って仕方ない。

昼休みが終わっても、職員室に野川はいなかった。ホワイトボードを見ると、野川は午後から休暇ということになっている。学校へは戻ってくるという話だったのに。急に予定が変わるなんて変だなと思っていると、用務員さんが衝立の中からトレイを持って出てきた。

「蒼衣先生。この給食、保健室へ行くついでに返してきてくれる？　野川さんが急用らしくて、いらなくなっちゃったんだよ」

「いいですよ。私、持っていきます」

トレイを受けとりつつ、野川のことが気になった。何かあったのだろうか。

調理所をのぞくと、食器の後片付けが済んだようで静かだった。蒼衣は返却口にトレイを置いて、すみません、と大きな声で言う。耳を澄ますと奥の方から話し声が聞こえた。近づいて、引き戸を開ける。朝からの大仕事が済んだ調理員さんたちが、畳の部屋で一服していた。

「あら。宮坂先生。どうぞ入って、入って」

「コーヒーにする？　みかんもあるよ」

テレビもあって、完全にお茶の間といった雰囲気だ。

「じゃあ、ちょっとだけ。お邪魔します」

保健室を放っておいて長居はできないが、気持ちがふわふわしていて流されるまま蒼衣は畳の部屋に上がりこんだ。

調理員さんたちは身内の離婚話で盛り上がっている。蒼衣は、みかんの皮を剝《む》きながら相槌を打った。

「それでね、ただの離婚なのに揉《も》めに揉めて、最高裁まで行っちゃったのよ」

「えっ。信じられない」

みんなが楽しそうに話す横で、テレビの臨時ニュース速報のアラート音が鳴った。何事だろうと視線が集まる。静まり返る中で伝えられたのは、一年ぶりに死刑が執行されたというニュースだった。そんなことかと調理員さんたちは雑談を再開する。

「宮坂先生も結婚するなら相手選びは慎重にね」

「はあ」

話の矛先《ほこさき》が自分に向き始めたので、そろそろ失礼することにした。みかんを口へ放り込むと立ち上がる。

「もう行っちゃうの？」

「いつでも休憩しに来てね。宮坂先生なら大歓迎だから」

「ありがとうございます。じゃあ、また」

保健室へ戻ると、誰も来ていなかったようでほっとした。今日はありがたいことに来室者が少ないようだ。調理所が賑やかだった分、静かでだだっ広く感じる。誰も来ない保健室で執務机に向かうと、頰杖《ほおづえ》をつきながら野川のことを考えた。しばらくして六時間目の終わりを告げるチャイムが鳴り、子どもたちが帰っていく姿が窓から見えた。

歯磨き教室が終わってから、仕事が何も手につかなかったな。余計なことばかり考えてしまう。戸締まりをして職員室へ戻ると、瑠璃子がひそひそ話しかけてきた。

「何かトラブルがあったみたいよ。どうしたのかしら」

見ると、二年の担任が電話をかけながら頭をぺこぺこ下げている。その前に渋い顔をした教頭が座っていた。

「本当に申し訳ありません」

担任の口から突き指、という言葉が時々聞こえる。蒼衣は嫌な予感がして、電話が終わったところでかけよった。

「あの、今の電話って」

担任からため息が返ってきた。

「突き指じゃなくて、骨にひびがはいっていたんだってさ」

「えっ！　どういうことですか」

蒼衣は青ざめる。浮《うわ》ついていた気持ちが一気に吹き飛んだ。

「家に帰ってきたら小指が腫れてて痛いって言うから、病院へ連れてったらしいよ。ピアノの発表会が近いのに、どうしてちゃんと手当てしてくれなかったんだって。ひどくお怒りだったよ」

「すみません、最初に見せてもらったときは腫れていなかったんです」

思わず言いわけのようなことを口にしてしまった。

「じゃあ、段々と腫れていったってことか」

「もう一度見せに来てねって言ってあったんですけど、そういえば、それから見せに来ていなかったです。先生にも報告してなかったですね、本当にすみません」

教頭は眉《まゆ》をひそめたが、担任は蒼衣を責めなかった。

「いやいや。俺も確認せずに帰しちゃったし、まずかったわ。まあ、授業中にふざけていて、扉で指を挟んだわけだから、あの子の自業自得ってのもあるし」

さらなる落ち度にも気づく。今の話だと、そもそも突き指ではない。子どもの言葉をそのまま受けとって、どうして怪我をしたのかも聞いていなかった。

「全部、私のせいです」

蒼衣はうなだれた。頭が真っ白になっていくようだ。

「まあ、気にしなさんなって」

担任が席へ戻っていった後、前にいた教頭が大きく咳払《せきばら》いをする。

「宮坂先生、しっかり頼みますよ」

「……すみません」

「大事な子どもたちを預かる仕事なんです。命に関わるような事態だって、いつ起きるかわからないんですよ。ちょっとした連絡ミスや言葉の掛け違いだって大きなトラブルにつながりかねない。わかっていますよね」

「はい。以後、気をつけます」

職員室にいる人たちが全員こっちを見ていて、顔から火が出るほど恥ずかしい。私は何をやっているんだろう。野川のことなんてどうだっていいはずなのに……。

部活のない日でよかった。逃げるようにして保健室の中へ引きこもると、ようやく仕事に集中した。


外はすっかり真っ暗だ。

歯磨き教室の感想を富岡歯科医院へ届けると、仕事が早いですねと褒められた。失敗を忘れたくて仕事に集中していたおかげで、あっという間にできあがってしまったのだ。ばつが悪い気がしたが、蒼衣は作り笑いをして立ち去った。

診察が終わる時間を見計らって行ったので、学校の駐車場には教頭と蒼衣の車しか残っていない。昼間に叱られたばかりなので気まずいなと思いつつ、門の方へ回る。

誰だろう。暗闇の中、人影が立っていた。

「どうかされましたか?」

蒼衣は声をかける。ひげもじゃの男性は、振り向くと頭を軽く下げた。

「ああ、すみません。記者の武藤《むとう》と申します。以前こちらで山城蓮くんの取材をさせていただいた者ですが」

言われると確かにこんな人が来ていたように思う。武藤は悲しそうな顔を作る。

「あれから蓮くん、いろいろあったようですね」

「……はあ」

どこで聞きつけたのだろうか。蓮の飛び降りは未遂に終わったので報道はされていないはずだ。だが蓮は有名人だったので、もしかするとネット上で情報が漏《も》れているのだろうか。いずれにしろ外部の人間に下手なことをしゃべるわけにはいかない。

蒼衣が口をきゅっと結ぶと、武藤は笑った。

「ご心配なく。今日は蓮くんのことで来たわけじゃないですから」

だったら何の用事で来たというのだろう。怪しいとしか思えない。教頭を呼ぶべきだろうかと迷っていると、武藤はひげを触りながら言った。

「ここの職員に、野川隼太さんって方がおられますよね」

思いがけない問いかけに、一瞬、体が硬直した。

「以前、こちらの学校で見かけたんです。似ていたので気になっていたんですけど、やっぱり彼としか思えなくて。ねえ、そんなに警戒しないで少しくらい教えてくださいよ」

蒼衣は戸惑っていた。困った人が来たと思いつつも、どうして野川のことを聞いてくるのか知りたいという気持ちも湧いている。

「野川さんというのは、知りあいの方なんですか」

とぼけた蒼衣の問いに、武藤は苦笑いした。

「彼のことを知りあいと言っていいのかどうかわかりませんが……僕のことを覚えていたとしても、きっとよく思われていないと思います」

どういうことだろう。ますます頭が混乱してきた。

「彼が今、どんな暮らしをしているのか知りたいと思いましてね。よろしかったらまた聞かせてください」

蒼衣に名刺を渡すと、武藤は背を向けて去っていった。

今さらながら怖くなってきて、慌てて職員室へ入る。がらんとして誰もいない。そう思っていると、隣の応接室から教頭が出てきた。

「教頭先生」

いつもは苦手な教頭でも、姿を見てほっとする。蒼衣は武藤の名刺を見せながら、今あった出来事を伝えた。

「そうですか……野川さんのことをねえ」

何か心当たりでもあるのだろうか。意味深な表情を蒼衣は見逃さなかった。

「何を嗅《か》ぎまわっているのか知りませんが、その記者に気をつける必要はありますね」

教頭は明日の打ち合わせで、他の職員にも注意を呼びかけると言った。

「ところで急ぎで学校を出たいのですが、宮坂先生も今日はもう帰りますよね？」

「はい」

蒼衣はうなずく。

「私が戻るまで待っていてくださったんですね。すみません。どうぞお先に」

「では、最後の戸締まりをよろしく頼みますよ」

鞄を手に取ると、教頭は足早に出て行った。

職員室の電気は薄暗く、パソコンも全て画面が真っ暗だ。蒼衣以外、誰もいなくなってしまった。武藤という記者に話しかけられた恐怖心が、とたんによみがえってくる。さっさと戸締まりをして帰ろうと、蒼衣は身震いした。

「ええと、書類のロッカーは全部閉じたし、後ろの扉も閉めた……」

静かすぎて怖いので、口に出しながら鍵をかけていき、電気のスイッチも同時に消す。

蒼衣は三役の机の横に目をやる。ダイヤル式の金庫の取っ手に触れた。

「あれ」

鍵がかかっていない。取っ手が動き、扉が開いた。おかしいな。いつもだったら必ず教頭が閉めていくのに。急いでいて、忘れてしまったのだろうか。お金や大事な書類が入っているのに不用心ではないか。

その瞬間、何かがささやいた。

野川の履歴書。それを見たら、何かわかるかもしれない。そんな。なんてことを考えているんだろう私は……。

いけないと打ち消すが、心臓は早鐘を打っている。

蒼衣は目を閉じた。知りたい。朋美の話しぶりだけでも十分気になったが、記者が野川のことを探りに来るなんてよっぽどの事情があるのだ。

ゆっくりと目を開けた。

覚悟を決めて、蒼衣は金庫の中を探り始める。履歴書のファイルを見つけ、めくっていく。すぐに野川のものを発見した。

怒っているような顔写真。住所は隣町になっている。『CAFE & BAR そらまめ』の近くだろう。卒業した高校は県外で、それが最終学歴だ。職歴欄はびっしりと埋まっている。様々な職を転々としていることは、朋美から聞いた話と相違なかった。

これといって、目を引く情報はない。

ダメか。何を考えていたんだろう。

履歴書を戻そうと思ったとき、もう一枚あることに気づいた。職歴が長すぎて枚数が分かれていたのか。手に取ると、家族構成欄が目に入った。両親の名前はなく、朋美ともう一人、男性の名前がある。

野川正己。四十二歳。

兄？　おかしい。他に家族はいないと朋美は言っていた。妙だと思いながらも、履歴書をしまうと金庫を閉じた。

野川正己。

その名を頭の中でくり返す。聞いたことがあるような。しかもそんなに前じゃない。ごく最近目にした。どこでだったか……。

「あっ」

そうだ。確かに聞いた。いや、だがまさか。蒼衣はスマホを取り出す。野川正己という名を検索した。

数秒後、目の前が真っ白になる。

蒼衣が見つめているのは、昼間、調理所のテレビで見たニュースだ。

スマホを持つ手が震えている。

本日、東京拘置所において一年ぶりに死刑が執行された。執行されたのは、野川正己（四二）。十九年前、南町クリスマスフェスタの会場において来場者に次々と刃物で切り付け、八人を殺害。その他数名に重傷を負わせるという大惨事を引き起こした。

第四章　喜びの歌

1

朋美を起こさないように家を出ると、隼太は駅へ向かった。

つり革につかまる。

正己に死刑が執行されてから、一週間が経《た》った。

あいつはもうこの世にいない。事件が起きてから十九年。死刑は確定しているのだし、いつ執行されてもおかしくはなかった。テレビで死刑執行のニュースが流れるたびに、息をつまらせ名前を確認する癖がついていたが、そんなことは初めから必要なかった。家族には執行直後、真っ先に知らされる。正己の死刑執行についてもニュースが流れる前、出張先で電話をもらうという形でその事実を知った。

遺体の引き取りについては希望しなかった。拒否する場合がほとんどだと弁護士の島田から聞いたので、罪悪感を振り払ってそう決断した。朋美もそれでいいよとつぶやいて、他に何も言わなかった。それでもせめてもの情けで冥福《めいふく》だけは祈ってやろうと、朋美と一緒に東京の共同墓地まで行った。手向《たむ》ける花もないが二人で手を合わせ、帰り道はずっと無言だった。

正己の死に涙などなかった。

ただあるのは果てしない虚無感だ。同時にこれまでの長い月日が思い出されてくる。このときを迎えたらどんな気持ちになるのだろうと何度も想像していたが、意外と冷静に自分を見ているところもあって驚いた。

やがて電車は南町に着いた。

駅前の小さな花屋で、花束を一つ買う。

大きな駅だ。ここから少し歩くと公園がある。鐘撞台《かねつきだい》のたもとでは、カップルや家族連れ、犬を抱いた老夫婦が楽しそうに談笑している。

十九年前、正己はここで八人もの尊い命を奪った。

南町クリスマスフェスタというイベントが行われている、まさにその最中だった。その後何年かは自粛が続いたが、慰霊の意味も込めて再び開催されるようになった。

ずっと愛してる。みんな、絶対に忘れない。

いつの間にか、そんなフレーズの彫られたモニュメントができていた。被害者の八人は年齢も人生もばらばらだったが、彼らの生きた証《あかし》がここにある。その名前、人となりは暗唱できるほど隼太の中に刻み込まれていた。

岩城康夫《いわきやすお》。七十三歳。元運送会社役員で、孫三人とともに南町クリスマスフェスタに来ていた。

小清水純子《こしみずじゅんこ》。三十一歳。医療事務。翌春に結婚を控えていた。婚約者と一緒に独身最後のクリスマスデートを楽しんでいた。

仲田秀直《なかたひでなお》。三十五歳。レントゲン技師。小清水純子の婚約者。暴走する野川正己を取り押さえようとして刺された。

服部《はっとり》みのり。二十一歳。大学生。引っ込み思案だった自分を変えようと、一人暮らしを始めたばかりだった。クリスマスフェスタの設営アルバイトをしていた。

高松宏美《たかまつひろみ》。六十歳。初孫が生まれたばかり。貼り絵が趣味で、居酒屋店主の夫とともにクリスマスフェスタに来ていた。

藤本旬《ふじもとしゅん》。十五歳。幼い頃から水泳に夢中だった。バタフライが得意で、県大会で三位入賞。クリスマスフェスタの参加アーティストの演奏を楽しみに、スイミングスクールの仲間たちと来ていた。

浅田毅《あさだたけし》。四十歳。システムエンジニア職の会社員として勤務。面倒見がよく後輩からも慕われるような人柄だった。子煩悩で、休日は子どもと公園でよく遊んでいた。

浅田夢歌《ゆめか》。九歳。歌うことが大好きで、児童合唱団に入っていた。南町クリスマスフェスタには毎年家族とともに来ていた。

誰もがあの日、自分の人生が終わるなんて思ってもいなかっただろう。遺された家族らの人生も大きく狂わせた。あいつがしでかしたことは途方もない。

「隼太くん」

振り返ると、見知った男性が花を手にして立っている。弁護士の島田だ。

「待ったかな？」

「いえ。ちょうど今、来たところです」

立ち止まって初めて気づく。両膝《りょうひざ》が小さく震えて、手のひらは汗ばんでいる。ここへは何度も来ているのに、体は正直だ。

「朋美ちゃんも大丈夫かい？」

「はい」

「何の力にもなれなくて、すまないね。まずは犠牲者の方に手を合わせようか」

隼太はうなずく。島田とともにその場へしゃがみこむと、鐘撞台の横に花を供えた。両手を合わせて固く目をつむる。

こんなことをしても何の意味もなく、かえって遺族たちの反感をかうかもしれない。それでも自分には謝罪し続ける義務がある。あいつが死んでも、この先も、ずっと……。

目を開けると、島田がこちらを見ていた。

「あそこで少し話そうか」

指さす先に木のベンチがあった。

並んで腰かけると、膝に置かれた島田の手が目に入った。血管が浮き出て、皮膚がしわしわだ。最初に見たときはもっと恰幅《かっぷく》がよかった。これまで自分たちのことしか考える余裕がなかったが、この人も年を取ったなと初めて思った。

「事件から十九年か」

はいとも言わずに隼太はうなずく。

「あのとき、隼太くんは中学生だったね。朋美ちゃんなんてまだ小学生で……。随分と時が経ったようで、あっという間だった気もするが」

島田の言葉に耳を傾けながら、供えたばかりの百合《ゆり》の花を見つめた。

「正己くんから君たちへの遺言や遺書もないんだよ」

まあ、そうだろうとは思っていた。

「そういえば隼太くんからずっと預かっていた遺族の方へのお金だけど、もう送らなくてよくなった」

「どういうことですか」

「死刑も執行されたことだし、これで終わりでいいって」

初めから受け取りを拒否されている相手は別として、支払いは一生続けるつもりでいたのだが……。

「ほんの少しずつしか送れなかったから、ずっと気を悪くされていたのでしょうか」

金さえ払えば赦《ゆる》してもらえると勘違いされたら困る。自己満足に付き合わされるのはもう結構だということなのだろうか。

「そうじゃない。これを機に忘れたいからって言われたんだよ。拒絶されたわけじゃないし、正己さんの肩代わりをして君が精一杯のことをしてきたのは向こうもわかっているだろう」

島田は隼太の目をのぞき込むように言った。

「正己さんとの面会も、どれほどしんどかったろうに。君には無理をさせてしまった」

「いえ」

「家族と会いたいって突然言い始めたものだから、いい兆しだと思ったんだ。何とかして謝罪の言葉を引き出したくて必死だった。それなのに結局何も得られないまま死刑が執行されてしまって。全部、私の力が足りなかったせいだよ」

「そんなことないです。島田さんには感謝しています」

隼太の言葉に、島田は顔を歪《ゆが》めた。

「感謝だなんて、そんなこと言ってくれるな。私はずっと後悔しているんだよ、君たちのお母さんを死なせてしまったことを。守ってやることができたはずなのに……本当にすまないことをした」

島田はハンカチを取り出すと涙をぬぐった。見てはいけない気がして、隼太は目をそらすようにして正面を向く。

「隼太くんも朋美ちゃんも、つらいことばかりでかわいそうだったね」

「いえ、つらいって言える立場じゃないですから」

「君たちが人を殺したわけじゃない」

「世間はそうは見てくれません」

「そうだね。そんな世間に子どもの頃からずっと苦しめられて。もう十分じゃないかな。この事件の関係者たちは全員、一つの区切りを迎えたのだと思うよ」

しわくちゃの島田の手が、隼太の手をそっと包み込んだ。

「朋美ちゃんの結婚も喜ばしいことだし、これから隼太くんも自分の人生を歩んでいけばいい。正己さんの事件をなかったことにはできないけれど、君たちがずっと縛られ続ける必要はないはずだよ」

島田の手はあたたかく、隼太を見る目は優しかった。

「ありがとうございます」

少しの間、二人とも黙って鳩《はと》の群れを見ていた。

なぜだか正己に会ったときのことが頭に浮かんだ。いっそ、一度も会わずにおけばよかったか。自分に似ているあの男は、死刑台の上で最期に何を思っただろう。

鐘撞台の鐘が鳴った。

乾いた音が空に響きわたり、子どもたちが笑いながらかけていく。

「それじゃあ、今日はありがとうございました」

「これでお別れじゃなく、何かあったらいつでも頼ってくれよ」

深々と頭を下げてから、島田は去っていった。

遠ざかる後ろ姿を見つめながら、隼太は動けずにいた。自分の人生か。そんなこと自分に赦されているのだろうか。

しばらく木陰にたたずんでいると、不意に声がかかった。

「ちょっといいですか」

無言のまま、振り返る。

そこにはもじゃもじゃのひげを生やした男が微笑《ほほえ》みながら立っていた。

「やっぱりそうだ。野川隼太くん、だよね」

とっさに否定することなどできない。こいつは誰だ。前にも南星小で会ったことがある。隼太は顔を伏せつつ、前髪の隙間《すきま》からそのひげ面《づら》を凝視する。

「お兄さんの死刑が執行されたね」

その言葉に隼太は目を大きくする。慌てて周りを見回したが、近くに人はいない。

「申し遅れましたが……といっても、昔からの知り合いなんだけどね」

武藤直純《なおずみ》。

その差し出された名刺を見たとき、記憶がよみがえる。体中を憎悪が駆け抜けた。

「本当にあのときはすまなかった」

ぺこぺこと、武藤は悪びれもせずに頭を下げていた。

「償いの気持ちもこめて何か役に立てることはないかと、ずっと気にしていたんだ。だからあのとき、君に偶然再会できたのは天の思《おぼ》し召しだと思ったよ」

死刑執行を受けて、事件現場であるここへ取材に来たらしい。

「よければ改めて記事を書かせてくれないかな。もう一つの隠された被害者である、君たちのことを」

この男は何でこんな味方みたいな顔をして平然と語りかけてくるんだ。怒りがこみ上げてくるのを必死で抑える。

「君たちがどんなに悲惨な目に遭ったのかを世に訴えていきたい。今はそう強く思っているんだ」

興奮して武藤の声が大きくなってきているのを、心底、苦々しく思った。

「時代は少しずつ変わり始めている。ちょうどお兄さんが死刑執行されたのは、一つの夕イミングのように思うんだよ。君たちだって変わり始めるときが来たんだ。隼太くん、僕は君たちの助けになりたい」

「一ついいですか」

「何だい、隼太くん。遠慮しないで何でも言ってくれよ」

穏やかそうに目尻を下げる男を、隼太は睨《にら》みつけた。

「もう俺たちに構わないでください」

二度と近づくな、そう目で訴えた。

「そうか。でももしその気になったら、ここに連絡して。協力するから」

いい人ぶった優しい声がさらに腹立たしかった。

隼太は無言のまま背を向ける。

鳩の群れが一斉に飛び立つ中を、突っ切るようにして走り去った。

帰りの電車の中で隼太はこぶしを見つめていた。

武藤のことを考えると、怒りがこみ上げてくる。だが怒ってどうなるという。これ以上、何も考えない方がいい。

どこへ行くでもなく適当な駅で降りては、その辺を歩き回った。疲れたらまた電車に乗る。そうこうしているうちに日が暮れていった。

アパートに戻るが、明かりは点《つ》いていない。

朋美は店へ行ったのか。そう思いつつ、部屋の鍵を開けた。中へ入って明かりを点けると、箪笥《たんす》の前に誰かが座っていた。

思わず声を上げるが、それは朋美だった。

「びっくりするじゃないか。暗いところで何やっているんだ」

「お兄ちゃん」

体育座りの恰好《かっこう》のまま、朋美はこちらを見上げた。泣いていたのか。瞼《まぶた》が腫《は》れぼったい。のぞき込むと、朋美は顔を伏せた。

「なんで泣いているんだ」

隼太は動揺しながら問いかけた。

「久保と何かあったのか」

「違うよ」

「じゃあ、どうして」

「自分でもよくわかんないよ。ただ、急に涙がぽろぽろ止まらなくなって……。変だよね。こないだお墓に行ったときだって何とも思わなかったのに」

正己のことだと、ようやくわかった。

「あの人が死んで悲しいんじゃないよ。今でも腹が立って仕方ないし。そうじゃなくて、あの人のせいで死んだお母さんのことが頭に浮かんでたんだ。それに、おじいちゃん、おばあちゃん、死んだお父さんのことも。いろんなことがあったなって、一気によみがえってきて」

「朋美」

「ねえ。お兄ちゃんって今日どこへ行っていたの？」

「どこも」

「何か隠してるでしょう。様子が変だって私が気づかないとでも思ったの？」

真っ赤な目でじっと見つめられ、誤魔化しても通用しないと隼太は息を吐いた。島田とともに鐘撞台へ献花に行っていたことを伝える。

「どうして？　それなら私だって一緒に行きたかったよ」

「お前はもうすぐ結婚するだろ。あいつもいなくなったことだし、うちのことはもう俺だけでいいと思ったんだ」

「そんな」

しくしくと朋美が泣き始めたので、隼太はさらに落ち着かなくなった。

「何で泣くんだよ。お前らしくないじゃないか」

「私だって泣きたいときもあるんだよ。お兄ちゃんと私は兄妹でしょ？　なんだか他人行儀な気がしてさみしいよ。結婚するからって、自分だけ逃げるつもりなんてない」

「そんなこと言ってないだろ」

つい声を荒らげてしまい、朋美は驚いた顔をして口をつぐんだ。うつむく妹を見て、上手く話せない苛立《いらだ》ちが募っていく。隼太は唇を嚙《か》みしめると、つぶやくように言った。

「隠していて悪かったよ。今度からはお前も連れていく」

黙ったまま、朋美は顔を上げる。

「ただ結婚したらできるだけ、うちとは関係なく暮らした方が向こうの家にもいいんじゃないのか。普通に幸せになれよ」

段々と声が小さくなったので、最後まで聞きとれなかったかもしれない。じっと顔を見られているので、今度は隼太の方が顔を伏せた。

「そんなこと言うの、お兄ちゃんじゃないみたい」

「朋美が泣いているからだろ。調子が狂うんだよ」

ぶっきらぼうにつぶやくと、朋美に微笑みが戻った。

すっかり泣きやんだようで、またしゃべり始める。

「人のことばかり言っていないで、お兄ちゃんだって幸せになってよ。私だって正直なところ、自分なんかが幸せになっていいのかなって思う気持ちもあるよ。だけどさ、それはそれで消せなくてもいいかって……そう考えたら少し楽になれたんだ」

「そうか」

隼太はゆっくりうなずいた。

自分の人生を歩んでいけばいいと、島田にも言われたところだった。

正己が死んで、全てにピリオドが打たれるわけではない。殺された被害者たちは生き返るわけでもなく、遺族の悲しみは一生癒えることはない。だが一つの区切りは事実として、確かに自分たちのもとにも訪れている。そう思いたかった。

2

蒼衣はその日、養護教諭の研修で教育センターにいた。

大勢の女性たちが所せましと座り、壇上のスライドを見ている。メモを取ろうとシャープペンシルを手にするが、話の内容は右から左へ抜けていく。

心に重いものが、ずんとある。

こっそり履歴書を見てしまったときから、日に日に重さを増していく。

野川は殺人犯の弟なのだ。

とても信じられない話だが、履歴書に書かれていた兄の年齢もぴたりと合うし、きっと間違いはない。死刑が執行された日、野川は出張先から戻ってこなかったし、翌日も休暇を取っていた。

時間があれば、野川正己についてネットで調べていた。

情報は様々だ。事件についての詳細や、遺族たちの悲痛な訴え。犯行動機について本人がはっきり語っていない分、専門家たちがあれこれ分析して論じている記事も多い。

家族について、年の離れた弟と妹がいると書かれている。父は早くに死別しており、母方の実家で暮らしていた。近所の人の話では、ごく普通のどこにでもいそうな家庭だったという。長男だった正己は、大学進学とともに上京したとある。

個人情報が当たり前のように溢《あふ》れていて、際限なく検索してしまう。いけないと思いつつ、知りたいという気持ちが止められない。そして段々と、ネットの中の殺人犯の弟と野川が同一人物であるという感じがしなくなってくるから不思議なものだ。プライバシーに配慮する意識なんて、簡単に麻痺《まひ》してしまうのだとわかった。

職員室で野川を見かけるたび、おかしな気持ちになる。情報を知れば知るほど本人との違和感が強くなる。朋美のことも頭に浮かぶが、小さい頃に事件のニュースを見て抱いた恐怖感とはとても結びつかなかった。

臨時の事務職員の野川隼太。

彼が殺人を犯したわけじゃない。だが八人もの命を奪った凶悪犯と同じ血が流れ、同じ家庭で育っている。考え方とか趣味嗜好というものは、同じ兄弟でも全然違う。学校の子どもと接してきてよくわかっていることなのに、どうしても前と同じ目で野川のことを見られない。

たまたま同じ学校に勤めているだけで、しかも臨時の職員だ。任期が終われば、南星小から姿を消す。これ以上深く関わらなければ、自分の人生をかすめて通っただけの他人でしかない。それだけのことだと何度もくり返し、自分に言い聞かせている。

何も頭に残らないまま、いつの間にか研修は終わった。

「お疲れ。蒼衣ちゃん、久しぶりにお茶でもしない？」

同期の友人たちが声をかけてきた。

「せっかくだけど、ごめん。今日はこのまま実家へ行くんだ」

「そうなんだ。じゃあ、また」

ちょうど金曜日だし、久しぶりに帰ると母には伝えてある。

帰っていく人の波に乗って、いつもとは違う駅の方へ向かった。別の研修も同じ時間に終わったようで、同業者らしき男性の姿も見える。スーツにリュックとスニーカーなんて、サラリーマンの訳がない。

信号を渡ったところに小さな公園があった。木漏《こも》れ日がきらきら光っているのを目で追っていくと、前髪の長い青年がベンチに座っているのを見つけた。

蒼衣は目を瞬《しばたた》かせる。まさかと思ったが、野川だった。事務職員も教育センターで研修だったのか。

遠くから見ていると、年老いた野良猫がゆっくりとベンチへ近づいていく。野川はそっと手を伸ばし、頭を撫《な》でてやっている。口元は微笑んでいるようだった。

猫、好きなんだ。張り詰めていた気持ちが少し和らぎ、蒼衣は笑みを浮かべる。今なら周りに誰もいないので話しかけられる。大丈夫。いつもの野川だ。

そう思ったのに、一歩だけ前に進んだところで固まってしまった。

すぐさま蒼衣は駅の方へと足の向きを変える。

何をやっているんだろう。

もしかすると野川のことが怖いんだろうか。どうして？　あんなに優しい表情で猫を撫でているだけなのに……怖いだなんてどうかしている。

混乱したまま電車に乗りこむと、鞄《かばん》の中でスマホが震えた。

朋美からのＬＩＮＥだった。会いたいな、と書いてある。だが蒼衣は既読にすることなく、そのまま鞄にしまった。

友達になってからそんなに日は経っていないが、彼女がいい子なのはわかっている。蒼衣に婚約者を紹介したいと言ってくれるくらい気を許してくれている。それなのに今は朋美にどんな顔をして会えばいいのかわからないのだ。家のことを勝手に調べて秘密を知ってしまったし、知らないふりをして済ますには事が重すぎる。

どうしよう。これ以上二人には関わらない方がいいのかもしれない。そう思ってしまう自分も、すごく嫌な人間に思えて苦しい。

暗い表情を浮かべつつ、蒼衣は電車に揺られた。


実家に着くと、母がキッチンにいた。

「ただいま」

「おかえり。ちゃんと手を洗ってね」

母も教頭で忙しいだろうに、ちゃんと早く帰ってきてくれている。夕食はまた揚げ物だ。たまには他のものも食べたいのに、蒼衣が喜ぶと思って準備してくれているのだから文句は言わずにおく。

「富岡さんと別れちゃったんだって？」

揚げたてのフライをつまみ食いしていると、母が言った。

「瑠璃子先生から聞いて知っているんだから。ああ、もったいない。この子はどうしてこうなのかしら。学校で働いていたら、出会いなんてそうそうあるもんじゃないのに。自分から断っちゃうなんて馬鹿ねえ」

口の中が熱くてしゃべれないのをいいことに、言いたい放題だ。今さらどうだっていいことだと、蒼衣は腹を立てる。

「だって、合わなかったんだもん。しょうがないじゃん」

「もしかして他に好きな人でもいるの?」

「違うよ。違うけど」

なぜだか、野川のことが浮かんだ。

「ふうん。親が口出すことじゃないから、あんたの好きにすればいいんだけどね。結婚するだけが女の幸せってことでもないし。私もね……」

母の話が別の方向へ向かいかけたところで、玄関の扉が開く音がした。ただいま、と疲れた声がする。

「お父さん、おかえり。早く帰ってきてくれたんだねえ」

玄関の父に話しかけつつ、蒼衣は階段を上がって自室へ逃げた。

蒼衣はベッドに倒れ込むと、天井を見つめる。富岡のことを聞かれたが、今となると婚活だとか出会いだとかで悩んでいたことがちっぽけに思える。

スマホを眺めながら朋美への返事をどうしようかと何度も寝返りを打っているうちに、ご飯よという母の声が下から聞こえた。

いつものように父が二人分のグラスを用意して待っていた。母はお酒が飲めないので、娘と一緒に飲めるのが嬉しいようだ。

食卓を囲みながらの話題は、年明けにある親族の集まりのことだった。

「日にちが決まったから、ちゃんと空けておいてね」

毎年恒例で本家に集まり、すき焼きを食べる。嫁である母はエプロン持参で大変そうだが、蒼衣は孫の立場なので気楽なものだ。

「兄さんところの上の子が採用試験に受かっただろう？　そのお祝いもするそうだよ」

「また教員が増えるのね。一発合格なんてすごいじゃない」

「でも、下の子は教員にはなりたくないそうだよ。進路のことで毎晩揉《も》めているらしい。なんでも美大に入って画家を目指すって言っているそうだ」

「あらあ、困ったわね。画家なんて簡単になれるもんじゃないのに。ニートにでもなったら大変よ。教育学部の美術科にしておいて、美術の教員を目指せばいいのにね」

困った親戚といっても、しょせんはこの程度なのだ。宮坂家の身内は世間体のいい教員ばかりだから、一般より恵まれているのだろう。学校でもたくさんの子どもを見てきたが、複雑な家庭はあっても殺人犯のいる家の子なんてさすがにいなかった。

「二人とも、話は変わるんだけどいい？」

「何だい」

蒼衣は箸《はし》を置いて、父と母を交互に見た。

「もしね……たとえばの話なんだけど」

考えながら、慎重に言葉を選ぶ。

「学校の子どもの家族が殺人事件を起こしてしまったら、その子にどう接すればいいと思

「どうしたの、急にそんな話」

「今日の研修でそういう話があったの。二人の意見を参考に教えてほしいなって」

嘘《うそ》だったが、その方が通じやすいだろう。案の定ふむふむとうなずくと、両親は教員の顔つきになった。父はビールを飲み干し、即答する。

「そりゃ、決まっているよ」

真っすぐ蒼衣を見て、力強く続けた。

「子どもは家族の起こした事件とは何も関係ないんだ。精神不安定になって生活環境も落ち着かないだろうからね、その子のために学校としてやれることは全力でやるべきだと思うよ」

母も付け加える。

「そうね。周りから嫌がらせを受けないように、守ってあげなきゃね。傷ついている子を、さらに傷つけるようなことがあったらだめよ」

「そっか。そうだよね」

両親の言葉に、何か熱いものがこみ上げる。

「その子のことまで、ちょっと怖いなって思っちゃうのはよくないよね」

「うん。周りの子はそうなってしまうかもしれないけど、親とは別の人格なんだ。その子は何も悪いことなんかしていないって、きっぱりと示してあげるべきだよ」

「今までどおりに接してあげるのが一番よね」

子どもの隼太と朋美に向かって、手を差し伸べる父と母の姿が思い浮かんだ。

「そうだよね。うん、わかった。ありがとう」

今まで悩んでいたのが嘘みたいに、胸がすっきりした。

「最近はいろんな家庭の子がいるから、研修内容も多種多様だなあ」

父が感心するように言ったので、蒼衣は適当に相槌《あいづち》を打つ。ビールはおいしく、箸が進み、久々に食べ過ぎてしまった。

「ごちそうさま」

部屋に戻って、ベッドの上に転がっているスマホを手に取った。

朋美からのLINEを既読にしてメッセージを送る。

私も会いたいよ。いつにする？

送信し終わると、ほっとした。きっともう大丈夫。野川も朋美も、前と何も変わっていない。変わってしまっていたのは自分の方だった。

スマホが鳴り、朋美からメッセージが来た。

来週だったらいつでもいいよ、とある。

蒼衣は微笑むと、すぐに返事を送った。

3

仕事帰りに蒼衣が向かった先は『CAFÉ & BAR そらまめ』だった。

野川との関係は、元から話す機会もあまりなかったので特に変化がない。だからこそ早く朋美と会って自分に証明したかった。何も知らなかったときと同じように、彼らに接することができるということを。

車を降りて店へ近づくと、窓越しに朋美の姿が見えた。

ふうと息を吐くと、カランコロンと音を鳴らして入った。お客は一組いるだけだ。ひげのマスターが声をかけてくれた。

「宮坂さん、いらっしゃい」

朋美もすぐに気づいて、やってきた。

「今日の夜ご飯だけど、テイクアウトにしていい？」

「え、どういうこと」

よくわからず戸惑っていると、いたずらっぽく朋美は微笑んだ。

「今からうちへ来ない？　ここから近くだし、お兄ちゃんも今日はいないから」

「……いいの？」

「うん。その方がゆっくりできるし嬉しいよ」

初めからそのつもりだったのか、マスターが早速テイクアウトの準備をしてくれた。

「チャバタサンドとコーンスープを二人分でいいね？」

「ありがとうございます。じゃあ、今日はこれで上がらせていただきますので」

エプロンを取ると、朋美は帰り支度を始めた。

「今日はわたしのおごりね。我が家へご招待だよ」

朋美のペースに巻き込まれながら一緒に店を出た。ここまで来るときは少し緊張していたのに、いつのまにやら吹き飛んでいる。朋美は自転車を置いていくことにして、蒼衣の車の助手席に乗った。

車を走らせると、すぐに一軒のアパートに着いた。

「ただいま」

誰もいない部屋に明かりを点ける。

中は狭くて物が少ないが、きれいに片付けられていた。

「そこ、座って。お茶を淹《い》れるからちょっと待っててね」

蒼衣はテーブルの前の座布団《ざぶとん》にちょこんと座った。見覚えのあるパーカーが壁にかかっているのを見つける。学校で野川が着ているものだ。

「ここには祖父母が亡くなってから、引っ越してきたの」

マグカップから緑茶のいい香りがする。二人は向かい合って座ると、いただきます、と手を合わせた。マスターの作った料理は冷めていてもおいしい。いつもと変わらない楽しい時間に蒼衣はほっとする。朋美たちの兄が殺人犯だということは頭にちらつくが、無理に消そうとしなくても自然に消えていく。目の前にいる彼らのことだけを見ていればいいんだ。

そう思った矢先、食べ終わったタイミングで朋美が話し始めた。

「今日ここへ来てもらったのは、蒼衣先生に話したいことがあったからなの」

朋美の表情が陰ったので予感がした。落ち着いたはずの心がざわつき始める。

「私の結婚相手を紹介したいって言ったでしょ？　その前に私の家のことを伝えておきたいなって。打ち明けようかどうしようかずっと迷っていたんだけど、蒼衣先生とはずっと仲良くしたいし、話しても受け入れてくれるって思うから」

蒼衣は無言のまま自分の膝を見つめる。

「私にはもう一人……」

「待って、朋美ちゃん。私の方から言わせて」

たまらず声を上げていた。発せられたばかりの朋美の言葉が胸に深く突き刺さっている。こんなふうに思ってくれる彼女を、自分はどうして信じることができなくなっていたのだろう。

「ごめんなさい。私、知っているの」

「え？」

「一番上のお兄さんのことでしょう？　学校で勝手に野川さんの履歴書を見てしまったの。それからもネットでいろいろと調べちゃって。本当にごめんなさい」

ごめんなさい、と蒼衣は声を詰まらせながらくり返した。

LINEに気づきつつ、既読にしなかったときの気持ちも話す。朋美の顔なんて見られない。両手をきつく握りしめていると、少し間があってから朋美が言葉を発した。

「蒼衣先生、どうか顔を上げて」

「……朋美ちゃん」

「知らないふりをしようとしてくれて、ありがとう」

「え？」

「私も中途半端に気になるようなことを言っちゃってたよね。もっと早く伝えておけばよかった。こっちこそ悩ませてごめん」

「そんな。私が悪いんだよ」

胸が苦しくて仕方なかった。朋美がどれだけつらい状況で生きてきたか想像もできないくらいなのに、逆に優しい言葉をかけられて罪悪感が募っていく。

朋美はマグカップを手に取ると、お茶をすする。ゆっくりと目を伏せてから、蒼衣の方を見た。

「びっくりしたでしょ？」

「……うん」

正直に告げるが、本当はびっくりなんてものじゃない。何日も悩んで眠れなくなったくらいだ。蒼衣も朋美と同じようにお茶をすすってから口を開いた。

「死刑執行のニュースを見たよ。そのときは、まだ知らなかったけど」

「そっか。じゃあ、知ったのは本当に最近のことなんだ」

こくりとうなずくと、蒼衣は朋美の言葉を待った。

「死刑で死んでしまったこと自体に対しては、特に悲しいとかはないんだよ。兄妹といっても上の兄とは年が離れていたし他人みたいだった。私が小学生のときに東京で一人暮らしを始めたから、遊んでもらった記憶もないの」

事件が起きてからは、一度も会ったことはないという。

「いろいろあったけれども、一番つらかったのは、母が自殺したことかな」

朋美はそう言って瞼を閉じた。

お母さんが自殺……絶句するしかなかった。

「私の目から見たら、うちは普通の家だったと思う。父がいなかったけど、母は優しくて、おじいちゃん、おばあちゃんも、いい人たちだった。だから家族が悪いって言われても、私には全く理解できなくてね」

本人たちが何もしていなくても、殺人犯の家族というだけで生きづらかったことは容易にわかった。野川が仕事を転々として人を避けるようにしているのも、そういった日々があったからだろう。

「家族なのにどうして気づかなかったんだ。おかしな風に育てたのは大人の責任だ。そうやって責められて、どうしてそんなこと言うのって子どもの頃は腹が立ったけど。母も祖父母も事件で亡くなった人たちのことを思うと、とても言い返せる立場じゃなくて。ただひたすら謝るしかなかったんだよね。私も大人になるにつれ、人前で笑ったり楽しんだりしていいのかなってすごく悩んだよ」

苦しそうに顔を歪める朋美の手を、思わず握る。

その指先は小さく震えていた。

「無理に話さなくてもいいよ。朋美ちゃん、つらいでしょう」

「ありがとう、大丈夫。蒼衣先生に聞いてほしいのはここからなの」

そう言って朋美は立ち上がり、引き出しから封筒を取り出した。

「この手紙、私たち兄妹の宝物なんだ」

「読んでもいいの？」

「うん。どうぞ読んで」

古い手紙だった。便箋の折り目が少し破れかけている。

蒼衣はそっと開いた。


――前略。突然のお手紙失礼いたします。

あなた方のお兄さんがしたことは決して赦されることではありません。ですがお母さんがお亡くなりになったと聞きました。あなたたち兄妹はとてもつらい思いをされていることでしょう。

どうか、強く生きてください。

誰が何といってもあなたたちには何の責任もないのです。私にはこうして手紙を送ることしかできませんが、心からあなたがた兄妹の幸せを願っています。


きれいな手書きの文字で綴《つづ》られていた。

「母が死んだばかりで一番つらいときだったから、この手紙にどれだけ心が救われたことか。何度も何度も読み返しては、嬉しくて泣いてた。誰が送ってくれたのかはわからないけど……優しい人、いつか会いたいなってずっと思っているの」

朋美の話に耳を傾けつつ、蒼衣は手紙から目を離せなくなっていた。彼らの秘密を知って揺らいでいたことが恥ずかしい。自分も野川と朋美にとって、この手紙の送り主のような存在になれたらどんなにいいだろう。

「この手紙を送ってくれた人だけじゃない。弁護士さんや『CAFÉ & BAR そらまめ』のマスターとか、味方になってくれる人がいたおかげで人の優しさも知ることができたよ。私と結婚したいって言ってくれる人だって現れたし」

目の前に座る朋美は、いつもと同じ明るい表情になっていた。

「朋美ちゃんってすごいな」

「え？」

「話してくれてありがとう。今までものすごく頑張ってきたんだね」

蒼衣は朋美のきれいな瞳を真っすぐに見つめた。

「やだ。改まってそんなこと言われたら泣いちゃうじゃん」

朋美は目を潤ませる。それを見て、蒼衣もなんだか泣けてきたので笑われた。

「話してすっきりしたよ。蒼衣先生、今日はありがとね」

「こっちこそ」

不思議だった。全てを知った今、心は澄んでいる。

「これからもよろしく」

「もちろん。ずっと友達だから」

にっこり微笑んで、蒼衣はアパートを後にした。

いつの間にか、今年も残り二か月を切った。

作品展の行事が終わり、蒼衣はジャージを着て講堂にいた。

手分けして壁いっぱいに吊《つ》るされた絵を外し、展示台を片付けていく。看板やら飾り付けは先生たちの力作だ。子どもの作品を引きたてようと趣向を凝《こ》らしてある。毎日遅くまで残って森やら町やら作るのは大変だったのに、片付けるときはあっという間だ。

六年生の立体作品のテーマは、将来の夢。未来の自分をイメージした人形たちが並んでいる。お花屋さん、漫画家、サッカー選手、宇宙飛行士……その中にギターを弾《ひ》きながら歌っている人形があった。蓮の作品だ。桃花のはどれだろう。きょろきょろしながら探していくと隅《すみ》っこの方にあるのを見つけた。

「これって……」

子どもの手当てをしている女の人。後ろにはベッドや身長計がある。

「桃花ちゃん、蒼衣先輩に憧《あこが》れているみたいですよ」

横から梨乃に言われた。そんな素振りは全くなかったのに。嬉しくてたまらなくなり、蒼衣は頰《ほお》に手を当てる。

桃花の作品をしばらく眺めていると、段ボールを抱えた野川が前を通り過ぎていった。少し離れてついていくが、野川の向かった先には用務員さんがいる。

「私も手伝います」

そう言って一緒に段ボールを畳み始めるが、肝心の野川はすぐにどこかへ行ってしまった。結局、用務員さんと二人で作業を続ける。

野川と話がしたくて機会をうかがっているが、なかなか二人きりにはなれない。蒼衣が秘密を知ったことを彼はどう思っているだろう。朋美から聞いているとは思うが、味方であることをきちんと伝えておきたい。

勤務時間が終わると、残りの仕事は後回しにして職員室から人がいなくなった。今日は金曜日。蒼衣は車でいったん帰ってから、電車に乗って駅前の居酒屋へ向かう。

「それでは社長から、挨拶《あいさつ》です」

社長と呼ばれたのは校長だ。飲み会の際はお互いを先生と呼び合うことが禁止されている。身元がばれないためのルールだが、教室で鍛えた声は大きく、話している内容も学習指導要領がどうこうとかで、教員だとすぐにわかってしまうだろう。

「作品展、お疲れさまでした。乾杯」

校長の長い語りにお腹が鳴るのをこらえていたが、ようやくビールのグラスが打ち鳴らされた。

「先輩、飲んでますかあ」

ビール瓶を手に、梨乃がからんできた。

「男なんてシャボン玉ですよねえ」

赤い顔して意味のわからないことを言っている。また合コンで上手くいかなかったようだ。お酒に弱いくせに調子に乗って飲むので、学校の飲み会ではいつも梨乃の世話をする羽目になる。

「これから年末にかけてはつらい季節です。いいなあ、王子様がいる人は」

「もう、とっくに別れたんだよ」

面倒くさいので、目をそらしながら蒼衣は言った。

「え、ええっ！」

梨乃はひっくり返るほど驚いていた。見ると、ビールをこぼしている。

「ちょっとちょっと、本当なんですか」

しつこく聞いてくるので後悔したが、隠す理由もない。

隣から瑠璃子が得意げに口を挟む。

「私は前から知ってたわよ」

「ずるい。どうして私には隠していたんですか」

梨乃が甲高《かんだか》い声を上げるので、耳がキーンとした。

「隠すも何も、話す機会がなかっただけ」

「なんで？　なんで別れちゃったんですか」

「そう言われても、合わなかったとしか。それより梨乃ちゃんは最近どうなの？」

話を振られることを待っていたのだろう。そこからは梨乃の独壇場となった。

やれやれと蒼衣は話を半分聞き流しながら、何気なく辺りを見回す。予想通り野川の姿はない。

「先輩も、やけ酒しましょうよ」

大きな行事が終わったのもあって、いつもより開放的になっている。周りの職員たちもおもしろがって梨乃をはやしたてるが、蒼衣は心ここにあらずだった。グラスを持ったまま、別のことを考えている。

ひょっとして……。

いつもなら夜遅くまで学校から明かりが消えることはない。だが今日は違う。職員は打ち上げに来ているか、家に帰ったかのどちらかだ。野川にとっては、またとないチャンスだろう。まだ夏が来る前だったあの夜、音楽室で一人歌っていた。

きっと想像は当たっている。そう思うと、じっとしていられなかった。

「申し訳ないですが、今日は帰ろうと思います」

「えっ。どうしたの？　始まったばかりなのに」

「ちょっと体調がよくないみたいで」

眉《まゆ》をひそめて、お腹を押さえる仕草をした。

「そうなのか、無理すんなよ」

「すみません。では、お先に」

お大事にね、と声をかけられながら蒼衣は店を出る。どうやら不自然には思われなかったようだ。嘘をついてごめんなさいと心の中で謝った。仮病で早退しようとする子どもの気持ちが少しだけわかったかもしれない。

電車に乗って、南星小へと向かった。

我ながら大胆だと驚いている。思い違いかもしれないのに、どうしてここまで行動できるのか自分でも不思議だ。

改札を出ると思ったよりも外は寒くて、両手に息を吐きかけた。学校の前の歩道橋を駆け上がり、校舎に近づく。息を切らしながら三階を見上げるが、音楽室に明かりは点いていなかった。

職員室にも誰もいない。考えすぎだったかな。事務スペースの野川の椅子《いす》にちょこんと腰かけて、蒼衣《あきら》は肩を落とした。

残念だが諦めるしかない。そう思っていると、気のせいだろうか。かすかにピアノの音が、どこかから聴こえる。

あれ……。

校庭を挟んだ向こう側。よく見ると、講堂に小さな明かりがぽっと灯《とも》っている。そうだ。ピアノがあるのは音楽室だけじゃない。むしろあの古い講堂の方がコンサートホールのように音がよく響くのだ。

蒼衣は立ち上がると、講堂へ足を向ける。

野川と二人きりで話がしたいのはもちろんだが、別の願いがあったことを今までずっと忘れていた。

私はもう一度、あの歌声が聴きたい。

4

ピアノの鍵盤に軽く指を置く。

ドの音を確かめつつ、隼太は小さく発声した。

作品展の片付けをしているときに、このピアノが目に入った。こんなところで歌ったら気持ちがいいだろう。そう思って、人がいなくなるのを待っていた。

ガスストーブの明かりが鍵盤をほのかに照らしている。講堂の中は真っ暗で、上の窓から差しこむ月明かりが幻想的だ。

少し冷えるが、喉《のど》の調子は悪くない。

歌おう。

そう思ったとき、ポケットの中のスマホが振動した。朋美からだった。出鼻をくじかれたが、無視することなどできない。画面をタップすると、すぐさま声が聞こえた。

「お兄ちゃん、聞いて」

「どうした?」

「久保さんのご両親と会ってきたよ」

前から挨拶へ行く予定はしていたが、死刑執行のこともあり延期になっていた。待ちに待った今日、久保の家へ行くのだと朋美は朝から緊張気味だった。

わざわざ電話をかけてくるなんて、何かよくないことでもあったのだろうか。久保は朋美にべた惚《ぼ》れなので、問題は久保の家族が受け入れてくれるかどうかだ。説得して了解を得ているとは聞いていたが、突然の死刑執行だ。現実に怯《ひる》んで難色を示すことも考えられる。口には出さなかったが心配していた。

「大丈夫だったのか」

朋美から返事はない。代わりにすすり泣く声が聞こえてきた。

「おい、何があったんだ」

思わず問いを重ねると、ようやく朋美は話し始めた。

「あのね、よろしくお願いしますって。お義父《とう》さんもお義母《かあ》さんも、とてもいい人たちだった。私のことを受け入れてくれたんだよ。新しい家族として迎えてくれたの。苦労したね、本当の親だと思って何でも相談してって言ってくれたの」

「……そうか」

すすり泣くなんて紛らわしいことをするなと言いたいところだが、安心して力が抜けていった。それならきっと、この先も上手くいくだろう。

「今ってまだ学校?」

「ああ」

「今日って遅くなるって言ってたっけ。待ちきれなくて電話かけちゃったよ。誰よりもお兄ちゃんに早く聞いてもらいたかったから」

「よかったな」

「ありがとう」

電話越しでもよくわかる。朋美の声は明るく希望に満ちていた。

「だからお兄ちゃんだって、いいんだよ」

「は? 何が」

「幸せになってもいいんだよ。好きな人と結婚したり、好きなことを堂々と楽しんだり。本当はそうしたいってお兄ちゃんも思っているんでしょ」

隼太は言いよどんだ。

「俺はいいよ。このままで」

もう、と言って、朋美は怒り始めた。

「私たちのことを悪く思う人ばかりじゃないよ。世の中には味方になってくれる人だってたくさんいる。蒼衣先生だって話したらちゃんとわかってくれたんだよ。お兄ちゃんも初めから諦めてないで、もっと周りを信用してもいいんじゃないの？」

「どうかな。お前と俺とじゃ違う」

「私は一緒だと思う」

思ったよりも強い声に、隼太は口を閉ざす。

「お兄ちゃんが心を開きさえしたら、幸せはすぐ近くにあるのかもしれないよ」

まだ言い返したいことはあったが、心の中だけに留めておいた。

「もう切るぞ」

「うん。それじゃあ。気をつけて帰ってきてね」

通話は切れた。

ズボンのポケットにスマホをしまうと、ピアノの椅子にどさりと体を預ける。

逆境に負けず、自分の人生を切り開こうとしている妹の言葉は胸に刺さった。置いてきぼりになる兄を心配してくれていると思うと、少し惨《みじ》めな気さえする。

幸せ……か。

自分にとってささやかな幸せといえば、こうして隠れて一人歌うことだけ。誰かと親しくなったり、理解されたりすることなんて求めていない。

いや、本当にそうだろうか。素直に求められる朋美のことが、実はうらやましいのかもしれない。そう思ったとき、講堂の後ろの方で扉が開く音がした。

振り返ることなく、息を殺す。誰かが近づいてくる気配がある。

誰だ?

隼太はそっと立ち上がると、暗闇の中を凝視した。

月明かりに人影が浮かぶ。

そこにいたのは、蒼衣だった。

「どうしてここへ?」

隼太は問いかける。

「あの……」

蒼衣の声がかすれた。隼太は小さく咳払《せきばら》いして、もう一度、口を開く。

「今日は作品展の打ち上げじゃなかったんですか」

「行ったんです。だけどすぐに戻ってきました。野川さんが学校にいると思って」

蒼衣は言葉を切ったが、すぐに続けた。

「あなたと二人で話がしたかったんです」

それだけのために? 飲み会を途中で抜け出してくるほどのことか。意味がわからない。問いかけたい気持ちを抑えつつ、しばらく口を閉ざす。

先に口を開いたのは、蒼衣の方だった。

「驚きました。お兄さんのこと」

隼太は瞬《まばた》きをせずに蒼衣の方を向く。

「朋美ちゃんから聞いて、今まですごく大変だったんだなって。もちろん誰かに話したりなんかしませんし、困っていることがあったら力になりたいって思っています」

いたわるような表情で、蒼衣はこちらを見ている。

この気持ちは何だろう。悪意には慣れているが、どう反応したらいいかわからない。上から憐《あわ》れみをかけられているようにも感じ、心が少しざらつく。

「お兄さんとあなたは違うんです」

慈愛に満ちたその言葉に、苛立ちがむくりと起き上がった。

「わかったようなことを言わないでください」

思わず言い返すと、蒼衣は口をつぐんだ。

「俺と兄が違うって、知りもしないのにどうして言えるんです。俺たちがどれだけ大変だったかも全然わからないでしょう」

泣きそうな顔をして蒼衣はうつむいた。

「養護教諭っていうのは人を癒すのが仕事なんでしょうけど、可哀《かわい》そうな人に優しくしてあげている自分が好きなだけなんじゃないですか。現実はそんなに甘くないんです」

ジジジという音だけが静かに聞こえる。ストーブの火が燃えている。

黙りこんでいる蒼衣を見ながら、隼太は激しい自己嫌悪に包まれていた。自分でもどうしてここまで冷たくしているのかわからない。彼女がくれたのは、長いこと喉から手が出るほど求めていた言葉なのに。

「ごめんなさい」

小さな声で蒼衣は謝った。

「野川さんの言うとおりです。いい人ぶって偉そうなことを言ってしまったけど、本当は違っていました」

「……宮坂先生」

「私、お兄さんのことを知って、野川さんと朋美ちゃんを見る目が変わってしまったんです。もっと知りたいという気持ちが止められなくなって、勝手にいろいろ調べてしまいました。履歴書まで見て。そうしたらだんだんと怖くなってきて……深く関わらない方がいいかもしれない、そんなことまで考えました」

言ってから、蒼衣は頭を下げた。

「本当にごめんなさい。こんな人が多いから周りの人なんて信用できないし、距離を置こうとしてしまいますよね」

蒼衣は顔を上げて、こちらをじっと見つめた。

「でも今は違うので信じてください。一度は揺れたけど、ちゃんとわかったんです。自分の知っている野川さんや朋美ちゃんは普通の人だし、事件とは関係ない。これからも今までどおりに仲良くしていきたいんです」

真っすぐな瞳に隼太は顔を背けるが、蒼衣はもう一度、口を開いた。

「朋美ちゃんに手紙を見せてもらいました」

「手紙？」

「子どもの頃にもらったという励ましの手紙です。差出人はわからないけど思いやりに溢れていて、偏見をもった自分のことが恥ずかしくなりました。自分もこの手紙を送った人のようになれたらいいなって思ったんです」

そこまで一気に語ると、蒼衣はピアノに手を伸ばした。

「前に歌が嫌いって言っていたけど、本心じゃないですよね？　私はあなたの歌が好きです。ここへ来たのは二人きりで話がしたかったからですけど、野川さんの歌をもう一度聴きたいっていう単純な気持ちもあったんです」

蒼衣は隼太に向かって微笑む。

「どうか、もっともっと歌ってください。あなたの歌は人に喜びを与えてくれる。歌わないなんてもったいないです」

「そんな能天気に歌っていたら世間はどう思うか」

「野川さんは能天気なんかじゃないでしょう?」

いともあっさりと蒼衣は否定した。

「苦しみや悲しみを知っているからこそ、野川さんの歌声は胸に響くんです。どうしてこんなに惹《ひ》きつけられるのかと思ったけど、ようやくわかった気がします。今すぐここで歌ってほしいだなんて言わないけれど、どうかまた歌を聴かせてください。ずっとずっと聴きたかったんですから」

蒼衣の言葉に、遠い日の母を思い出していた。

隼太は歌が上手ね、歌って、歌って……と褒めてくれた。歌うと母が喜ぶから、歌がもっと好きになったのだ。

「世間を気にして、自分を抑え込む必要なんてないです。野川さんが事件を起こしたわけじゃない。あなたのことを悪く言う人がいたら、その人の方がおかしいんです」

いつのまにか蒼衣の言葉に反発する気持ちは消えていた。

黙って彼女を見つめる。

ずっと心に鍵をかけてきたのかもしれない。世間に責められることが怖くて逃げていたのは自分の方だ。いつも周りを気にして、隠れるようにして生きてきた。だが……。

「私はあなたに幸せになってほしいんです」

気づくと隼太は顔をくしゃっと歪めていた。

慌てて下を向き、前髪の陰で顔を隠す。しばらくそうしていると人の気配が離れていき、顔を上げたときには蒼衣はいなかった。泣いていると思って気を遣ったのだろうか。泣いてなんかいるものか。気恥ずかしさに苛立つが、こみ上げてくるものを必死にこらえていたのは確かだった。

宮坂蒼衣。

こんなにも自分を受け入れようとしてくれる人がいるなんて思いもしなかった。

鍵盤の蓋《ふた》を閉めてストーブを消す。

講堂の外へ出ると冷たい夜風が頰を撫でるが、心は温かい。

幸せになってもいいんだよ。

さっき朋美から言われた言葉を思い出していた。

5

夜の講堂で野川と話をしてから一週間ほどが経った。

遅めの朝ご飯を済ませ、蒼衣は朋美との待ち合わせ場所へと電車で向かう。一緒に結婚式のドレスを選んでほしいと頼まれていたのだ。

改札口を出ると、朋美がこちらに手を振っている。

「蒼衣先生。今日はよろしくね」

「もちろん。でも本当にいいの？　私が一緒に選んでも」

「うん。というか、ぜひお願いします。一人で選ぶのは自信ないけど、久保さんには式のときに初めて見せたいし。だからってお兄ちゃんなんて絶対無理でしょ。ほらね、蒼衣先生に頼むしかないじゃない」

わかったよ、と蒼衣は口元を緩める。なんともうらやましい悩みだった。おしゃべりしながら歩いていくと、目的地まではあっという間だった。ショウウインドウに純白のドレスが夢のように飾られている。

「うわあ」

「素敵」

二人は同時にため息をついた。なんだかんだ言ってもテンションが上がる。蒼衣と朋美は目を輝かせながらドレスショップへと入っていく。

「式なんてしなくてもいいって思っていたんだけどね。せっかくだからって久保さんに押し切られたの」

「朋美ちゃんのドレス姿が見たかっただけかもね」

それはあるかも、と朋美は笑った。

「家族だけで式を挙げて、その後に『CAFÉ & BAR そらまめ』で仲間内のパーティーをするつもりなの」

「へえ。すごくいいねえ」

「でしょ？　蒼衣先生も絶対来てね」

「もちろんだよ」

店に並ぶドレスは様々だった。朋美の条件は『CAFÉ & BAR そらまめ』でも着られるようなシンプルなものだそうだ。

「蒼衣先生、どう」

試着室のカーテンが開いて、朋美が姿を見せた。

「よくお似合いですよ」

店のスタッフが微笑んでいる。

「すごい。本当にきれい」

純白のドレスを着た朋美は光り輝いていた。きれいでスタイルもいいから当然なのだが、思わず見とれてしまう。

「少し地味かなあ」

「そんなことない。すごくいいと思うよ」

それからも何着か試着していくが、どれもこれもよく似合っていて、目移りしてしまった。店にあるドレスを全て試着したところで一息つく。

「うん、最初のドレスがよかったかな」

「やっぱり？　私もそう思ったんだ」

こういうときは結局、最初のインスピレーションが大事だったりする。予定していた時間内に、なんとか選べたようだ。

「シンプルで上品で、朋美ちゃんの良さが引き立つと思う。でも久保さんの好みとか聞かなくていいの？　レースがふりふりの甘いドレスの方がいいとか」

「そんなの気にしなくっても大丈夫。だってあの人、私が選んだものは全部いいって言ってくれるもん」

あっけらかんとのろけられてしまって、少し悔しい。

「私が結婚するときは、今度は朋美ちゃんがドレスを選んでね」

「もちろん任せて！」

朋美は即答した。

式は三月の予定だそうだ。予約を済ませてドレスショップを出ると、外には初めて見る男性が立っていた。朋美は隣に立ち、くすぐったそうにはにかむ。

「紹介するね。私の婚約者です」

男性は小さく頭を下げた。髪には白髪《しらが》が混じっているが、顔はまだ若い。

「はじめまして、久保といいます」

穏やかそうな人だ。蒼衣も頭を下げる。

「宮坂蒼衣です。朋美ちゃんにはいつも仲良くしてもらっています」

二人の馴《な》れ初《そ》めは久保の一目ぼれだと聞いていたから、久保の顔を見て思わずにやついてしまいそうだった。振られても振られても、愛を貫いた男か。素敵すぎる。

「お似合いですね」

蒼衣が言うと、久保は嬉しくてたまらないようだった。素直に気持ちが顔に出てしまう、本当にいい人だ。

「これからも朋美ともども、末永く仲良くしてやってください」

「はい、こちらこそお願いします」

「蒼衣先生。一緒にドレスを選んでくれてありがとう」

「こっちこそ。今日はすごく楽しかった。あのドレスを着ている朋美ちゃんを見る日が待ち遠しいよ」

朋美と久保は、これから指輪を見に行くそうだ。忙しそうだが、うらやましい。

二人の邪魔にならないよう、蒼衣はその場から早々に失礼した。

休み明けの月曜日、慌ただしく仕事をこなしているうちに給食の時間になった。

用務員さんと配膳を終えると、蒼衣はトレイを手に運んでいく。衝立《ついたて》の中からキーボードを叩《たた》く音が聞こえる。野川はいるようだ。

蒼衣は、そうっと中へ入る。

「野川さん、給食です」

二秒ほどしてから声が返ってきた。

「置いといてください」

いつもと同じようにぶっきらぼうな返事だったが、気のせいか何かが以前と違う気がする。蒼衣は不思議に思いながら、野川の机の端にトレイを置く。

「宮坂先生」

驚いて顔を上げると、キーボードに向かったままの野川が言った。

「ありがとう」

野川が初めて、ありがとうと言ってくれた。

「……はい！」

思わず大きな声を上げてしまい、瑠璃子や用務員さんがこっちを見ている。野川の声なんて小さくて聞こえていないだろうから、何が起きたかは蒼衣にしかわからない。

「それで今度の合唱部の新曲だけど……」

給食を食べながら瑠璃子の話を聞くが、上《うわ》の空だ。ありがとう、という野川の言葉が頭の中でリフレインしている。

給食が終わり、掃除の時間、昼休みへと全てが駆け足で過ぎていく。保健室では委員会の子どもたちが画用紙に向かっていた。手洗いうがいをしっかりしよう、といったポスターづくりだ。蒼衣は横に座り、すごくいいね、と大げさに褒めちぎる。饒舌《じょうぜつ》になりすぎて、先生静かにして、と文句を言われてしまった。

「先生、なんか変。浮かれてない？」

「大丈夫よ」

何が大丈夫なのかよくわからないまま、蒼衣はテーブルの上に散らかったペンを片付ける。いつもならこんなにちらかしてとすぐ叱るのに、それだけ集中しているのねと寛容だ。泥だらけのすり傷で来る子がいても、洗ってから来ようね、と優しく言える。


仕事帰りに『CAFÉ & BAR そらまめ』へと向かった。

営業時間が終わる頃だが、明かりはぼんやりと点いている。こんばんはと言って店へ入った。

「もう今日は閉店ですよ」

ひげのマスターが一人で食器を洗っていた。

「……ああ、君か」

「今日は休みだよ。彼と会うってさ」

そうだったのか。がっかりしていると、マスターに話しかけられた。

「ご飯はまだだろう？　まかないでよければ食べていくかね」

「えっ。いいんですか」

「常連さんだし、朋美ちゃんのお友達だからサービス」

ご好意に甘えつつ、遠慮なくカウンター席に腰かけた。マスターが出してくれたのはリゾットだった。

「おいしい」

「余ったご飯で作ったものだから、気にせず食べてよ」

今日はなんていい日なんだろう。朋美に会えなかったのは残念だが、マスターも優しくしてくれるし幸せだ。口をはふはふさせながら、熱々のリゾットをほおばった。

「朋美ちゃんはね、もう七年もうちの店で働いてくれているんだ。いつも明るくてさ、若いのにとんでもない苦労をしてるなんてことは感じさせない子でね」

蒼衣が顔をあげると、マスターと目が合った。

「君も朋美ちゃんから話を聞いたんだって？」

「ええ、そうです」

「朋美ちゃんが喜んでいたよ。親身になって話を聞いてくれる、いい親友ができたって」

親友、という言葉が、気恥ずかしくて嬉しかった。

「僕も初めて聞いたときは驚いたけど、朋美ちゃんっていい子だろう？　力になってやりたいと思ってね、いろいろ勉強したんだよ」

「へえ、そうなんですか」

「たいしたことじゃないんだけどね。本を読んだりネットで調べたりしただけさ。でも今まで殺人事件のニュースを見ても、犯人の家族のことまで考えたことはなかったから……知らないことだらけだったよ」

蒼衣はマスターの言葉に耳を傾ける。

「それでわかったのが、犯罪者の家族だって事件が起きたことで苦しむ被害者なんだなってこと。なんだかんだ理由をつけて彼らへの差別を正当化する人もいるようだけど、それって変なんだよ」

マスターはグラスにウィスキーを注いだ。

「もちろん、家族のせいで犯人が事件を起こしてしまったという場合もある。でも基本的に犯罪を起こした側の家族も被害者だよ。朋美ちゃんのお母さんが自殺に追い込まれるなんて、おかしいだろう」

「はい。本当に、そうですね」

「よくアメリカで悲惨な銃乱射事件とかがあるだろう? 犯人の家族のところに手紙がたくさん届くんだそうだ。驚くことにその大部分が、いたわりや励ましの手紙らしいよ」

「えっ、そうなんですか」

思わず声が大きくなった。マスターはグラスを傾ける。

「欧米では人間は一人一人異なる人格をもつ個人であるという考え方が確立しているから、罪を犯した人とその家族は別の存在だってみんな思っている。だけども日本では、昔からの〝家〟という考え方が残っているから、一家全員が連帯責任を負わされてしまう。でも死んでお詫《わ》びしろ、なんてのは時代錯誤だろ」

「確かにそうですね」

「責めたところで何もいいことはない。事件を起こした家族と向きあえるように支援した方が、よっぽど社会のためになるんじゃないかな」

マスターの真摯《しんし》な語りに、すっかり聞き入ってしまった。蒼衣が感心するように見つめていると、それに気づいたマスターは顔を赤くした。

「いつになく偉そうにしゃべってしまったね」

「いえ、すごくその通りだなあって。いいお話を聞かせてもらいました」

受け売りだよ、とマスターははにかんでいたが、根本に朋美に寄り添う気持ちがあるから説得力があるのだと思った。

「君は聞いたかな？　朋美ちゃんたちのお母さんが亡くなられた後に届いた、励ましの手紙のこと」

「それは、はい」

「あんな手紙がたくさん届くような社会になるといいね」

二人でうなずき合う。

そうだ。朋美たちはつらい思いをたくさんしてきたが、あの手紙の送り主のように助けになってくれる人もいた。マスターの存在も、どれほど朋美の支えになっただろう。そして朋美は理解ある人に出会い、もうすぐ結婚する。今の社会を憂うより、少しずつでも明るい方へ変えていけばいいのだ。野川のことも、きっと変えていけるはず。ありがとう、と言われたことを思い出し、思わず頬が緩む。

「話は変わるけれども。朋美ちゃんから結婚パーティーのことは聞いているかな」

はい、と蒼衣はうなずいた。

「ここのお店で身内だけのお祝いをするんですよね。来てほしいって言われたので、すごく楽しみにしているんです」

「そうか。知っているなら話は早い。君は音楽の先生なんだよね」

「いえ、保健室の先生です」

「そうなの？　合唱部でピアノを弾いているって聞いていたから、てっきり音楽を教えているのかと」

「伴奏のお手伝いだけしているんですよ。何でそんなことを？」

「いや、実はね」

マスターは言葉を切って、カウンターから出てきた。隅の棚を重そうにどかすと、民族調の布織物がかけられた大きなものがあった。よいしょ、とマスターが布をめくりあげると埃《ほこり》が舞い、見慣れた楽器が出てきた。

「ピアノ、そんなところにあったんですね。ちっとも気づかなかった」

親指ピアノだけじゃなく、本物のピアノもあったのか。

「この店も最初の頃は、ピアノバーをやっていたんだよ。演奏できる人がいなくなっちゃって、今みたいな店になったけどね」

マスターは蓋を開けて、人差し指でぎこちなく鍵盤を弾く。ひどく音が狂っていて、蒼衣は思わず耳を塞《ふさ》ぎたくなった。

「何十年もほったらかしだったけど、まだ弾けるかな」

「調律さえしたら大丈夫だと思いますよ」

それならよかった、とマスターは微笑む。

「君にお願いなんだが、朋美ちゃんの結婚パーティーでピアノを弾いてもらえないだろうか。きっと喜ぶと思うんだ」

ああ、と蒼衣はつぶやく。ようやく意味を理解した。

「喜んで。今までも友達の結婚式や二次会で、よくピアノを弾いていたんですよ」

「そりゃ、ありがたい。朋美ちゃんには内緒にしたかったから、君にどう連絡しようかと思っていたところなんだよ。タイミングよく一人で来てくれて、本当によかったよ」

話はトントン拍子に進んでいった。どんな曲がいいだろうか。早速相談して盛り上がっていると、カランコロンと音がして誰かが入ってきた。

「あれ、珍しいね」

マスターが声をかける。

つられて蒼衣が顔を上げると、そこには野川の驚いた顔があった。

「隼太くん、何か用かい？」

マスターの呼びかけに、野川は赤い傘を差し出す。

「いえ、朋美が傘を忘れていったもので」

窓の外を見ると、いつの間にか雨が降っている。

「聞いてなかったかな。今日は朋美ちゃん、休みだよ。彼とデートだって」

ばつの悪い表情を浮かべて野川は肩を落とした。頭を下げると、そそくさと引き返していこうとする。その瞬間、ひらめくことがあった。

「待ってください、野川さん」

扉の取っ手を握ったところで、彼は振り向いた。

「あの、ここで歌いませんか」

「は？」

「マスターと相談していたところなんです。朋美ちゃんの結婚パーティーで私がピアノを弾くことになって。それでたった今思いついたんですけど、野川さんに歌ってもらえたらいいなって」

野川は呆気《あっけ》にとられたまま固まっている。一方で、マスターは大賛成といった様子だ。

「いいねえ。お兄ちゃんは歌が上手いって、朋美ちゃんがよく言ってたよ。ピアノと歌の贈りものなんて、すごく素敵じゃないか」

「せっかくですし、一緒にやりましょうよ」

マスターと蒼衣は興奮気味に野川に迫った。

「遠慮しときます」

「なんでだよ。一生に一度のことだぞ」

二人を押しとどめるような恰好をして、野川は店を出て行った。

蒼衣は立ち上がると、野川の後を追う。

街灯の薄明かりの中、すぐ追いついた。蒼衣が傘を持っていないのを見て、野川はさっと朋美の傘を差し出す。

「あ、ありがとうございます」

赤い傘を広げ、蒼衣は野川を見つめる。

「あの、野川さん。さっきのお願いのことですけど、少し考えてもらえませんか」

「……………」

「返事はまだ先でいいですから。朋美ちゃんを祝うためっていうのは大前提なんですけど、私がそうしてほしくてたまらないんです。自分の伴奏で野川さんに歌ってもらえるなんて想像するだけで鳥肌が立ってしまう。それくらい嬉しいことなんです。どうか気が向いたら是非お願いします」

返事はなかった。ただ、店の中でお願いしたときと違って断る様子はない。野川は黙ったままだ。

「傘、ありがとうございます。帰りは車だから駐車場まで走ればいいので」

蒼衣は傘を畳んで返そうとするが、野川はぶっきらぼうに、いいよと手を振った。

「宮坂先生」

「はい」

さっきのこと。小さくそう言ったように思う。

「考えときます」

そう言って、野川は去っていった。

冷たい雨の中、ぽっと、心にぬくもりを感じる。

蒼衣はゆっくりと息を吐き出すと、微笑んで赤い傘を見上げた。


アパートに戻った蒼衣は、鼻歌を歌いながら風呂を沸かしていた。

あの様子なら、野川は歌ってくれる気がする。

パーティーの招待客は身内だけと聞いているから多くはないだろう。それでも人前で歌うことには変わりない。みんなが野川の歌に驚いて、心の底から感動するはずだ。そんなことを考えていると口元が緩んだ。

「……あれ」

スマホのランプが光っている。不在着信、朋美からだ。

マナーモードに設定したままだったので、気づかなかったようだ。履歴を見ると、かかってきてすぐのようだ。かけなおそうと操作している最中でスマホが震えた。

「もしもし、朋美ちゃん？」

蒼衣は電話に出た。ついつい声が明るくなる。

「ああ、宮坂蒼衣さんですか」

聞き覚えのない男性の声にどきりとした。

「少しお聞きしたいことがありまして」

誰だろう。問いかける必要はなかった。

「県警のものです」

「え……」

「このスマホの持ち主について調べていまして。あなたとの通話履歴があったので、かけさせていただいたんですよ」

何なのだろう。頭がさっぱりついていかない。

「朋美さんが、どうかしたんですか」

「実は……亡くなられたんです」

目の前が真っ白になった。耳は聞こえるが、どこかとてつもなく遠いところから声がする。情報が形をとどめずに抜けていく。

電車にはねられた。

搬送されたが間もなく息を引き取った。

自殺と見て調べている。

「おっしゃっている意味がわからないんですけど」

「大変お気の毒ですが……」

再び説明がくり返されるが、頭が拒絶している。ウェディングドレスを着た朋美はすごくきれいだった。幸せそうに笑っていた。

自殺なんてするはずがない。

「おかしな冗談はやめてください」

足ががくがくと震えて、いつの間にか座り込んでいる。

スマホが滑り落ち、床に落ちる音がした。

第五章　うらやみの歌

1

あのとき、隼太は中一で、朋美は小学三年生だった。

朋美は祖母に仕立て直してもらった着物を羽織って、仏壇の前でくるくると回っていた。横に飾ってあるクリスマスツリーを今にも倒しそうだ。

「ああ、早くお正月にならないかな」

「朋美ちゃん、ほら、せっかくのお着物が汚れちゃうよ。大事にしまっておこうね」

祖母は大喜びの孫娘に、顔をほころばせている。

「これはね、朋美ちゃんのお母さんが子どものときに仕立ててもらったものなんだよ。また、こうして着てもらえる日がくるなんてね。とっておいて本当によかった」

「昔を思い出すなあ、朋美は小さい頃のお母さんにそっくりだ」

新聞を読んでいた祖父も、顔を上げて朋美を見ている。

「おじいちゃん。朋美、着物が似合う？」

「ああ、似合う似合う。うちの孫はべっぴんさんだよ」

もじもじと顔を伏せ、朋美はようやく静かになった。

隣で見ていた隼太は、やれやれと息を吐く。台所のテーブルの上に、英語の問題集を広げた。どうしてこう宿題が多いのだろう。休み明けには実力テストがあるし、冬休みといいながら休ませないようにしているようだ。

祖母が朋美の着物を片付け、台所へやってきた。慣れた手つきで夕飯づくりを始める。

包丁で野菜を切る音、鍋でコトコト煮る音、それと二階から小さく聴こえるピアノの音。何も聞こえない自分の部屋よりもなぜか集中できるので、いつもここで勉強している。

「隼太、口開けてごらん」

祖母が里芋を菜箸《さいばし》でつまんで、口に入れてくれた。

「どうかね？」

「おいしいよ」

勉強しながら味見というか、つまみ食いができるのもいい。

しばらくして夕飯が出来上がり、ピアノの音も聴こえなくなった。母のピアノ教室が終わったようだ。隼太がテーブルの上を片付けると、母がやってきた。

「ごめん、最後の子が延長しちゃって遅くなっちゃった。夕飯の支度、ありがとう」

「お疲れさんね」

祖母が鍋を温め直し、皿を並べ始める。隼太は箸を並べた。

「みんな、ご飯だよ」

隼太の声に、祖父と朋美が集まってくる。テレビをつけて食卓を囲んだ。

「明日のケーキは絶対チョコにしてね」

「ああ、チョコだな」

去年のクリスマス、朋美はチョコレートのケーキがよかったと駄々をこねていた。祖父は今度こそチョコを買ってくると、一年前から約束している。

「チキンもね。骨のついているやつだよ」

「わかった。わかった」

朋美は我が家のお姫様だった。

十九年前。どこにでもあるような家庭の風景が野川家にもあった。

父が病気で亡くなったときはどうなることかと思ったが、母の実家に身を寄せて今の暮らしに落ち着いた。ピアノ教室なんて稼ぎは少なかっただろうが、祖父が建築士として現役で働いていたので暮らしには不自由しなかった。正己が東京の大学へ進学できたのも、母の実家のおかげだろう。

「正己の奴は、今度の正月帰ってくるって？」

「ううん。忙しいから無理って」

祖父の言葉に、母が答えた。

「正月くらい仕事は休みだろう。お盆も帰ってきてないのにな」

「来るなって言われているけど、年明けにでも様子を見に行ってみようかしら」

大人たちが話す横で、隼太と朋美はテレビアニメに夢中になっている。正直、兄が帰省しようがしまいが関心はなかった。

夜更けに電話が鳴った。

こんな時間に何の電話だろう。そう思ったのは一瞬で、またすぐ眠りに入っていった。

だがそれからすぐに、母に揺り起こされた。

「隼太、起きて」

部屋の電気を点《つ》けられて嫌々起きるが、まだ外は暗い。母の顔は青ざめていた。

「今からすぐ、お姉ちゃんのところに行って」

母の姉である伯母のことだ。隣の県で一人暮らしをしている。

「は？　なんで」

「朋美とおばあちゃんも一緒に。おじいちゃんが車で連れてってくれるから」

眠気はすぐに飛んでいった。

どうしたんだ。こんな母の顔は初めて見た。父が死んだときでさえ気丈にふるまっていたのに。ただ事でないことだけは察知できた。

隼太は母に言われたとおり、着替えや勉強道具など身の回りのものをかき集める。野川という刺繍《ししゅう》のある部活のバッグに詰めこんだ。

「眠たいよ」

朋美は目を半分閉じたまま、畳に寝っ転がってぐずっていた。祖母が母と同じく血の気の引いた表情で荷物をまとめている。

「お母さんは？　お母さんは一緒じゃないの？」

突然、朋美が思いついたように母はどこだと駆け出していく。ちょうど玄関から母が一人で出ていくところだった。

「お母さん、どこ行くの。行かないで」

「朋美、お母さんも後からそっちへ行くから」

嫌だ、嫌だ、と泣く朋美に、母は笑顔を向けた。

「明日はサンタさんが来るんでしょ。お利口だから、みんなと一緒にお姉ちゃんちで待ってて」

「……わかったよ」

朋美はしぶしぶうなずくと祖母の手を握る。母は隼太の方を見て、頼むわよと言い、車で出かけていった。

それから荷物を積みこむと、祖父の車に揺られて出発した。

朋美は祖母にくっつくように後部座席に座っている。車の暖房がようやく効き始めたので、ぬいぐるみのクマを抱きしめたまま眠ったようだ。

「どうしたんだよ。何があったの、じいちゃん」

助手席の隼太は恐る恐る問いかけた。

すぐに返事が返ってこないことが余計に心をざわつかせた。信号で停まったとき、祖父は後部座席を見た。朋美が寝ているのを確認してから、ようやく重い口を開いた。

「正己が、人を殺したって」

声を上げそうなところを、かろうじて止めた。

嘘《うそ》だろ。

「いっぱい人が死んだって」

コロシタという言葉と、イッパイという言葉の意味がとっさにわからなかった。いつの間にか小雨《こさめ》が降ってきてフロントガラスのワイパーの音だけが聞こえる。頭の中がぐるぐる回っていた。

兄の正己は隼太より十歳年上だ。今は二十三歳の会社員。大学を卒業した後も戻ってこなかったので、五年近く離れて暮らしていることになる。

覚えているのは正己が部屋にこもって受験勉強をしていたことや、法事で帰省した際に寿司をまずそうに食っていたこと。優しくされた記憶はないが、別段嫌な思い出もない。一言でいって他人に毛の生えたようなもの。そんな感じだった。それでも実の兄。血のつながっている兄弟だ。

人をたくさん殺したって、まさか、そんなことあるわけないだろ。だが嗚咽《おえつ》する声が聞こえてバックミラーを見ると、祖母が両手で顔を押さえて泣いている。どうやら本当のことのようだ。

「母さんは、どこへ行ったの？」

「南町の警察署だ」

祖父は下唇を噛《か》んだ。

「お前たちも、しばらく学校へは行けないだろう。これからどうなるのか、じいちゃんたちにもわからん」

冬休みの宿題の提出はどうしたらいいんだろうか。実力テストを受けなかった場合、成績はどうなる？　金魚の餌《えさ》、やってくればよかった。どうでもいいことばかりが、あれやこれやと頭に浮かんできた。最後に祖父母の家に引っ越して来たときのことを思い出す。父を失った悲しみが癒えぬまま、転校して新しい生活が始まることが不安でたまらなかった。

「苦しいときこそ、笑顔でね」

母は微笑《ほほえ》んで、そんなことを言った。笑顔は強さなのよ。お母さんも頑張るから隼太も頑張って。明けない夜はないわ。そんな前向きな言葉が羅列されていたように思う。本当は母も泣きたくてたまらないだろうに、その強さに元気がもらえた。

今、母はどんな顔をしているだろう。そんなことをぼんやり思いながら、いつの間にか眠っていた。

翌朝目が覚めると、既に戦いは始まっていた。

新聞には事件と兄の名前が大きく載っていて、テレビには昨日まで住んでいた我が家が映っている。ワイドショーでは顔にモザイクのかかった近所のおばさんがインタビューに応えていた。学校のみんなも見ているのかと思うと泣きたくなった。

「どうしてくれるのよ！　私、今日は休むって会社に言ってあるけど、もう退職するしかないじゃない」

伯母が台所でわめいていた。

「何これ？　どうしてうちが映っているの」

そうつぶやいてから、朋美はテレビの前にずっと座っている。難しい言葉はわからないながらも、必死に理解しようとしているようだ。

「これって正己お兄ちゃんのことなの？」

隼太は朋美の肩をそっと抱く。

祖母は床に座り込み、泣き崩れている。祖父は知りあいや誰かとずっと電話で話している。何度も、すみません、すみません、と絞り出すような声でくり返す。朝から誰も何も食べていない。もう何が何だか滅茶苦茶だった。

母は南町の安宿に身を寄せているそうだ。兄は面会に応じないらしい。

何日か経《た》ち、マスコミの目を盗むようにして、祖父母と荷物を取りに戻った。そこには信じられないほど変わり果てた我が家があった。家の窓ガラスは一枚残らず割られ、表札や壁はスプレーで落書きされていた。死ねとか出てけとかの他に卑猥《ひわい》な絵や言葉で埋め尽くされ、植木や花壇もぐちゃぐちゃだった。

「なんだよ、これ」

「隼太、静かに」

「だって、ひどすぎるだろ」

「隼太！　そんなこと言っちゃいけない」

言える立場じゃないんだ。そう言いながら、祖父は隼太を隠すようにして足早に家の中へ入った。

その後、まもなく引っ越した。

だがどういうわけかその先でも素性《すじょう》はすぐにばれて、また引っ越した。

部活なんてやっている気分じゃなかったのに、転校先の中学は全員運動部に入らないといけなかった。隼太は何となく柔道部に入部したが、そこで待っていたのは壮絶ないじめだった。

「こいつって殺してもいいよな」

「殺人犯の弟なんだ。死んでも誰も文句言わないだろ」

隼太は気絶ゲームというのをやらされた。

顧問の教員がいないとき、トランプで負けた罰ゲームとして隼太の首を絞め落とすのだ。失敗して本当に死んでしまっても練習中の事故だと言えばいいと笑っていた。

殺人犯の弟に天誅《てんちゅう》を下すという大義名分。彼らのストレス発散のため、隼太は正々堂々と攻撃できる存在でしかなかった。先生に訴えることもできない。いじめられても仕方ないのだと、どこかで受け入れていた。

それに比べ、朋美はまだ幼かったし元々明るい性格だったため、隼太ほど激しい嫌がらせを受けることはなかったらしい。それでも学校で無視されたり、持ち物を隠されたりすることはあったようだ。

裁判が始まり、母は情状証人として証言台に立った。兄が黙秘を続けているため、代わりに責められているようだったと祖父が言っていた。

母が命を絶ったのは、事件から一年後のことだった。

隼太が成人すると、祖父母は役目を果たしたというように立て続けに亡くなった。年老いてからの壮絶な日々で気の毒な余生だったが、隼太たちを必死に守って育ててくれた。二人には感謝しかない。

これからは兄妹で生きていく。そう決意を新たにしていたとき、朋美が高校の文化祭で有志発表に出ると言い出した。しかも、よりによってバンドのボーカルだそうだ。隼太は猛反対した。

「楽しそうに人前で歌うなんてだめだ。俺たちは目立たずに暮らさなきゃいけない」

「どうして？　どこの妖怪人間よ」

懐かしのアニメ特番で見ただけのネタだが、全く笑えない。

「世間の目がある」

「おじいちゃんが生きていたら絶対反対するけど、お兄ちゃんまで同じようなこと言って反対することないじゃない」

「だってそうだろう。絶対に悪く言われるし、またひどい嫌がらせに遭うぞ」

「それでもいい」

きっぱりと朋美は言い切った。

「私、今まで我慢してきたの。友達がステージで歌っているのを見て、私も出たいのにってずっと思っていたの。高校最後のチャンスだから、諦めたくないよ」

朋美の目は今までにないほど真剣だった。

気持ちは痛いほどよくわかったが、何とか説得しなければと思った。

「いいか、朋美」

「なによ」

隼太は朋美の肩に手を置いて、真っすぐに見つめた。

「亡くなった被害者の人たちのことを思い出すんだ。夢も人生も全部奪われてしまった。遺《のこ》された家族の人たちもそうだ。今もこれからも一生苦しみ続ける。それなのに俺たちが楽しそうにしているのを見たらどう思うか」

「そんなのわかってる。でももう嫌！　なんでいつも、そう思わないといけないの」

「……それは」

視線に耐えられなくなって下を向くと、朋美は小さくつぶやいた。

「私、うらやましいんだよ」

「朋美」

「被害者や遺族の人たちは、みんなから同情されてうらやましい。私、加害者じゃなく被害者の側だったらよかった」

「朋美！」

そんなこと言っちゃだめだ。反射的に手を上げようとした。隼太はすんでのところで止めたが、振り上げられたままの手を見て、朋美は呆然と隼太の顔を見た。

「ごめん」

謝ると、堰《せき》を切ったように朋美の目から涙がこぼれた。

「私たちだって、あいつのせいで、お母さん死んじゃったじゃない。いじめられて、つらい思いをいっぱいしてきた。それなのに」

泣き崩れる妹に何も言えなかった。

結局、朋美がステージの上に立つことはなかったが、好きにさせてやればよかった。

今、目の前には朋美の亡骸《なきがら》がある。

顔はきれいだった。

こうして見ていると目を覚まして、お兄ちゃんたら何を泣いているのと笑いかけてきそうなほどに。

どうしてなんだ。もうすぐ結婚するはずだったのに。

こんな変わり果てた姿、誰が想像できただろう。

いや、本当はこうなることをずっと恐れていた。だからあのとき、朋美がステージの上に立つことに反対したんだ。

そのとき、ポケットから振動する音が聞こえた。

警察から返してもらった朋美のスマホだ。着信ランプが光っている。電話に出ると、女性の声がした。

「野川朋美様の携帯でよろしかったでしょうか」

「はい」

「ご婚約おめでとうございます。ウェディングドレスのレンタルの件ですが……」

隼太は奥歯を嚙み締めた。向こうでは何か言っているが、もう何と言っているかさっぱり聞こえない。

何もできないまま、時計の針が進んでいくのを見つめていた。

何日経ったのか、今が、朝なのか夜なのかもわからない。検視が終わり火葬場へ運ばれた朋美は、ライン引きの石灰みたいになった。

隼太はぼんやりと、抜け落ちた記憶をたどる。

朋美の婚約者だった久保には電話した。火葬場で一緒に泣き崩れていたのは何となく覚えている。蒼衣から朋美のスマホへ何度か着信があったようだが、そのまま放置している。『CAFÉ & BAR そらまめ』のマスターには電話をかけただろうか。どこかで顔を見たような気もするが、そんなこと、もうどうだっていい。

今日も仕事を休むと連絡したら、何やら学校でトラブルが起きていると聞いた。だったらこのまま辞めますと伝えて、電話を切った。

雨粒の音が、しとしとと聞こえる。

寝っ転がったまま指先を少しだけ動かすが、冷えて感覚がない。

もう何をする気力もないのに、頭の中ではくり返し問い続けている。意識がもうろうとしていたときから、ずっと。

どうして朋美は死んだのか。

その問いに呼応するように、何かが底の方からじんわりと浮かんできた。一度形を見せると、それは確かなものとして認識できるようになり、消える気配はなかった。

そうだ。幸せの絶頂にいた朋美が自殺する理由など、どう考えても一つだけだ。

隼太はアパートの部屋を出る。

向かう先は決まっていた。

2

目覚ましが鳴ってから、どれくらいの時間が経っただろう。

カーテン越しに光を感じてからも、蒼衣は布団《ふとん》にくるまっていた。随分長いときが流れたように思えるが、体が起きようとしてくれない。

朋美がこの世にいなくなってから二日が経った。

あの日、野川に連絡を取りたくても携帯の番号がわからなかった。代わりに『CAFE

＆BARそらまめ』に電話すると、マスターがすぐに飛んできてくれた。人違いだったとか、怪我をしただけだったとか、何かの間違いだったのかもしれない。車に乗せてもらって二人で警察へ行ったが、朋美が電車に飛び込んで自殺したというのは、本当のようだった。

そこから記憶が消えている。どうやって実家へたどり着いたのかよくわからないが、おそらくマスターが送ってくれたのだと思う。

階段を上がってくる音がする。扉を開けて、母が入ってきた。

「学校、行ける？」

「うん。二日も休んじゃったから、今日こそ行かないと」

やっとのことで体を起こすが、それ以上は無理だった。

「昨日は眠れたの？」

母は心配そうにため息をつく。

「ちっとも。眠いのに寝られない」

もぞもぞと布団の中へと戻っていく。実家に戻ってからずっとこの調子だ。友達が自殺したと言ったら、父も母も理由が呑《の》みこめたようだった。詳しいことは聞かずに、見守ってくれている。

「ねえ、蒼衣。そろそろ病院にでも行った方がいいのかもしれないわよ。午後から一緒に行ってあげようか」

「まだいい」

「そう？　無理しなくていいのよ」

「……ありがと」

「じゃあ、お母さんも学校へ行ってくるからね。何かあったら連絡して。お粥《かゆ》、鍋に作ってあるから、ちょっとずつでも食べなさいよ」

　ばたばたと母は出かけていった。

　朋美が死んだなんて受け入れがたかったが、次第にその死が現実のものとして自分の中に入ってくるようになった。いや、今も頭ではわかっていても、すぐに思考が停止してしまう。深い悲しみだけが脈絡もなく発作のように襲ってきて、苦しくて仕方ない。

　蓮が校舎から飛び降りようとしたとき、命が助かってよかったと思った。野川たちの母親が自殺したと聞いたときも、彼らを気の毒に思った。でも、その重みが本当のところはわかっていなかったのだと今は思う。睡眠薬でも飲んで強制的に眠れたら、少しは楽だろうか。意識がある間じゅう、心が悲鳴を上げ続けている。

　ううん、と腕を伸ばしてスマホを手に取る。学校に休みの連絡だけはちゃんとしなくては。寝たまま電話をかけると教頭が出た。

「申し訳ありませんが、今日もお休みさせていただきたくて」

「風邪《かぜ》なんですよね？」

「は、はい」

事情を話すのが面倒で病欠ということにしてあるが、今日で三日目なので、そろそろ限界だろう。

「明日こそは行けると思うんですが」

「それならいいですけど。いやね、事務の野川さんも宮坂先生と同じ日からお休みされているんですよ。何か関係があるのかなと」

野川が休んでいることは知らなかったが、さすがにそうだろう。蒼衣ですらこんな状態なのだ。

「インフルエンザでも流行《はや》ってきましたかね。お大事にしてくださいよ」

「はい。ご迷惑おかけしますが、よろしくお願いします」

蒼衣は電話を切ると、ぱたんと腕を下ろす。

野川はたった一人で、今どうしているだろう。アパートを訪ねたら会えるだろうか。

そう思いついたら少し動ける気がしてきた。お腹にも足にも力が入らないが、ゆっくりと支度をする。お粥を口にすると、体が温まってきた。

蒼衣は玄関に置かれた赤い傘を手にする。野川が貸してくれた朋美の傘だ。持ち主に使われることは二度とない。そう思うと息が詰まりそうになるので、蒼衣は深呼吸した。

車の運転は不安だったので、不便だが電車で向かうことにした。

駅までの道を、とぼとぼと歩いていく。右足、左足……一歩ずつ意識しないと足が動かせない。こんなことは初めてなので自分でも不思議な感覚だった。

保育園の乳母車が横を通っていき、おじいさんが犬と散歩している。当たり前のように平和な日常があった。朋美が自殺したというのに周りは全くお構いなしだ。蒼衣だけが浮いていて、別世界にいるように思えた。

薄曇りの中、アパートを見上げる。ここへ来るのは二度目だ。朋美との思い出がよみがえって涙がこぼれる。しばらく立ったまま泣いていたので、通りすがりの人におかしく思われたかもしれない。何とか涙を止めると、蒼衣はゆっくり階段を上っていく。二〇四号室のチャイムを鳴らした。

返事はない。

今度は扉をノックする。

「野川さん、いますか」

声をかけてみるが静かだ。

「宮坂です。野川さん、いませんか」

諦めずにもう一度声をかけたが、中で人が動く気配はない。

どこかへ出かけたのなら戻ってくるかもしれない。せっかくここまで来たのだし、少し待ってみよう。

それから長い間、蒼衣は部屋の前に立っていた。

母親に続いて妹まで失うなんて、野川のことが心配でたまらない。今こそ野川の力にならないでどうする。そう思って、朋美の傘を握りしめた。

気のせいか、中で物音がした。

「野川さん、いるんですか」

もう一度声をかけるが、隣に配達の人がやってきて不審そうにこちらを見る。蒼衣は仕方なく帰ることにした。

赤い傘を扉のノブに引っかける。住所と携帯番号を書いた紙を挟み、連絡ください、とメッセージを添えておいた。

ひどく疲れてこのまま帰ろうかと思ったが、ここからだと『CAFE & BAR そらまめ』はそう遠くない。野川が店にいる可能性もあると思い立ち、足を向ける。

店に着くと臨時休業の貼り紙がしてあった。裏手に回ると表札を見つけたので、迷ったあげくインターホンを鳴らす。

「ああ、君か……」

げっそりと頰《ほお》がこけ、赤い目をしたマスターが顔を出した。

「こんにちは。先日はありがとうございました」

頭を下げると、マスターは店を開けて中へ入れてくれた。野川はいないようだ。

蒼衣はソファに座ると、淹《い》れてもらったコーヒーを一口だけ飲んだ。部屋の隅《すみ》では、もうすぐ日の目を見ようとしていたピアノが再び布をかぶせられていた。見たくもない、ということか。ここには朋美との思い出がたくさんあって、マスターもつらいだろう。

「仕事、休んでいるんだね」

はいとうなずく。

「僕も店を開ける気になれなくてね」

「あの……」

話そうとしたが、言葉より先に涙が溢れてきそうだった。

マスターは悲しげに首を横に振った。

「どうしてあの子は自分の命を絶つなんてまねをしてしまったのか」

耐え切れず蒼衣は嗚咽した。

マスターもつられて涙をにじませる。

「あの子こそ、幸せにならなきゃだめだろう」

悔しくてたまらない。そんな表情だった。

「前の日に店で働いていたときだって、いつもと何も変わらなかったんだよ。明るくて元気な朋美ちゃんだった」

「私も、日曜日に朋美ちゃんと会ったばかりなんです。一緒にウェディングドレスを選んで、すごくきれいで幸せそうだった。だから、とても信じられなくて」

「そうか。そうだよな。死ぬなんておかしいよ。いったい何があったんだ」

そこで言葉が途切れ、二人でひとしきり泣いた。

涙は止まらなかった。

野川さん……今どこで、どうしているの？　朋美ちゃんが死んでしまって、大丈夫なはずがないでしょう。

一人でいたら駄目だよ。

しばらくして目を開けたとき、窓際にカリンバが置かれているのが見えた。蒼衣が初めてこの店に来たときのことが思い出される。

そっと手に取り、カリンバを小さく弾《はじ》く。

朋美の笑顔が浮かんで、また泣けた。

色づくもみじの中、校舎に向かった。

マスターと一緒に泣きに泣いて、ほんの少しだが気力が戻ってきた。何とか気持ちを奮い立たせて四日ぶりに出勤する。ランドセルを背負った子どもたちに囲まれた。

「あっ、宮坂先生だ。風邪だったの？」

「うん。何日も休んでて、ごめんね」

「保健の先生なのに風邪なんて引くんだねえ」

元気に挨拶《あいさつ》をしていく子どもたちの声が、どこか遠かった。

職員室に入るが、野川の札は赤のままだ。

朝の打ち合わせで教頭が話を始めた。

「臨時の事務職員として勤務していただいている野川さんですが、都合により退職されました。代わりの職員が来るまでみなさんにはご不便をおかけしますが、何卒よろしくお願いいたします」

蒼衣だけでなく、誰もがぽかんと口を開けていた。もうここへは来ないということ？

「では皆さん、今日も一日、頑張りましょう」

打ち合わせが終わり、みんな慌ただしく持ち場へ散っていった。蒼衣は衝立の中をのぞき込む。いつの間にか野川の私物はきれいになくなっていた。

「野川さん、どうしちゃったんだろうね」

後ろから用務員さんが話しかけてきた。

「任期は継続したから来年まであったそうだよ。もう少ししたら冬休みだってのに、こんな半端な時期に急に辞めるなんて変だよ。蒼衣先生、何か知っているかい？」

「……いえ」

人には言えないが、朋美のことが原因なのは明らかだ。用務員さんは首を傾げつつ、教頭の方へ目をやった。

「事務の仕事はしばらく教頭先生が代わりにやるそうだよ。学期末の忙しいときにえらいことだな」

教頭は校長とともに応接室へ入っていくところだった。扉が閉まる。次の事務職員の任用のことを話し合うのだろうか。野川は何と言って仕事を辞めたのか。学校の私物は、いつ取りに来たんだろう。知らないうちに物事がどんどん進んでいて、ぽつんと取り残されている気がする。

自分は野川にとって支えにはなれない存在だったのだろうか。

落ちこんだまま時間は過ぎていく。

昼になっても、応接室の扉は閉じたままだった。

「変ね。何か揉《も》めているのかしら」

給食を食べながら、瑠璃子が眉《まゆ》をひそめた。確かに人が一人辞めただけなら、こんなに長時間話し合う必要もない。どこか変だと蒼衣も思った。

下校時刻になり、保健室を閉める。心も体もしんどかったが何とか働くことができた。あとは無理せず定時に帰ろう。そう思って、職員室へ戻ると、辺りがざわついていた。みんなの話している声が聞こえる。

「いっぱい保護者が来ちゃったから、視聴覚室に集めて教頭が対応しているみたいよ」

「何かのクレームですか」

「さあ、何だろう。メールがどうのこうのって聞こえたけど」

嫌な予感がする。力を振り絞り、蒼衣は視聴覚室へ向かった。

「そういうことじゃないんです！」

廊下まで大きな声が聞こえてきた。

のぞき見ると、ＰＴＡ会長が声を上げていた。

「私たちには知る権利があるはずです」

ＰＴＡの役員を中心に、二十人ほどの親たちが教頭の前に集まっている。

蒼衣は音を立てないように、後ろの扉からそっと中に入った。

「まず答えてください。このメールの内容は事実なんですか」

会長はスマホを教頭に向かって差し出す。

「こんなメールが回ってきて噂《うわさ》になっています。不安が広がっているんですよ」

「この学校の事務職員が野川正己の弟というのは本当なのか、はっきり教えてください」

蒼衣は眩暈《めまい》がしそうになった。

「それはちょっと……」

教頭は額に汗をかいている。

「かばっているんですか」

「いえ、そういうわけでは」

「野川正己っていったら、八人もの命を奪った凶悪犯なんですよ。被害者の中には子どもいる。そんなとんでもない凶悪犯の弟なら、同じようなことをしでかすかもしれないって心配するのは当然でしょう」

保護者の言葉に、教頭は困惑した表情を浮かべる。

「凶悪犯が学校にいるとなれば問題ですが、そうではありませんので」

「絶対に安全だと言い切れるんですか」

別の親が言い返す。

「たとえ本人が何もしなくても、マスコミが煽《あお》り立てるかもしれないし、罰を与えようとする過激な連中だって現れるかもしれない。子どもたちがとばっちりをうけるなんてことは困るんです」

「噂の真偽は別として、今現在、何か問題が起きているわけではないでしょう」

教頭が説きふせようとするが、保護者たちは口々に責め立てた。

「被害が出てからでは遅いんだ」

「子どもが怖がって、学校へ行きたくないって言うかもしれない」

黙って聞いていれば、あんまりなことばかりだ。野川は蓮が飛び降りようとしたとき、命を救っている。六年生たちに囲まれて感謝されていた。それなのにどうして……。蒼衣は苛立《いらだ》ちが抑えきれなくなり叫んでいた。

「みなさん、やめてください！」

全員の視線がこちらを向く。一瞬ひるんだが、毅然とした態度で言い切った。

「噂が本当だとしても、それが何だっていうんですか」

「ということはやっぱり本当なのか」

保護者たちはざわついた。教頭が後ろで顔をしかめて、口を開く。

「どうか落ち着いてください」

「落ち着いてなどいられますか。子どもの安全が第一でしょう。現にこういうメールが回ってくるのは、誰かの悪意がのさばっているかもしれないってことなんです。早急に対策を取ってくれと言いたいだけなんですよ」

他の親たちも次々に同調した。

「死刑が執行されたばかりで不安定になっているかもしれない。おかしな行動をされたらどう責任を取るんだ」

「私たちはね、そういう人が子どもの近くにいるってだけで怖くてたまらないんですよ」

野川にはとても聞かせられない言葉ばかりだった。いや、きっとこんな誹謗《ひぼう》中傷はこれまで日常茶飯事だったのだろう。興奮している保護者たちには何を言っても届かない気がしたが、それでも黙ってなどいられなかった。

「こういうメールが回ってきたり噂が立ったりすること自体に、皆さんは疑問をもちませんか」

蒼衣は必死で訴えた。

「噂が本当だとしても、お子さんたちの安全が脅《おびや》かされることなんてありません。それなのに大人たちが大騒ぎしたら、子どもは不安に思ってしまいます」

首を横に振って、ＰＴＡ会長はため息をついた。

「まるで話が嚙み合わないね。我々はただ、子どもたちの安全を心配して……」

「それは偏見と差別なんじゃないですか」

「なに？」

ＰＴＡ会長は蒼衣のことを忌々《いまいま》しそうに睨《にら》みつけた。野川のことを思うと、悔しくてたまらない。

もう一度口を開きかけたとき、教頭が遮るように言った。

「ご心配には及びません。そのような噂になっている職員は退職しました。安心してお引き取りください」

一同、教頭に注目した。動揺する保護者たちに、本当です、と教頭はくり返している。

「だったらそうと、早く言えばいいのに」

「辞めたってことは、やっぱり噂は本当だったのか」

「まあ、でも、よかったわ。これで安心したもの」

ようやく保護者たちは矛《ほこ》を収め、ぞろぞろと帰り始める。

去っていく姿を黙って見つめていると、教頭が蒼衣の方を振り返った。

「もっと言い方があるだろう。喧嘩腰《けんかごし》になってどうする」

「……すみません」

「だが、君の言葉はもっともだ」

いつも苦手だった教頭は、近くで見ると優しい目をしていた。

「教頭先生。野川さんのこと、知っていらっしゃったんですか」

「君こそ知っていたんだね」

蒼衣は肩を落とす。

「はい。野川さんはこの騒ぎがあったから辞めたんですか」

「どうかな。別の理由があるような気もしたがね。急に辞められて学校としては困るが、これだけ騒ぎが大きくなっては彼のためにもよかったと思うよ」

そういうものだろうか。朋美のことで絶望する中、追い打ちをかけるような出来事だったろう。蒼衣が野川の立場でも、きっと辞めていた。

「この騒ぎはいつからあったんですか」

「最初は電話で問い合わせがあっただけだったんだ。個人的なことだし、野川さんが直接問題を起こしたというわけじゃない。校長が野川さんを気づかって、彼には内緒で内々に対応していた。だがあっという間に噂が広がってしまったようで」

不安を募らせた親たちが暴走してしまったということか。

「でも……退職したから大丈夫、って騒ぎを収めるのはどうなんですか。野川さんは何も悪いことをしていないのにおかしいです」

「ああ。校長もそう言ったさ。だけど、あそこまでヒートアップしたら仕方ない。理由はともかく野川さんが辞めたことは事実だし、それで保護者が安心するならそれでいい」

そうかもしれないが、どこか釈然としなかった。

「じゃあ、野川さんが辞めずに学校にいたとしたら、教頭先生はあの保護者たちにどう対応されましたか」

「さあ、どうだったろうね」

教頭は遠くを見つめるような顔をした。正規の職員ならともかく、期限付きの非正規職員だ。どこまで守ってくれたかわからない。

「ただ言えることが一つある。それは彼がいなくなったところで解決なんてしないってことだ。子どものためと親は言うが、実際はどうなんだ。自分たちを守るために追い出してくれてありがとう。そんなふうに子どもが思うか?」

教頭の言葉に、蓮や桃花たちの顔が浮かんだ。

「罪悪感をもつならまだいい。何の疑問ももたず、人を差別して排除することを学んでしまう子だっているだろう。あの親たちが望んだのはそういうことだ。ここからどうするか試されているのは彼らの方なんだよ」

「教頭先生」

「野川さんは他の理由もあって辞めたかもしれないが、それは絶対に知られたくない。あの親たちに逃げ道なんて与えたくないからね。責任はちゃんと負うべきだ」

いつもどおりの怖い顔だが、野川のために怒ってくれているようで嬉《うれ》しかった。蒼衣は思い切って聞いてみる。

「野川さんは今、どうしているかご存じですか。妹さんのことは何か言っていませんでしたか。携帯の連絡先を知りたいんですけど」

口を開いたら一気に質問が飛び出した。

返事を期待して見つめるが、教頭は首を横に振る。

「それは個人情報だから」

結局、何も教えてはくれなかった。

誰もいなくなった視聴覚室で、蒼衣は一人、立ちつくす。理不尽な差別というものを初めて目《ま》の当たりにして、蒼衣は唇を噛み締めつつ野川のことを思った。

3

山あいに風力発電のプロペラが見える。

隼太はバイクに乗って、久保の実家を目指していた。

遺書らしいものもなく、朋美の死の理由はわからない。あの日の朝、家にいたときは朋美に変わったところなどなかった。仕事へ行ったとばかり思っていたので、久保とは急に会うことになったのだろう。その帰りに自殺したというなら、考えつく理由は一つだ。

直接、久保と会って話を聞くしかない。

クボ精機とスマホで検索すると、工場の場所はすぐにわかった。いきなり乗りこんでも追い返されるかもしれない。だが話が聞けるまで居座る覚悟はできている。もう仕事も辞めたし、誰かに迷惑をかけることもない。

自分にはもう、失うものは何もないのだ。

棺桶《かんおけ》に横たわる朋美の顔は透き通るようにきれいだった。どうして死んだりしたんだ。馬鹿じゃないのか。大声でなじってやりたかったが、本当はわかっている。朋美はもう限界だったのだ。昔、死んでいった母のように。

朋美と母の姿は否が応でも重なり、記憶も鮮明によみがえった。

正己が事件を起こして伯母の家に身を寄せていたころ、母だけが南町のホテルに泊まっていた。

弁護士と連絡を取って、どうにか正己と面会できないものかと試みていた。八人も殺しておいて反省も謝罪もない。犯行理由すら語らず面会拒否する息子に、気がおかしくなりそうだっただろう。祖父に連れていってもらい、隼太はホテルへ母の様子を見に行った。

大丈夫だから。

母はそのとき、微笑んでくれた。

どれだけ心身がボロボロだったろう。それなのに心配をかけまいと、ホテルのロビーで会った母は笑みを浮かべたのだ。その瞬間、いきなりカメラのシャッターが切られた。フラッシュがたかれた方を振り向くと、そこにはカメラを持った男がいた。それが武藤だった。

そのときの写真は、何の反省もない母という見出しで週刊誌に載っていた。後日、家の前でうろつく武藤を偶然見かけ、思わずぶん殴ってしまった。血相を変えた祖父が必死で謝ったが、隼太が殴った様子もまた、悪意をもって週刊誌に書かれていた。

途中、コンビニに入り、トイレを借りる。

鏡を見つめたまま、隼太はしばらく固まっていた。

いつの間にこんな顔になったんだ。

前髪をすくい上げると、眉間には険《けわ》しいしわが寄り、目の下にはどす黒い隈《くま》ができている。無精《ぶしょう》ひげも生えていて、犯罪者のような顔だ。血は争えない。何度も言われて傷ついた言葉が浮かんできて、とっさに頭の中でかき消した。

もうしばらく走って、ようやく久保の地元まで来た。

民家から少し離れたところに工場がある。思ったより規模が大きめの、三角屋根の古い建物だ。学校事務になる前は、こんな工場でもよく働いた。

バイクを停めると、しばらく中の様子を見た。和気あいあいとした、雰囲気の良さそうな職場だ。

ガラス越しに久保の姿を見つけた。つなぎを着て機械の整備をしている。見つからないように、隼太はそっと離れる。

やがてチャイムが鳴り、昼の休憩になったようだ。

作業をしていた人たちが外に出てくる。その中に久保はいない。

見ると、久保は一人で長椅子《ながいす》に座っていた。周囲を見回し、他に誰もいないことを確認して隼太は建物へ入る。何も言わず、久保の前に立って見下ろす。

隼太の顔を見た途端、久保の顔がみるみる青ざめていった。

「何があったのか知りたい」

切り出すと、久保は泣きそうになった。

「朋美はなぜ自殺した？」

「それは……」

「心当たりがあるんだな」

久保は耐え切れないように両手で顔を覆った。うう、と情けない声を出している。

「すみません、すみません」

「ちゃんと説明してくれ」

思わず襟元《えりもと》をつかむと、久保の頬を涙が伝った。

「僕が悪いんです」

「なぜ？」

「朋美さんに結婚を白紙にしてほしいって頼んだから」

やはりそうか。本当にそうだったのか。

じっと見つめていると、視線に耐えられないように久保はうなだれた。

「すみません」

「どうして今まで黙っていたんだ」

「……うああ！」

嗚咽を漏らし、久保は長椅子から床へ崩れ落ちた。

今この男を罵倒《ばとう》し始めたら、見境なく止まらなくなってしまう。隼太はこぶしを握りしめると、壁を思いきり殴った。血がにじんだが、痛みなど感じない。

暴走しかけた感情が、徐々に冷めていく。隼太は息をゆっくりと吐き出した。

「なぜだ？　あんなに朋美に惚《ほ》れていたじゃないか」

「僕は今も朋美さんを心の底から愛しています」

「嘘を言うな！」

「本当です」

久保は涙と鼻水でぐしゃぐしゃになっている。

「だったら何で結婚を白紙なんかに」

隼太が聞くと、顔を上げることなく久保は答えた。

「何を言っても、ただの言いわけになります」

「いいから教えてくれ」

せっつくと、久保は静かに口を開いた。

「僕の両親が突然、反対し始めたんです」

「死刑執行のせいか」

「そうじゃありません。おかしなビラが配られたことがきっかけです」

「ビラ？」

「はい。うちの工場や近所に……」

どういうことだ？　頭がついていかない。

「一体どんなビラだ」

ふらつきながら久保は立ち上がり、棚から箱を取り出した。中に入っていた紙くずを手でのばし、隼太に渡す。それを見た瞬間、頭が真っ白になった。

――ミシン部品工場に来る嫁は、野川正己の妹だ。

大きく印刷されたパソコンの文字。

昔もこういう嫌がらせはあった。だが引っ越しをくり返し、目立たないように暮らすうちに、いつの間にかなくなった。

それなのにどうして今になって、しかも婚約者のもとに……。

「誰がこんなことを」

「僕たちにもさっぱりわからないんです。どこから情報が漏れたのか……朋美さんのことは家族以外には一切しゃべっていません。本当です」

久保は真っすぐに隼太を見た。

「僕も両親も、そんなのでたらめだって否定しました。だけどこんなに噂が広まってしまったら、真実だろうが嘘だろうが手に負えなくなってしまって」

何度も経験があるから、その状況はよくわかった。

「このビラだけじゃありません。実家や工場に無言電話がひっきりなしにかかってくるようになって。近所の人も冷たくなるし、どこから聞いたのか工場の取引先からも問い合わせがありました。従業員の人たちも不安そうで」

首を小さく横に振って、久保はうなだれた。

「僕たち家族は、朋美さんの素性《すじょう》を隠して守っていけると思っていました。それなのに、まだ結婚していないうちからこんなことになってしまって」

「……………」

「苦渋の決断だ。父はそう言いました。うちの工場はこの地元でやっていくしかない。悪いが今なら間に合う。結婚を白紙に戻してくれ、と。父も母も弟も、みんなで僕を囲んで、頼むからと迫られたんです」

隼太は眉根にしわを寄せつつ、苦渋の決断、という言葉をくり返した。

「本当に申し訳ありませんでした」

久保は土下座し、床に頭をこすりつけた。

「やめてくれ」

隼太は久保の肩をつかんで体を起こす。

「久保さん、あんたは以前、俺にこう言っただろう。一生、命がけで朋美さんを守りますって」

「……はい」

「あんたの〝命がけ〟はそんなものだったのか」

久保から返事はなかった。苦しそうな顔でこちらを見るだけだ。

「工場を辞めて家族と離れ、朋美と生きる道を選ぶことはできなかったのか。それぐらいのこともできずに〝命がけ〟なんて言葉を使ったのか」

久保は泣きながらすみませんと謝るだけだ。

放った言葉とは裏腹に、急速に何かが冷めていく。きっとそこまでこの男に求めるのは酷というものなのだ。愛する人を失った悲しみと自責の念に、死ぬほど苦しんでいるのも間違いない。

いつの間にか戻ってきた他の従業員がこちらを見ている。

泣き崩れる久保を残して、隼太は工場の外へ出た。

バイクに乗り、行き先も決めないままどこまでも走り続けた。

結局、朋美は正己の呪縛《じゅばく》から逃れることができずに死んだ。一人の女性として愛され、結婚して家庭を築き、平凡だけど幸せな日常を送る。そんな夢を見させておいて、このざまだ。どこまでも呪縛が追いかけてきて、全てぶち壊される。

絶望だけが広がっていく。

きっとこの世はこういうものなのだ。善意をもって手を差し伸べてくれる者が現れたとしても、その足を引っ張る周りの力の方がはるかに勝《まさ》っている。

母に続き、妹までも失った。

自殺とはいえ、人の悪意によって殺されたのと変わらない。それなのに恨むべき相手の姿がどこにも見えない。

日が暮れて、どこかの海辺にたどり着いたとき、ようやく家へと引き返す気持ちになった。

アパートの前にはもじゃもじゃのひげの男が立っていた。

「聞きましたよ。朋美さんのこと」

芝居がかった悲しげな声だった。

「何と言えばいいのか、本当にやり切れないよね。こんなこと、あっちゃいけない」

その声を聞きながら、隼太は口を真一文字に結んだ。

「ああ、どうか僕の話を聞いてほしい。今さらだけどごめんよ、隼太くん。お母さんのことは本当に悪かった。でも違うんだ。写真を撮ったのは僕だけど、あんな風に書かれるなんて思っちゃいなかったんだ。君が僕を殴ったときの記事を書いたのも別の人間なんだよ。信じてくれ」

武藤は早口にしゃべり続ける。

「僕も報道に関わる人間として恥ずかしかった。君たちのことをおとしめるんじゃなく、助けるような記事を書きたい。ずっとそう思っていた。だから朋美さんのことを聞いて、他人事《ひとごと》とは思えず憤《いきどお》っている。こんな理不尽、赦しちゃいけない。今こそ僕が力になれるときだと思うんだ。一緒に戦おう」

熱っぽい語りに、隼太は問いかけた。

「戦うって、どういう意味ですか」

隼太の名を呼ぶと、武藤はこちらをじっと見つめた。

「君はきれいだ」

「……はあ？」

「凶悪犯の家族といってもいろいろいる。犯罪の片棒を担いでいるような人、つらい生活に耐えかねて身を持ち崩してしまう人だっている。その点、君はとてもきれいだ。一生懸命生きてきたのに妹さんをこんな形で失い、同情しない人なんていない」

次第にわかってきた。こいつは結局、時流に乗りたいだけだ。昔と違い、今は犯罪者の家族を救おうとする団体もあるし、報道でも犯罪者の家族の問題は時々とり上げられている。一つの流れがあることは事実だ。だからそれに乗って記事を書いて評価されたい。それ以上のものではない。

「朋美さんの死について特集記事を組む。僕はかつての報道の在《あ》り方に疑問を呈し、全面的に謝罪する。本も出そう。大丈夫だよ。出版社に知りあいがいてね」

「もう帰れ!」

考えるまでもなかった。

「朋美さんの死を無駄にしないためにも、勇気を出してほしいんだ」

武藤はしつこく食い下がるが、隼太は部屋に逃げ込むと鍵をかけた。いつもはしないチェーンもかける。

外から声が聞こえるが、耳を塞《ふさ》いだ。

朋美の名前を口にされるだけで、汚《けが》されていくようだった。どこでここの住所を知ったんだ。なぜいつも情報が漏れる。南星小でもそうだった。持ちこまれた火種は、あっという間に広がっていく。

隼太は血がにじむほど強くこぶしを握りしめた。久保に怒りを覚えていたが、会ってみて、やり場のない虚しさだけが残った。敵は久保じゃない。その両親でもない。憎むべきは、姿かたちを見せない卑怯者《ひきようもの》だ。絶対に見つけ出してやる。

朋美を死に追いやった奴を俺は絶対に赦さない。

4

睡眠は十分とは言えないが、仕事には休まずに来られている。

朋美の傘に託したメモを見て野川から連絡があるかと期待しているが、一向に音沙汰はない。朋美の携帯も、いつの間にか解約されてしまったようだ。

眠い目をこすりつつ、蒼衣は南星小へと続く坂道を車で上がっていく。

車を停めて玄関へ回ると、用務員さんが落ち葉を掃《は》いていた。

「蒼衣先生、こっち」

目が合うなり手招きされた。わけがわからないまま一緒についていく。

「ほら、見て。えらいことだよ」

蒼衣は呆気《あっけ》にとられながら、講堂の壁を見た。ペンで落書きされている。

――この学校に野川正己の弟がいる。

いつから書かれていたのだろう。噂が広がる前なのか、広がった後におもしろがって書いたのか。当の本人も辞めてしまって学校にはいないのに、こんなものだけがしつこく残っている。振り向くと教頭がカメラを持って後ろにいた。

「これですよ、教頭先生。どう見ても子どもの字ですよね」

教頭は証拠写真を何枚か撮る。

「きれいに消しておいてくださいよ」

ふうとため息をつき、職員室へ戻っていった。用務員さんのおかげで落書きは跡形もなくきれいに消えたが、不快な気分は全く消えない。

落ちこむ気持ちをおして、やっとのことで出勤しているのに。朝から嫌な気分になってしまった。

もっと時間が経てば、野川の噂は自然に消えていってくれるだろうか。今や子どもや職員たちにも知れ渡っている。職員室で仕事をしていても、聞きたくもないのに周りからひそひそしゃべる声が聞こえてきていた。

噂って、なんて厄介なものなんだろう。

朋美も言っていた。ネットで自分の名前を検索したら出てくると。引っ越してもすぐにマスコミが来るから不思議で仕方ない。それを聞いたときは大変だと思ったが、本当の恐ろしさはわかっていなかった。

自分も野川たちのことをネットで調べたことがあるので、興味本位で噂が広がるのも無理がないとは思う。でも火のない所に煙は立たないのだから、どのように情報が持ちこまれたのかが気になるところだった。

新しい事務職員はまだ来ない。抜けた校務分掌を教頭が代理で務めているが、専門外の仕事なので大変そうだ。上手く仕事が回らず、あちらこちらで支障が出ている。目立たない存在だったが、野川がいかによく働いてくれていたかを実感させられる。それに加えて蒼衣にとっては、衝立の中に給食を運ばなくてよくなったことがひどくさみしかった。朋美のことがあったというのも辞めた原因だろう。だがそれをみんなは知らない。噂のせいで追い出されたのだと、誰もが思っている。

職員室を出て廊下を歩いていると、昇降口で保護者が集まって立ち話をしていた。朝の打ち合わせで二年生がお芋パーティーをすると言っていたので、それに参加していた親だろう。この中に野川のことで文句を言いに来ていた人たちもいるかもしれない。そう思って顔を伏せたが、ある考えが頭をよぎる。

「あの……」

迷っている暇はない。息を吸い込み、思い切って話しかけてみた。

「少しお聞きしたいのですが」

「何でしょう」

「もし知っていたら教えていただきたいんです。最近騒ぎになっていた噂の件です」

「ああ、例の野川正己の件ね」

思った通り、怪訝《けげん》な顔をされた。

「でも、その人は学校からいなくなったから問題ないんでしょ?」

むっとしかける気持ちを抑えて、柔らかい表情を作る。

「みなさんの間で回っていたメールなんですが、その情報が初めにどこから広がったとか、どなたかご存じないでしょうか」

保護者たちは顔を見合わせると、さわさわと小声で話し合った。

「そうねえ」

「私のところへは同じクラスのママ友から送られてきたけど」

「低学年の親の方が先に知っていたわよ」

スマホを見ながら履歴を確認してくれている。集団で暴走している親を相手にしていたときは保護者全体を怖いと思ってしまったが、こうして向きあっていると普通のいいお母さんたちだ。

しばらく一緒に話をしていると、もう一人、女の人が階段を下りてくるのが見えた。確かPTA会長の奥さんだ。保護者の一人が近寄って話しかける。

「この先生が例の噂のことを知りたいって」

蒼衣が訊《たず》ねたことを聞いてくれた。少し間をおいてから口を開く。

「知ってるわ」

「ほんとですか?」

その場にいる全員で驚いた。

「ええ。もう黙っておく必要もないし、しゃべってもいいでしょう。PTAの掲示板に貼り紙があったのを私が見つけたんです。ほら、会議室の廊下にある小さな掲示板のことよ。気味が悪いからすぐにはがして、教頭先生に渡したの」

「それは、いつのことですか」

蒼衣が訊ねると、会長の奥さんは上品な仕草で手帳を取り出した。

「役員会のあった日だから、十月半ばね。確かこの日よ」

ネイルアートの施された指で、カレンダーの日付を指し示す。ちょうど歯磨き教室があった頃だ。こんなに前から始まっていたのか。

「変に騒ぎ立てるとよくないから黙っていましょうと教頭先生に言われたのに。他の役員さんたちも私が貼り紙をはがす前に見ていたかもしれないし、どこかから話が漏れちゃったみたいね」

それ以上の情報はなかったが、思いがけず噂の発生源を知ることができた。蒼衣が頭を下げて礼を言うと、彼女たちは去っていった。

掲示板に貼り紙。誰がこんなことをしたのか。

みんなが恐れている殺人犯の家族なんかより、よっぽど気味の悪い存在がいる。責めるなら、そっちの方だろうと蒼衣は唇を噛みしめた。

放課後を待って教頭に聞いたら、仕方ないなという顔で例の貼り紙を見せてくれた。

Ａ４の紙にパソコンの文字で印刷されていた。


——この学校の職員に野川正己の弟がいる。


ほどほどにしておきなさいと教頭に言われて、生返事をした。

学校を出ると、野川のアパートへ向かう。仕事帰りに毎日寄っているが、いつも不在だ。外にひっかけておいた傘はなくなっているし、本当は中にいるのかもしれないが反応がまるでない。ため息をついて車に乗りこんだとき、スマホが振動した。期待して慌てて取り出すが、野川ではなくマスターからだった。

「もしもし、宮坂さんですか」

電話から聞こえるマスターの声は一段と暗かった。

「何かあったんですか」

「実はね……」

朋美の婚約者だった久保が、突然店を訪ねてきたという。婚約破棄を申し出た日、朋美は自ら命を絶ったという。父親も同然だったマスターに申し訳ないと、泣きながら詫《わ》びたそうだ。ショックだったが、やっぱりという思いもあった。

「夢を見させておいて突き落とすなんて、そりゃあ朋美ちゃんだって生きる希望を失うよな。でも僕は、久保くんだけが悪いと責めることはできなかったよ」

何でも久保の実家の近所にビラが配られたという。

それを聞いて、蒼衣は何とか保っていた気持ちがぐらついた。

南星小だけじゃない。そんなところまで……。

電話を切ると、車の中でしばらくぼうっとしていた。

一度しか会っていないが、蒼衣から見て久保はいい人だった。それなのに愛する人を、こんな惨《むご》い形で失うことになってしまったなんて。

見えない悪意への恐怖が膨らんでいく。力になりたいとは言ったが、ここまでとは思っていなかった。野川には連絡がほしいと伝えてあるのだし、それでも電話が来ないということは必要とされていないということだ。教頭に言われたとおり、ほどほどにしておいた方がいいのかもしれない。だがその一方で消せない気持ちがあることにも気づいている。

野川に会いたい。

彼のことが心配でたまらない。

そう思いつつ、実家のドアを開けた。

「ただいま」

「おかえり。ご飯食べられそう？」

「うん。でも少しでいい」

ありがとうと言って部屋に入った。朋美のことがあってから、一人暮らしのアパートには戻っていない。ずっと実家に甘えている。

母は蒼衣のために毎日、学校から早く帰ってきている。夜中に持ち帰った仕事をしているようだ。しばらくベッドに横たわって待っていると、ご飯に呼ばれた。食卓には母お得意の揚げ物ではなく、胃に優しく消化のいいものが並べられている。

つらいときに遠慮なく頼れる家族がいる。こうしてぬくぬくと育ってきた自分は、野川にとって初めから違う世界の人間だったのだろう。

風呂から出てタオルで髪を乾かしていると、テレビを見ていた母が話しかけてきた。

「そういえば南星小、事務さんのことで大変だったようね」

蒼衣は言葉に詰まった。瑠璃子から聞いたのだろうか。

「その噂なら私も聞いたよ。それって本当だったのかい？」

父も知っているようだった。学校関係者にまで広く伝わっているのか、と力が抜けた。

「保護者が文句言ってきて大変だったんだろう？　野川正己の名前を聞いて驚いたけど、本人じゃなくて弟なんだよな。過剰反応だよ」

　父の言葉に母もうなずいた。

「仕事を辞めさせられるなんて気の毒よね。不祥事を起こして免職になる話とかは聞くけど、その事務さんは何かしたわけじゃないんでしょうに。事件を起こしそうな怖い人だったの？」

「全然。すごくいい人だったよ」

「そうなのか」

「うん。人づきあいは苦手そうだけど、いつも周りのことをちゃんと見てくれていたよ」

話し始めたら、記憶が堰《せき》を切ったようにこぼれ出た。

飛び降りようとした子どもを助けたこと、タクシーの件で蒼衣の味方をしてくれたこと、こっそり一人で歌っているのを見つけて感動したこと……。

「野川さんは何も悪くなくて、いい人だったのに」

口に出したら涙が溢れそうになった。蒼衣は顔を隠そうとして思わず下を向く。情緒が不安定になっているとはいえ、泣くなんて変に思われてしまう。だが既に遅かった。

　そっと顔を上げたとき、母はおかしな顔をしていた。

「どうかした？」

　何でもないふりをして問いかけるが、母の表情は変わらない。

「蒼衣」

「……なに？」

再び問うと、ためらうような沈黙の後、母は重苦しい声を発した。

「まさかあなた、その人のことが好きなの？」

予想もしていない問いが降ってきた。

「え？　何言ってるの」

「だって、その人の話になってから急に様子が変よ。何でもない仲の人には思えない」

「蒼衣、そうなのか」

父も顔色を変える。その横で母の言葉は止まらなくなった。

「その男の人と蒼衣は、どういう関係なの？」

「やめてよ。別に何でもない。ただの同僚だよ」

「本当に？」

念押しの問いが、どこか遠いところから聞こえてきた。突然、蒼衣との間に見えない壁ができたようだった。

「何なの？　もし私がその人のことが好きだったら、どうだっていうの」

「どうって、あなた」

母の手がかすかに震え出す。父の目は泳いでいた。

両親が激しく動揺する顔を見て、何かが崩れていく気がした。

「蒼衣、まさか本気で」

父の声は最後まで言わずに消えていった。その代わりに母が口を開く。

「蒼衣は養護教諭だし、可哀《かわい》そうな人がいると放っておけない性格でしょ。それを恋愛感情だと勘違いしているんじゃないの？」

野川との関係についての誤解はともかく、両親の反応がショックだった。

「前に私、聞いたよね。学校に通う子どもの家族が殺人事件を起こしたら、どう支援するかって。二人とも言っていたじゃない。その子は悪くない。守ってあげないとって」

「それは学校の子どもの話でしょ？」

「野川さんの話と、どこが違うの？　二人ともおかしいよ」

「お父さんたちは蒼衣につらい思いをしてほしくない。それだけだ」

話が嚙み合わない。いくらきれいごとを言っていても、他人の話と娘の人生とでは別物ということか。

「私の友達が自殺したって言ったでしょ？　その子、野川さんの妹だったんだよ」

声は小さく震えていたが、蒼衣は淡々と伝えた。

「もうすぐ結婚するはずだったのに、嫌がらせを受けて全部なしになってしまったの。すごくいい子だったのに、絶望して死んじゃったんだよ」

話しながら泣いていた。目の前の父と母は、困惑した表情で言葉を失っている。

「……私、自分のアパートに帰る」

「蒼衣」

母の声を振り切ってリビングを出ると、二階へ駆け上がった。

部屋の荷物を適当にまとめて家を出る。濡《ぬ》れたままの髪が夜風に当たって冷たかった。

父と母が追いかけるように玄関を出てきた。

「具合は大丈夫なの？」

「せめて明日になってからにしたらどうだ」

「もういいよ。すぐ出ていくから」

荷物を助手席へ放り込むと、車に乗った。ハンドルを握る手に力を込めて、アクセルペダルを踏む。しばらく走ると体が冷えてきた。髪くらい乾かしてくればよかったと少し後悔して、車のエアコンを強にする。夜の町は人気《ひとけ》がなく真っ暗だった。

野川はどこへ行ったのだろう。

このまま会えないかもしれない。そう思うと苦しくてたまらなくなり、どこからか、ささやく声が聞こえてくる。

……なの？

最初、その小さな声は何を言っているのかわからなかった。聞き耳を立てていると、問いは次第に大きくなっていく。

……好きなの？

心を静かにして、蒼衣はもっとよく聞こうとした。

その人のことが好きなの？

ああこれは、さっきの母の問いだ。何言ってるのと、蒼衣は返した。だけど本当は違う。ずっと目を背けていた気持ちに気づかれそうになったから、反射的に誤魔化しただけだった。

「そうか、そうだったんだ」

思わずつぶやいていた。

野川のことが好きだと認めてしまったら面倒なことになる。気持ちを貫く覚悟ができなくて逃げていた。富岡と付き合っていたときは、気持ちもないのに好きだと思いこもうとしていたのに……。

なんてずるいんだろう。本音と建前があるのは自分も同じだ。

アパートに着いたが、しばらく車から降りられなかった。エンジンを切らずにエアコンの生暖かい風を受け続ける。

自己嫌悪と引き換えに、野川への思いをはっきり自覚することができた。

でも、もう遅い。好きだとわかったところで野川とは連絡もつかず、会えもしないのだから。

ひとしきり泣いて、蒼衣は車を降りた。

荷物を手にし、ゆっくりとアパートの階段を上がっていく。

「え……」

蒼衣の部屋の前に、誰かが立っているのが見えた。

初めは見間違いかと思った。だが近づくにつれ、呼吸が速くなっていった。

「野川さん」

とっさに続く声が出てこない。あんなに会いたかったのに、いざ目の前にすると、どうしていいかわからない。

少し見ない間に、すごく瘦《や》せた気がする。その顔には生気が感じられない。まるで生きる望みを全て失くしたようだ。もしかして泣いているのだろうか。前髪の陰で、それもわからない。

とりあえず寒いから中に入ってもらうしかない。そう思って荷物を下に置き、部屋の鍵を開けようとすると、腕をつかまれた。

振り向くが、野川は口を閉ざしたままだった。

蒼衣は少しためらってから、野川の両手をそっと包み込むように握る。

大きくて、冷たい手。

もう誰もこの人を傷つけないでほしい。そんな気持ちがこみ上げてくる。

「隼太さん」

初めて名前で呼んだ。隼太はうつむいていた顔を、ゆっくりと上げる。

間があって、気づくと蒼衣は隼太の腕の中にいた。

天地がひっくり返ったとはこのことだろう。

何が起きているかわかり始めると、胸がときめき、高揚感に包まれた。だが、それはすぐに消えていく。小さく聞こえる鼓動。ぎこちなく、遠慮がちに蒼衣を抱きしめる腕。受け入れてもらえるか不安でたまらないという気持ちが、ひしひしと伝わってくる。傷ついた子が愛情を求めてすがるようだった。

蒼衣は隼太の背中に腕を回し、優しく抱きしめる。

大丈夫。私がいるよ。

声には出さなかったが、思いをこめて包み込んだ。

しばらく抱き合ったのち、隼太は少し離れた。

「ありがとう」

気のせいか少し、微笑んだ気がした。

「あなたに会えてよかった」

蒼衣も笑顔で応えようとしたとき、隼太は言葉を続けた。

「だから……」

「はい？」

「これでお別れです」

蒼衣は目を大きく開けた。

そんな、どうして？　言葉を投げかける間もなく、隼太は背を向けた。

「さようなら」

つぶやくような声が漏れた。

隼太はポケットに手を突っ込むと、そのまま走り去っていく。

待って！

心の中で叫ぶが、声が出ない。

蒼衣は追いかけようとするが、足が凍ってしまったように動かなくなった。どうして？

動け。

追いかけるんだ。

何があっても、誰に邪魔されてもあなたと一緒に戦います。そう叫ぶんだ。どうしよう、もう会えなくなってしまう。

蒼衣はその場に崩れる。

街灯に照らされ、冷たい雨が降り始めた。

第六章　あなたを想う歌

1

保健だよりの冬休み号を印刷し終わると、目一杯、背伸びをして首を回す。

二学期も今週で終わりだ。

朋美の死から一か月。毎日カレンダーをめくるたびに、月日が無情にも流れていくことを実感させられる。担任をもつ教員は通知表の作成に追われてげっそりしているが、職員室に一人、元気な職員がいる。

蒼衣は給食のトレイを持って、衝立《ついたて》の中をのぞく。

「給食できましたよ」

「わあ、ありがとうございます。宮坂先生」

「スープのおかわりもあるから遠慮なく」

「毎日ごちそうですね。いただきます」

事務スペースにちょこんと座っているのは、隼太の次に来た臨時の職員だ。まだ二十代前半の女の子で愛想もいいので、男性職員たちは嬉《うれ》しそうだ。隼太がいなくなって抜けた穴は、あっさりと埋まった。

だが蒼衣の心にぽっかり空いた穴は、まるで埋まる気配がない。何一つ変わらないまま、虚しく時だけが流れていく。

隼太は最後に会いに来てくれた。それだけでもよかったと思う。あれから隼太のアパートを訪ねてみたが、引き払ってしまったようで空き部屋になっていた。再び会える希望も途絶えてしまったが、このまま忘れていけばいい。

保健室に戻ると、誰かがソファにぽつんと座っていた。

「蒼衣先生」

桃花だった。しまっていた笑顔を、慌てて引きずり出す。

「トイレットペーパーがないから取りにきたの」

「そっか。ご苦労様」

いくつ？　と聞いたら、二つ、と返ってきた。

「もうすぐ冬休みだね。三学期が始まったら卒業まであっという間だよ」

「うん。ちょっとさみしいかも」

「そうだね」

さみしい、と感じられるくらいクラスが落ち着いてくれてよかった。

「先生」

「なあに」

「教室に掲示係が作ったポスターが貼ってあるの。英語でね、A friend in need is a friend indeed. って」

発音がネイティブのようで、蒼衣は驚いた。

「ええと、困ったときの友が本当の友っていう有名なあれだよね。すごいね、みんな英語がわかるんだ」

うん、と桃花はうなずく。その言葉を書こうと言ったのは蓮だそうだ。

「もうすぐ卒業っていうのもあるけど、蓮くんがその言葉を選んだのは、野川さんのことがあったからみたい。ねえ、先生。噂《うわさ》になった職員さんって、野川さんだったんでしょ」

話が唐突に隼太のことになったので、蒼衣は目を瞬《しばたた》かせた。

「私、知ってるよ。親たちが学校に文句言いに来たんでしょ？　野川さんは何も悪いことしていないのに、みんなで大騒ぎして学校にいられなくした」

「桃花ちゃん」

「大人はいじめはいけないって言うけど、同じことやってるじゃん。私たちが蓮くんにしたことと、何が違うのかよくわからないよ」

苛立《いらだ》ちが収まらないようだった。

「野川さんのおかげで蓮くんも助かったし、うちのクラスは元に戻れたの。なのに大人が野川さんを追い出しちゃって、悔しくてたまらない」

保健室に他の子がやってくると、桃花は何でもない顔に戻る。トイレットペーパーを両手に持つと、そそくさと去っていった。

今の言葉を隼太に聞かせてやりたいなと思った。だが遠くて届かない。それなら初めからないのと一緒だ。

「はい、まずは腹筋からね。終わった人からパート別に発声練習よ」

合唱部では瑠璃子がますます張り切っている。来年のコンクールに向けて、体育会系のような雰囲気だ。伴奏の手伝いだけのはずだったのに、蒼衣は梨乃と共にいつのまにか副顧問ということになっている。

「蒼衣先生。今日、お茶行くわよね」

「あ、はい」

部員の子どもが下校するのを見送っていると、瑠璃子に声をかけられた。慌てて財布を持ち、梨乃の車に乗りこむ。

三人で向かったのは、学区外の川沿いにあるカフェだった。

「忙しいときこそ気分転換も必要だと思うのよ」

「私もまだ仕事が残っているんですけど、甘いもの食べて英気を養います」

梨乃は疲れた顔でメニューにかぶりついている。それぞれお目当てのケーキを注文したところで、瑠璃子がその話題を口にした。

「それにしても野川さんが、あの野川正己の弟だったなんてね」

「その噂って本当だったんですか」

梨乃がすかさず食いついた。

「だってほら、あんな中途半端な時期に急に辞めてったじゃないの。事務職員っていったら野川さんしかいないわけだし、本当だったとしか考えられないわ。ねえ、蒼衣先生」

「ううん、何ともよくわからないですけど」

聞かれて困ったので適当に誤魔化した。梨乃は首を傾げる。

「野川さんか。私はすごく感謝してたのになあ。もう頭が上がらないくらいに」

蒼衣は二人の会話に耳を傾ける。瑠璃子は頬杖《ほおづえ》をついて息を吐いた。

「今になってわかったんだけどね。無愛想な人だって思っていたけど、人と関わらないように気をつけていただけなんだろうなって。一度だけ職員室で野川さんと言い合ったことがあったんだけど、蓮くんの件はどうしても我慢できなくて思わずしゃべっちゃったのよ。本当は優しい人なのよね」

梨乃は神妙な顔をして、瑠璃子の話を聞いている。

「あとね、関係ないけど野川さん、歌がめちゃくちゃ上手いのよ。あれはもうプロの領域でしょ」

「え、どうしてそれを」

思わず蒼衣は問いかけた。

「あら、あなたも知ってたの？」

「たまたま見かけたことがあるので」

「そうなんだ、私もそうなの。夜にこっそり音楽室で歌っていたから、今まで知らんぷりしてあげてたのよ」

何ですかそれ、と梨乃が笑った。

「凶悪殺人犯の弟って聞くとなんとなく身構えちゃうけど、野川さんっていたって普通の人ですよね」

「そうよね」

瑠璃子はうなずく。

「なのに追い出したみたいで、なんだか後味悪いのよ」

そこでケーキと紅茶が運ばれてきた。話題は途切れ、いつもと同じく梨乃の合コン話に移っていった。

蒼衣はぼんやりと思う。周りは敵ばかりというわけじゃない。素性を知ったときに驚きはするが、特に関心もない人も多いはずだ。彼が歌っているからと責めるような人だって一部だろう。でも、その一部の力は大きい。集まれば無害な人だって豹変《ひょうへん》してしまう。助けたくても、どうしようもない。

梨乃の車で学校に戻ると、最後の追い上げをする先生たちの修羅場が待っていた。

蒼衣は成績処理の仕事はないので、このまま目立たないように帰るつもりだ。

コートを羽織り、ロッカーから鞄《かばん》を取り出すと、水筒がないことに気づいた。合唱部のときに持っていって、忘れてきてしまったようだ。

階段を上っていき、音楽室の前に来たところで足を止めた。思えばここから全てが始まったのだ。

鍵を開けて中へ入る。

「隼太さん」

名前で呼んだのは、たった一度だけだった。

ピアノの蓋《ふた》を開けて、鍵盤にそっと触れてみる。

ついこの間まで、あの人は側にいた。朋美の結婚パーティーで一緒に歌とピアノの贈りものをしようと夢みていたのに、朋美も隼太もいなくなってしまった。

今、隼太はどうしているのか。一人ぼっちで暗闇の中にいるのかもしれない。放っておけるはずもないのに、追いかけることができなかった。

　車の外に流れる景色を見つめた。

　日が沈み、みるみるうちに夜がやってくる。後ろからクラクションを鳴らされ、前を見ると青信号になっていた。慌てて発進しながら、蒼衣はため息をつく。

　食料品を買って帰ろうと駐車場に車を停めたとき、スマホに着信があった。取り出すと、母からだった。

　言い争って飛び出して以来、実家には寄り付いていない。電話がかかってきても、出る気になれずに放置していた。しかし、ずっとこのままというわけにもいくまい。少し迷ってから、蒼衣は電話に出ることにした。

「もしもし」

　ぶっきらぼうな声で言うと、母はすぐに返した。

「蒼衣、元気？」

「……うん」

「仕事には行けているの？　ずっと心配してるんだから。今日の夜ご飯の予定は？　よかったら家に食べにきなさい」

「わかった。今から行く」

「お願いよ」

通話が切れた。平静を装っていたが、母は思い詰めた声だった。

買い出しを中止し、蒼衣は実家へと車を走らせる。みんなと一緒にケーキを食べたばかりだから、ご飯はいらない。そんなことを言えるはずもなく、どんな顔をして父と母に会えばいいか気が重かった。

いろいろ考えているうちに実家に着いた。

チャイムを鳴らして、ドアを開ける。

「ただいま」

母がこちらを見る。おかえりという言葉が少し遅れて返ってきた。

「蒼衣の好きなお寿司、あるよ」

突然来ることになったから、慌てて買ってきてくれたのか。

「ありがと」

父と母が気を遣ってくれているのがわかって、蒼衣はぎこちなくテーブルの前に腰かける。寿司のパックを開けると、三人揃《そろ》って食べ始めた。

父と母は、いつものように学校の話をしている。二人とも学期末で忙しいだろうに、都合をつけて急いで帰ってきてくれたのだろう。

お寿司はおいしいが、空気は重い。耐えられず、リモコンを手に取りテレビをつけた。

たまたま映ったのが結婚式場のコマーシャルで、両親に結婚相手を紹介する場面だった。間が悪すぎてひやりとしたが、すぐに画面は切り替わった。

「ごちそうさま」

三人とも食べ終わって、お茶をすすった。

このまま何事もなかったように済ませるのかと思っていたら、湯呑《ゆのみ》を置いた父がテレビを消す。改まった顔をしてこっちを見た。

「いいか、蒼衣」

「なに?」

横を向いたまま身構えた。

「すまなかったな」

父の言葉に、母もごめんねと謝った。

「あれから二人とも考えたのよ」

「お前の好きにすればいい。それを言いたかった」

張り詰めていた気持ちが溶けていく。父も母も優しい顔をしていた。

「おかしいわよね。殺人犯の家の子がいたら、ためらわず支援するべきだと偉そうなことを言っていたのに。蒼衣の人生に関わることかもしれないと思ったら、途端に気が動転してしまったの」

「お父さんたちは、怖かったんだ」

「怖い？」

「とにかく反対しなければって、それだけだった」

母もうなずく。あれから自分の気持ちを認め、隼太に抱きしめられたが、全部終わったことだ。蒼衣は口を開く。

「反対するも何も、野川さんとは本当に何の関係もないんだよ」

「わかっているわ。だけど、そうかもしれないって思ったら止まらなくなって」

ふうん、と蒼衣は目を伏せた。父は湯呑のお茶をすすってから、話し始めた。

「あんな大事件の関係者だなんて恐ろしい。もし蒼衣と結婚しても、一生隠しながら生きていかなきゃならない。子どもが生まれても、その子まで世間から白い目で見られることになる。私たちも殺人犯と身内になってしまうし、親戚まで巻き込むことになる。いろいろ考えが膨らんでいって怖かった」

母も大きくうなずく。

「でも蒼衣の友達が亡くなったのって、結局は周りのそういう差別が原因だったんでしょう？　そう思ったら、罪悪感と受け入れがたい気持ちがごっちゃになって、整理するのに時間がかかってしまった」

その気持ちは蒼衣もよくわかる。父は言った。

「野川さんという人に会ったこともなくて、よく知りもしないのにおかしいよな」

「赦《ゆる》してね」

母はばつが悪そうに肩をすくめた。

「こっちこそ怒ってごめん」

ありがとう、と小さくつけ加える。蒼衣は父と母のことをすっかり見直していた。ここまで正直にさらけ出して謝れる親なんて、そういない気がする。

「あのね」

ためらいつつも言葉を続けた。

「野川さんとは何もないんだけど、好きは好きなんだよ」

「えっ」

父は湯呑をひっくり返しそうになっていた。母は唸《うな》った。

「やっぱりかあ。そんなに的外れでもなかったってわけね」

「でもあれだけで結婚まで想像を膨らませるなんて、驚いちゃうよ。付き合ってもいないのに」

蒼衣は口をとがらせてから、息を吐く。

「野川さんが今どこでどうしているかわからない。連絡先だって知らないし、もう二度と会うこともないかもしれない」

そうなのね、と母はお茶をすする。

「で、蒼衣はどうしたいわけ？」

さっきまではもう何もできないと諦めていた。だが父と母が理解を示してくれたことで自分の中の何かが変わり始めている。

「このまま放ってはおけないよ。隼太さんを探し出して、もう一度、会いたい」

自分の言葉を聞きながら、不思議と意志が固まった。

「そうか」

父はちょっと不満そうな顔をした。うんうん、と母はうなずく。

「蒼衣のしたいようにすればいいわよ。ほら、お父さん。そんな顔してないで。蒼衣のこと、応援するって言ってたでしょ」

「そうだけど、やっぱり父親としては複雑なんだよ。娘をとられる父親の感情みたいなのが湧き上がってきてさ」

もう、と言って母は笑った。すっかりいつもの両親だ。蒼衣は今さら少し恥ずかしくなり、お茶を一気に飲み干す。

静かに熱い気持ちがこみ上げてきた。

2

冬休みに入ってすぐに有休を取った。

早起きをして『CAFÉ & BAR そらまめ』のカウンターでモーニングを食べつつ、マスターに話を聞いた。

「ごちそうさまでした。それじゃあ」

「頑張って」

カランコロンとドアの鈴が鳴る。これからクリスマスにかけて寒気が流れ込むとニュースで言っていた。蒼衣は手袋をはめ、白い息を吐く。

隼太に、もう一度会いたい。

マスターに相談すると、記憶をたどり調べてくれた。

野川兄妹は、野川正己の弁護士だった人物と長年にわたり親交があったそうだ。その人なら隼太の居場所を知っているかもしれない。そう聞いて、早速だがこの足で行ってみることにした。無駄骨に終わるかもしれないが、とにかく前に進みたい。

電車で向かった先は駅前のビルの四階、セントラル法律事務所だ。弁護士に会うなんて初めてのことだから少し緊張する。小さく咳払《せきばら》いをして受付で話をすると、白髪《しらが》の初老の男性が姿を見せた。

「はじめまして、島田と申します」

温和な笑みにほっとした。

「野川隼太さんの元同僚の、宮坂です」

驚いた顔をされたが、嫌な感じはしなかった。

「どうぞこちらへ」

応接室に通された。

蒼衣は隼太や朋美との関係などを話していった。島田は朋美が自殺したことは知っていたが、理由については知らなかったようだ。ショックを受けつつも、相槌《あいづち》を打ちながら蒼衣の話に耳を傾けてくれた。隼太たちを大切に思っていることは反応でわかる。島田の方も野川家とのこれまでを教えてくれた。

一息ついたところで、蒼衣は本題に入った。

「隼太さんに会いたいんです。連絡先も今どこにいるのかもわかりません。島田先生は何かご存じないでしょうか」

期待をこめて訊《たず》ねたが、島田は申し訳なさそうに首を横に振った。

「朋美さんが亡くなられたときに彼から電話をもらいました。ですがそれきり音信不通なんです。届けたいものがあって様子を見がてら隼太くんの家まで行きましたが、もう引っ越した後だったようで」

「そうですか」

気持ちが一気にしぼんでいく。それを見て取るように島田は言った。

「もし隼太くんから連絡があったら、すぐにお知らせしますよ」

お願いします、と蒼衣は頭を下げた。

「それにしてもわざわざここまで訪ねてこられるなんて、もしかするとあなたは隼太くんの大切な人だったのかな」

聞かれて一瞬どきりとするが、蒼衣はさみしげに微笑《ほほえ》み返す。

「いえ、そうじゃないんです。私の方は大切に思っていますけど」

「そうですか」

島田はうなずく。なんとなく間が空いたので言葉を探していると、おもむろに島田は席を立った。ぽつんと一人待っていると、封筒を手にして戻ってきた。

「これね、隼太くんに届けられずにいる手紙です。よかったら、あなたに代わりに読んでほしい」

「……見てもいいんですか」

島田は深くうなずき、差し出す。

「あなたにこそ見てほしい。きっと手紙の送り主もそう思うでしょう」

蒼衣は受け取ると、ゆっくり開いた。

——隼太さんへ

手紙を送るのは、お母さんが亡くなられたとき以来ですね。

妹の朋美さんのことを聞きました。

本当にどう言葉をかけていいのかわかりません。私はあなたたち兄妹に幸せになってほしいと願っていました。それなのにこんなことになるなんて、何の助けにもなれずにごめんなさい。

隼太さん、つらくても絶望に呑《の》み込まれないでください。あなたは一人じゃありません。大切に思ってくれる人はきっといます。お母さんや朋美さんも、あなたの幸せを祈っているはずです。それをどうか忘れないで。

読んでいて胸にあたたかさが広がった。

それに、この手紙って……。

以前、朋美が見せてくれた励ましの手紙と、もしかすると送り主は同じ人かもしれない。見比べないと定かではないが、きれいな手書きの文字もそっくりな気がする。

「島田先生。この手紙を書かれた方を知っているんですか」

問いかけると、なぜか島田は言いよどんだ。口止めでもされているのだろうか。

「どうか教えてください。この人は朋美さんが亡くなったことを知って手紙を送った。朋美さんのことを知らせたのは、島田先生なんでしょう？」

「それは……」

「些細《ささい》なことでも隼太さんにつながるヒントがほしいんです。どうかお願いします」

蒼衣が頭を下げると、観念したように島田は口を開いた。

「隼太くんには秘密、という約束でした。でも、あなたにはよしとしましょう」

ありがとうございます、と蒼衣は歓喜した。島田はソファに深く腰掛ける。やれやれといった表情で眼鏡《めがね》をかけ直した。

「この手紙を書いたのは、浅田久子《ひさこ》さんという方です。野川正己さんが起こした事件でご主人と娘さんを亡くされています」

「えっ」

あまりのことに思考が止まった。

ゆっくりと頭の中で情報を整理していく。つまりこの浅田という女性は、夫と娘を殺されていながら、その犯人の弟の身を案じているということか。

一体どうしてそんな心境に……。

考えこんでいると、島田は優しく目を細めた。

「宮坂さん、その手紙をあなたに託してもいいでしょうか。隼太くんを探し出せたら渡してほしい」

「はい。もちろんです」

蒼衣は大きくうなずく。その後、ためらいがちに続ける。

「島田先生。私からも一つお願いがあるんですが」

何かなと目をのぞき込まれ、蒼衣は思い切って頼んでみる。

隼太を見つけることとは関係ないかもしれないが、この手紙の主に直接会ってみたいという気持ちが湧いていた。


次の日も朝から電車に揺られた。

島田から連絡してもらい、急な話だが浅田という女性に会ってもらえることになった。

浅田は県外在住だが、ちょうど昨日から南町のホテルに宿泊しているそうだ。明日の土曜日に開催されるクリスマスフェスタの来賓として呼ばれているらしい。

島田から聞いたとおりに、ホテルのロビーに向かった。

「こんにちは」

蒼衣がきょろきょろしていたから、すぐにわかったようだ。

「はじめまして、あなたが宮坂蒼衣さんね」

浅田久子は上品な感じの女性だった。

二人はラウンジの喫茶へ入る。金曜日の午前中で他に人はいない。高い窓から光が差し込み、静かで落ち着いた場所だ。蒼衣は島田から預かった手紙を差し出した。

「これを隼太さんの代わりに読ませていただきました」

蒼衣はこれまでの経緯と、隼太との関係を話した。そう、と浅田はうなずく。

「お察しの通り、あなたが朋美さんから見せてもらった手紙も、私が書いたものです」

やはりそうだったのかと蒼衣はうなずく。

「朋美さんはあの手紙にすごく励まされたって言ってました。私たち兄妹の宝物だって。送ってくれた人に会いたいとも」

残念ながら、朋美にとっては叶わぬ夢になってしまったが。

「そう……私は今、後悔しているの。誰が送ってくれたかわからないような手紙じゃなく、直接会いに行ってあげたらよかった」

浅田の顔が曇ったので、蒼衣は慌てて取り繕った。

「でも名乗れない事情があったのでしょう。私、浅田さんのことを聞きました。ご遺族の方だと。それで何と言いますか、すごく衝撃を受けてお会いしたくなったんです。失礼でなければお聞かせ願えませんか。ご遺族であるあなたがどうしてこういう手紙を送ったのかを」

上手くまとまらなかったが必死で気持ちを伝えた。紅茶を一口飲むと、浅田は微笑む。

「長い話になるけど、いい？」

「もちろんです」

眼鏡を直すと、浅田は語り始めた。

「私の家は、ごく普通の家庭だったと思います。主人はサラリーマン。私はパートで働いていて、二人の子どもはまだ小学生でした」

そう言って、浅田は首を傾ける。

「クリスマスフェスタに家族で出かけました。毎年行っていたから、恒例でね。主人に子どもたちを見ていてもらって、フランクフルトの屋台に並んでいたの。人数分買って帰るとき、一人の痩《や》せた男が酔っぱらっているみたいにふらふら歩いていて。何か手に持っているのが見えたんだけど、後から思うとそれはナイフだったんです」

ナイフ、という言葉にどきりとした。

「突然悲鳴が起きて、次々と人が刺されていく。信じられないような出来事でした。怖くて動けずにいたけれど、ふと気づいたんです。みんなはどこ？　そう思って鐘撞台《かねつきだい》へ走っていくと、私の家族が血だらけで倒れていたんです。主人は子どもたちをかばうように重なっていて……。助けて！　誰か助けて！　って叫んだのは覚えています。でもそこから記憶が曖昧《あいまい》で、その後しばらくのことは覚えていません」

浅田の目は潤んでいたが、口調ははっきりとしていた。

「後から聞きましたが、主人と上の娘はほぼ即死だったようです」

蒼衣は浅田の目をじっと見つめる。どれだけ月日が経《た》とうとも、この事実を口にするのが彼女にとってどれほど苦痛を伴うことか計り知れない。

野川正己がやったのだ。隼太たちの兄が。血の気が引いてきて、吐き気にも似た胃のむかつきを感じた。

「事件から十九年が経ちました。ですが今もあのときの情景が鮮明に浮かぶんです。この苦しみは消えることはありませんし、消す必要もないと今は思います。主人と娘が生きていた証《あかし》なんだから」

今まで事件のことを隼太と朋美の側からばかり考えていたが、犠牲者と遺族の存在が急に生々しく感じられた。

「あなたが知りたいのは、手紙のことだったわね。大切な家族を殺されておいて、その犯人の弟や妹に味方するのはどうしてか」

蒼衣が首を縦に振ると、浅田の顔が苦しそうに歪《ゆが》んだ。

「私があの子たちのお母さんを殺してしまったから」

「えっ――」

「何度も何度も謝りに来させては、罵声《ばせい》をあびせたの。全部あなたのせいだ。事件が起きたのは、凶悪犯に育てた親の責任だって。夫と娘を失って息子も危ない状態だったから、私もおかしくなっていたのでしょう」

　蒼衣は言葉がなかった。

「土下座するあの人に向かって、私はこう言ったんです。申し訳ないという気持ちがあるなら死んでお詫《わ》びしなさいよって。その日を境に彼女は来なくなった。後から自殺したと聞きました」

　蒼衣は言葉を失っていた。

　浅田が責めたことだけが自殺の原因とは限らないが、責任を感じてしまう心情は理解できる。

「息子が一命を取り留めて回復するにしたがって、私は正気を取り戻していきました。そして、野川家にもう一人の息子さんと小さい娘さんがいることを知って……」

　浅田の頬を涙が伝っていた。

「私が野川正己をどんなに憎もうとも、その子たちには関係ないことなのに。私がお母さんを奪ってしまった。そんな気になりました。だからせめてもの償いで、隼太さんと朋美さんに手紙を書いたんです」

　匿名でという理由は、もうわかった。

　今も彼女は野川正己のことを心底恨んでいるのだろう。だが今、隼太を案じている気持ちは蒼衣と同じはずだ。

「私、隼太さんを探しているんです。もう一度会って、あなたの手紙も届けたい」

蒼衣は朋美が自殺した理由と、周囲で起こった嫌がらせについて話した。

「なんて酷いことを」

浅田は憤《いきどお》っていた。テーブルの上で握りしめる手が震えている。

「私は隼太さんのことが、ますます心配になってきました」

「どういうことです?」

「お母さんに続いて妹さんまでもそんなふうにして失ったとなれば、隼太さんの絶望は計り知れないでしょう。私も大きな絶望に打ちのめされていたから少しわかります。理不尽に対する怒りが向かう先は、自分自身か他者なんです」

蒼衣は無言のまま首を傾げた。

「苦しさに耐え切れずに死んでしまいたくなるか、誰かに怒りをぶつけてやりたくなるか、どちらかなんです」

浅田の顔は青ざめていく。

「隼太くんがおかしなことを考えてやしないか、心配でたまらないわ。怒りに駆られて自分を見失っているかもしれない」

「まさか……」

思いもよらない言葉に不安が心の中を埋め尽くしていく。

「浅田さん、私、なんとかして隼太さんのことを見つけ出します。もし浅田さんが心配されるとおりだったとしても、絶対におかしなことはさせない」

「ええ。私の心配しすぎなのかもしれないけど」

浅田は真っすぐこちらを見つめた。

「どうか隼太くんの力になってあげて」

「はい」

うなずくと、浅田とは別れた。

ホテルを後にして電車に乗る。来るときとは気持ちが全然違っていた。

すぐにでも隼太に会いたいのに、どうしたらいいのか。焦りと不安で押しつぶされそうだった。

いないとわかってはいるが、隼太のいたアパートに寄ってから自宅へ戻った。

蒼衣は一息つくと、浅田の手紙を鞄から取り出す。

改めて読み返すと、胸が締め付けられた。浅田に会い、この手紙に込められた深い意味を知ることができてよかった。責任をもって隼太に渡さないといけない。大切に保管しておこうと、テレビの横の引き出しに手を伸ばす。

あれ。

奥で何か引っかかっている。無理やり引き出すと、中のものが奥へ落ちてしまったようだ。蒼衣はため息をつきつつ、よいしょと棚を持ち上げて手前へずらす。埃《ほこり》が舞い、少し咳《せ》きこむ。棚の裏に繰り越し済みの通帳が落ちていた。つまんで拾い上げようとして、ぎょっとする。塞《ふさ》がっていたコンセントに、見覚えのないアダプターのようなものが差しこまれていた。

これっていったい……。

黒い筒のような見覚えのない機材だった。外して持ってみると少し重みがある。しばらく固まっていると、ある名称が浮かんだ。

盗聴器。

とたんに背中を冷たいものが駆け抜けていく。すぐにネットで検索すると、目の前にあるのと同じ色形のものが出てくる。やっぱりこれは盗聴器だ。引っ越してきて以来、この棚は一度も動かしたことはない。いったいいつからこんなものが設置されていたのだろう。まさか両親が置くわけがないし、たまに遊びに来る友達だってありえないだろう。警察に相談した方がいいと思うが、親に話すと心配するだろうか。悶々と考えているうちにスマホに着信があった。

表示されているのは知らない番号だ。

誰だろう。蒼衣は深呼吸してから電話に出た。

「はい、もしもし」

相手はしゃべらない。盗聴器を見つけたばかりなので、蒼衣の心拍数は上がる。もう一度話しかけると、ようやく声が聞こえた。

「もしもし」

この声……。

「隼太さん！　隼太さんね」

「蒼衣さん」

名前を呼ぶ声が聞こえた。はいと返事をする。間違いない。隼太だ。よかった。生きていてくれたんだ。今ごろどうしてと思うが、そんなことはどうだっていい。

「明日の南町クリスマスフェスタで会えますか」

「え？」

「頼みたいことがあるんです」

突然で要領を得ないが、隼太に会えるということはわかった。

「時間と場所は？　会場のどこへ行けばいいですか」

そう言って待ったが、隼太は黙っている。

「あの、もしもし」

電波が悪いのだろうか。問いかけると、隼太は言った。

「また連絡します」

「隼太さん」

呼びかけるが、すでに通話は切れている。

電話をくれたのは嬉しいが、訳がわからない。前もそうだった。いきなり訪ねてきたと思ったら別れを告げられた。そういえば、そのときに抱きしめられたんだった。思い返して胸が苦しくなる。

久しぶりに聞いた隼太の声は、何か思いつめているようだった。

とにかく行くしかない。

蒼衣は心を決めると、スマホを胸に当てた。

3

隼太は刑務官に連れられて拘置所の廊下を歩いていく。自分は罪を犯したのだ。何をしでかしたのかはわからないが、とても大それたこと。おそらく死刑に処せられるような罪という自覚だけがある。

ここで待てと言われて座っていると、面会人が現れた。

「隼太」

会いにやって来たのは兄の正己だった。

「元気か」

「ああ」

隼太は問いを返す。

「そっちはどうだ？」

「みんなよくしてくれているよ」

穏やかな笑みがこちらに向けられた。

正己はそのままの表情を崩さず話しかけてくる。

「赦せないよな」

隼太は素直にうなずく。

「ああ、俺が間違っていた。久保やその両親、糞《くそ》みたいな記者、噂を広げた連中……全部ひっくるめて、社会だ。朋美も母さんも、社会に殺されたんだ」

「やっとわかったか。母さんを殺したのは俺じゃないってこと」

満足そうに正己は微笑んだ。

そうだ。やっと思い出した。どうしてこんなところに捕らえられているか。それは朋美を死に追いやった奴らを全員皆殺しにしたからだ。

「隼太、お前がうらやましいよ」

「……はあ？」

「俺とやったことは変わらないくせに同情されるなんてさ」

無言で正己を見つめ返す。

「俺には誰も同情してはくれない。だがお前は違う。馬鹿な兄のせいで苦労し、母と妹を失った。憐《あわ》れだもんな。お涙ちょうだいドラマの主役だってはれるんじゃないか」

言いながら正己はいやらしく笑った。

「だが同情してくれる人間はごく一部だ。それもすぐに消えていく。社会ってもんには、そこは越えちゃいけないっていう見えない線がある。関係ない連中まで皆殺しにしたら何もかも台無しなんだよ」

「知ってるさ。同情なんて、糞くらえだ」

「隼太、お前……」

驚いた顔をした正己に、隼太は言葉を吐きかける。

「俺は社会に認められるために復讐《ふくしゅう》したんじゃない。もちろんお涙ちょうだいの主人公になるつもりもさらさらない。そんなもの全部、社会への媚《こび》だ」

「隼太」

「あんたは社会に復讐したつもりかもしれない。だがあんたのやり方は失敗だ。頭のいかれた奴が一人、馬鹿なことやって死刑になった。ただのガス抜きだって、社会はせせら笑っているよ。何も変わりやしない」

「手厳しいな、隼太」

正己は苦笑いした。

「まあ、いいさ。お前がどうするか、地獄から見ていてやるよ」

そう言って正己は姿を消した。

面会終了。ブザーが鳴って目が覚めた。

どうしてこんなおかしな夢を見たのだろう。

なぜだか涙が頬を伝っていたので、手の甲でぬぐう。

泣いて起きるなんて小さい子どもみたいだと自分を笑った。

パーカーをはおると、隼太はネットカフェを出た。

リュックサックを背負うと、電車に乗る。元々大した貯金もなく、その金もじきに底をつく。だがもう構わない。

窓ガラスに映る自分の顔をじっと見つめた。本当に正己によく似ている。だが以前のようにむきになって否定する気は起きてこない。

社会、世間、常識……。

とらえどころのない一つの価値観が自分たちを縛っている。それが悪だといえば負けになる。そうやってずっと守られて、この化け物は生き残っていく。その正体が何なのかわかりつつも自分は無力だ。

わかっている。俺がしようとすることは決して赦されることではない。

あんなに嫌いだった兄と何ら変わらないのが皮肉だが、それでもこうする以外に思いつかなかった。

十九年もくすぶっていたものが激しく燃えている。火が点《つ》いて瞬《また》く間《ま》に憎しみの炎がめらめらと燃え上がっていく。もう消せはしないほどに。

電車が来て乗り込んだ。

向かう先は、南町クリスマスフェスタの会場だ。

車内はカップルや家族連れで満員だ。向かう先は同じだろう。

「……どうぞ」

はっとして目の前の座席を見る。

「お兄さん、ここ、よかったら座って」

ふくよかな初老の女性だ。

「あ、いえ」

優しい視線が投げかけられる。

「遠慮しなくてもいいんですよ。もう次の駅で降りますから」

「ありがとうございます」

押しに負けて、大人しく座った。

ほんの少しだけ、心にとげが刺さるような思いがした。だが痛みはない。そんな感覚はもうとっくに麻痺《まひ》してしまっている。

南町の駅に着いた。

多くの客が吐き出される。隼太もその流れに乗った。いったいどれくらいの来場者がいるのだろう。どの顔も楽しそうで隼太をあざ笑うようだ。

途中、蒼衣と似たような背格好《せかっこう》の女性とすれ違う。

彼女は来ているだろうか。

いつどこで、とは伝えていなかった。

だが、あんな突然で訳のわからない願いを聞き入れてくれたとしたら……。今もこの会場のどこかで隼太を探しているかもしれない。

広場を進んでいくとモニュメントが見えてきた。ひっそりと花が飾られている。あの日、全てを奪われた人たちを慰める花だ。

足を止めて、じっと見つめる。

今までの自分は、全てに遠慮して生きてきた。だが同時にこうも思っていた。もう、いいかげんにしてくれと。そうだ。俺は被害者の遺族にさえも嫉妬《しっと》している。社会から同情される存在であり、苦しみを訴えることが許されているのだから。

それからしばらく歩くと、鐘撞台の下に立つ一人の女性が目に留まった。

隼太は街路樹に身を潜《ひそ》めて様子をうかがう。彼女はおどおどしながら誰かを探しているようだ。

宮坂蒼衣。

本当に来てくれていた。胸が少し痛んだが、すぐにかき消されていく。それよりもっと奥深いところにある激痛が、あっという間に呑《の》み込んでいったからだ。

苦しいときこそ、笑おうよ。

くだらない歌に黄色い歓声が上がる。

隼太は体の向きを変えた。もう俺は引き返さない。

ふと横を見ると、いじめ撲滅のポスターが目に入った。隼太はそれを壁から引きはがすと破り捨てる。通行人が目を丸くしているが、それすらもおかしかった。

ここで全て終わりにしよう。

隼太はポケットに手を突っこむと、ナイフをぐっと握りしめた。

4

蒼衣は鐘撞台の時計を見上げた。

午後六時二十一分。隼太は今、どこにいるのだろう。広い会場には人が溢れている。この中から見つけ出すのは至難の業《わざ》だ。

また連絡すると電話で言っていたが、今のところかかってきていない。着信履歴から番号を登録して何度もかけているがつながらない。とりあえず会場へ足を運ぶ。蒼衣はコートのポケットの中、スマホを握りしめたまま、辺りを注意深く見回す。

道行く誰もが楽しそうだ。屋台にビアガーデン、すでに赤い顔をして出来上がっている若者の集団もいる。ホットワインを手にした女子たちとすれ違う。

広場の小高いところに設営された特設会場では、アマチュアバンドによる演奏が盛り上がっていた。寒さを感じさせないくらい、人の熱気で溢れかえっている。

色とりどりのイルミネーションに目を奪われていると、一人の男性とすれ違った。

長い前髪、痩せた体にパーカーを羽織っている。下を向いて両手をポケットに突っ込んでいた。あの服、隼太が着ていたものと似ている気がする。蒼衣は慌てて追いかけた。人ごみを縫うように走って、その男性に追いついた。

「隼太さん！」

大きい声を出すが、振り返った顔はまるで別人だった。

ダメだ。似ている人がいると、みんな隼太に見えてくる。さっきから同じような背格好の人を見つけてはがっかりしている。

あれ、もしかして……。

大きなカメラを肩に下げた、ひげもじゃの男。記者の武藤だ。

必死に探している隼太は全く見つからないのに、会いたくもない人にばったり会ってしまった。きっと取材で来ているのだろう。昨日見つけた盗聴器のことが頭をよぎったが、隼太のことが知りたいと言ってもさすがにそこまでしないはずだ。

隠れてやり過ごしてふうと息を吐くと、再び隼太の姿を探し始めた。

「宮坂さん」

手を振っている男性がいる。『CAFÉ & BAR そらまめ』のマスターだった。

「隼太くんから電話はあった？」

「いえ、まだ何も」

昨日の夜、蒼衣は店へ行き、マスターに相談していた。浅田という人物に会って話したこと、隼太から電話があったことについて伝えた。マスターも蒼衣と同様に感じたようで、このままでは取り返しのつかないことになるかもしれないと唸った。隼太が何をするつもりかわからないが、不測の事態に備えて他の人にも協力を頼んでみるべきだ。そう言われて、頭に浮かんだのは久保と島田だった。急な頼みだったが、二人とも隼太のためならばと快く引き受けてくれた。

やがてその場に全員が集まった。だがまだ誰も隼太の姿を発見できていない。

「来てくださってありがとうございます」

「いえ、僕たちも心配ですから」

みんなにお願いしてよかった。一人だったら落ち着いてなどいられなかっただろう。

「とりあえずこの会場にいるものと思って探すしかないんですが……。クリスマスフェスタに来てほしいだなんて、どういうことなんでしょう」

「さあ、でもここは事件のあった因縁の場所ですよね」

浅田は言った。理不尽に対する怒りが向かう先は、自分自身か他者なのだと。ただの考えすぎで、こうしてみんなに集まってもらうなんて大袈裟《おおげさ》だったと笑えたらいいのだが。

「もし隼太さんを見つけたら電話をください。よろしくお願いします」

それぞれの担当場所を決めて解散した。

蒼衣も探し始めようとしたところで、声がかかる。振り返ると久保がいた。

「少しだけいいですか。実は気になることがあって」

「はい、何でしょう?」

「このビラを見てください」

久保の広げた紙を見て、蒼衣は驚きを隠せなかった。Ａ４のコピー用紙に印刷された文字。書かれている文面は違うが、学校にあった貼り紙とよく似ている。

「うちの近所にこのビラを配った人間のことなんですけど、それが誰なのか隼太さんが突き止めたのかもしれないんです」

えっ、と蒼衣は声を上げた。

「そいつのことがどうしても赦せなくて、僕はずっと調べていたんです。近所の人に聞き回って、防犯カメラを付けている家の人に頼み込んで見せてもらいました。それでどうやらこの人物らしいという画像を発見して」

「どんな人物なんです？」

「細身で背の高い、若い男。知らない奴でしたが、ようやく手がかりを見つけたので、隼太さんにもすぐに電話で伝えました。最近になって聞いたんですが、僕の後に隼太さんらしき人がその動画を見せてもらいに来たって。そのとき隼太さん、心当たりがあるような素振りをしていたそうです」

気になっていることがある。ビラを作った人物は、朋美の婚約者の実家の場所までどうして知ることができたのだろうか。さらに昨日見つけた盗聴器。他にも蒼衣の近辺に仕掛けてあったなら、朋美との会話を盗み聞きされていてもおかしくはない。

久保はスマホの画面を蒼衣に向ける。

「これが犯人らしき画像です」

一瞬間があって、一人の男の名が浮かぶ。

富岡航介。

交際していたときのことを思い出す。富岡の車に鍵を忘れたことがあった。学校まで届けてもらったがあのとき、合い鍵を作られていたとしたら……蒼衣の部屋に侵入して、盗聴器を設置することなど造作もない。

富岡の父親は学校歯科医として南星小に出入りしている。掲示板に貼り紙がされていたあたりも歯磨き教室があった。学校へ入るのも、父親の仕事の関係でとか、忘れ物を代わりに取りに来たとか適当に言えば不審に思われない。

でも、どうして富岡がこんなことを。

「蒼衣さん、もしかして知っている人なんですか」

顔色の変化に久保は気づいたようだ。くらくらと眩暈《めまい》がするような感覚に襲われた。

「私が前に付き合っていた人です」

久保は絶句した。富岡と隼太をつなぐものといったら、きっと自分だ。富岡が悪意を向けた理由について、推測できる答えは一つ。嫉妬だ。富岡と別れ、夏が過ぎ、隼太との距離が少しずつ縮まっていった。表には出さなかったし自覚もなかったが、恋する気持ちが育っていくのを気づかれていたのかもしれない。

でも、まさか……。そんなことのために？　もし隼太が全てを知ったらどういう思いになるだろう。

呆然としていると、声をかけられてはっとした。

「蒼衣さん、大丈夫ですか」

心配そうに久保が見つめている。呼吸が苦しくなって、がくがくと手が震え始めた。

「ごめんなさい。全部、私のせいかもしれません」

か細い声で言うと、久保が手を握った。

「よくわかりませんが、絶対にそれは違う。あなたのせいなんかじゃないですから、落ち着いてください。今は隼太さんを探すことだけ考えましょう」

力強く言われて、一緒に深呼吸する。少しすると、冷静さが戻ってきた。

「動けますか」

「はい。こんなところでじっとしている場合じゃないですね。隼太さんを探さなきゃ」

微笑んでみせると、久保は少しほっとしたようだった。

「無理しないでくださいね。僕たちもいますから」

礼を言って、久保と別れた。

スマホを取り出すが、隼太からの着信はない。祈るような気持ちで天を仰ぎ、蒼衣は再び歩き始めた。

しばらく行くとイベントの賑《にぎ》やかな雰囲気とは違って、重々しい空気に包まれた。人垣の中、浅田久子の姿がある。そういえば来賓として呼ばれていると言っていた。モニュメントを囲むように集まっているのは、おそらく事件の遺族や関係者なのだろう。背伸びをしてのぞくと、ちょうど式典が行われる時刻となったようだ。

「それではご来場の皆様、こちらにご注目ください」

舞台上で司会者がマイクで呼びかけている。会場はとたんに静かになった。

市長や来賓が並んで座っている隣に、明るく安全なまちづくりという旗を手にしたマスコットもいる。

「このフェスティバルが長年続いてきたのは、ひとえに地域の皆様に愛されてきたおかげです。ただその間、悲しいこともありました」

司会者は、眉《まゆ》をひそめる。

「十九年前の悲惨な事件のことです。あの日、八人の尊い命が犠牲となりました。私たちはその悲しみを忘れてはいけません。そして二度とあんな事件が起きぬよう平和な社会を作っていかねばなりません」

遺族を代表してマイクを握ったのは、浅田だった。

「事件は私たちの心に深い爪痕《つめあと》を残していきました。そして、その傷は今もこの先も決して癒えることはありません」

語りかけるように見回していく。

「ですが私たちにはその悲しみや苦しみを乗り越えていく力もあるはずです。過去や何かに縛られることなく、誰もが幸せになっていいのです。どうか今日この会場にいる人たちが笑顔に溢《あふ》れ、あたたかな時を過ごせますように」

拍手が起きる。こちらの考えすぎかもしれないが、隼太に向けられたメッセージのようにも聞こえた。

時刻は午後七時十三分。事件のあった時刻だ。

「それでは黙とう」

会場にいた人々は目を閉じた。

蒼衣も黙とうを捧げる。

やがて頭を上げると、警察音楽隊のマーチングが始まった。演奏と人々のざわめきの中、少しぼうっとしていると、コートのポケットの中が震えていることに気づいた。スマホが鳴っている。慌てて落としそうになりつつ表示を見ると、息が止まりそうになった。

「隼太さん」

声が上ずった。周りがうるさくて聞こえない。スマホと反対側の耳を塞ぎ、人気《ひとけ》のない方へと足早に移動していく。

「蒼衣さん、今どこにいますか」

ようやく声が聞きとれた。

「言われたとおり、クリスマスフェスタに来ています。隼太さんは？」

訊ねてから気づいた。電話の向こうからも、ここと同じ楽器の音が聴こえる。それとかすかに鐘の音も聞こえる。

「俺も会場にいます」

すぐ側にいるとわかり、蒼衣は安堵する。

「よかった。今からそっちに行きます。どのあたりにいるか教えてもらえますか」

見上げると、すぐ側に歩道橋があった。蒼衣は駆け上ると、息を切らしながら辺りを見渡す。すぐ先に鐘撞台が見える。さっき、電話の向こうから鐘の音が聞こえた。

「私、公園の端にある歩道橋の上にいます。もしかして隼太さんは、鐘撞台の近くにいるんじゃないですか？　私の姿が見えませんか」

上がった息を整えながら、スマホを口元に近づける。

だが言葉をかけるより先に隼太の声が聞こえた。

「あなたには感謝しています。ただ……」

一瞬、言葉が途切れたが、隼太は続けた。

「俺は朋美を死に追いやった奴らを赦すことができません」

覚悟を決めたような静かな声に、一気に心がざわついた。

「変なことを考えないで、隼太さん」

スマホを持つ手が震えている。富岡のことが頭をよぎったが、すぐに打ち消す。

「どうか聞いてください。お母さんが亡くなったとき励ましの手紙が届きましたよね。あれを送ってくれたのは、他でもない遺族の浅田さんだったんです」

通話は切れずにつながっている。蒼衣は必死で訴えかけた。

「今も隼太さんのことをすごく心配しています。朋美ちゃんのことに心を痛めて、つらい気持ちに負けないでほしいと願っています。本当です。世の中には悪意を向けてくる人がいるかもしれないけど、事件と関係ない人がほとんどでしょう？　他でもない遺族の方が隼太さんのことを思ってくれているんです。どうか全ての人間に絶望しないでください」

蒼衣は一息つくと、溢れる気持ちをそのまま口にしていた。

「私もずっとずっと、隼太さんのことを心配していた。忘れたことなんてない。隼太さんのことがすごく大事なんです。誰よりも幸せになってほしいって思っています」

気持ちが高ぶってくる。ためらいは微塵《みじん》もなかった。

「私はあなたのことが好きなんです」

その瞬間、鐘が鳴る。

イルミネーションの光がまぶしくて、目の前に広がる景色は輝いていた。

鐘撞台の周りには人がたくさんいて、隼太がどこにいるのかわからない。でもこの中に確かにいる。蒼衣は祈るような気持ちで言葉を待った。

しばらく鐘の音と人々のざわめきを聞いていると、隼太は言った。

「あなたにお願いしたいことがあったんです」

「え？　何ですか」

答えはない。しばらく間が空いた。もう一度、同じ問いを発しようとしたとき、隼太はつぶやく。

「……でも、もういいんです。忘れてください」

「隼太さん？」

返事がない。いつの間にか通話が切れていた。

どういうこと？

歩道橋の上から鐘撞台に向かって、隼太の名を思い切り叫ぶ。だが近くにいた数人がこちらを見ただけで、喧騒《けんそう》にかき消されていった。

自分の全てをこめた言葉は、隼太の心に届かなかったのだろうか。このまま隼太は手の届かないところへ行ってしまうのだろうか。隼太はこう言った。死に追いやった奴ら、と。復讐しようとしている相手は富岡だけではないのかもしれない。もしそうだとするなら……。不安と恐ろしさで、蒼衣はその場にしゃがみこむ。

しばらくそのまま動けずにいるとスマホが鳴った。

急いで表示を見るが隼太ではない。島田だった。

「もしもし、蒼衣さん」

「はい」

「そっちの様子はどうです？　隼太さんは見つかりましたか」

「いえ。実は今、隼太さんから連絡があって」

蒼衣は通話内容について告げる。

「ということは、隼太くんは蒼衣さんに何かをお願いするつもりだったが、やめた……ということですか？」

「はい。だからもう私に会わないつもりかもしれません」

待ち合わせ場所など言われないまま電話は切れてしまった。そう告げる。

「そうですか。でもこの会場にいるということは間違いない。マスターと久保さんには連絡しておきますから。蒼衣さんの言葉は、きっと隼太くんに届いていますよ」

優しい声に、しっかりしろと頬を張られた気分だった。そうだ。まだ諦めるには早いじゃないか。くじけそうになっていた心が、もう一度、力を取り戻す。

「きっと見つけられます」

「ええ。頑張りましょう」

電話を切ると、鐘撞台へ向かう。

見回しても隼太はいなかったが、蒼衣は再び探し始めた。

クリスマスツリーに目を輝かす子どもたち。手をつないで歩いていくペアルックの老夫婦。ふざけあう若者集団にぶつかり、蒼衣はすみませんと謝る。白い息を吐きながら、蒼衣は隼太を探した。

冬空に花火が打ちあがり、歓声が起きた。

時刻はもう八時三十二分。祭りも終わりに近づいている。

ステージ周辺には合唱団や聖歌隊、歌詞カードをもらったばかりの一般市民が集まっている。有名な讃美歌１０６番『荒野の果てに』が一万人によって合唱されるという。報道カメラもちらほら見かけた。

歌といえばと思い立ち、足を止める。さすがにこの状況で隼太が混ざって一緒に歌うとは考えにくい。けれども……と視線をさまよわせていたとき、スマホに着信があった。

「宮坂さん」

マスターだった。歩きながらかけているのか、声が揺れている。

「人違いかもしれないけど、隼太くんに似た人を見かけたよ」

「どこですか」

「今、追いかけているところなんだけど、こっちに来る？　会場の東側から出て、港の方へ向かっているようだ」

帰りの駅の方へ向かうというならわかるが、反対側の港だなんて何をしに行くというのか。港の方といえば、使われていない倉庫がいくつもあって治安のよくないところだ。普段だったら絶対に近づかない場所だが、既に感覚は麻痺している。

人違いかもしれないが、他にあてもないのだ。賭けてみるしかない。

「すぐ行きます」

「わかった。こっちに来たら、また連絡して」

スマホをしまうと蒼衣は人の流れに逆らって、港の方へと向かった。会場を一歩外へ出ると、とたんに暗くなり人気《ひとけ》もない。

マスターが見かけたという人物が、どうか隼太であってほしい。そう祈りつつ走っていく。息が切れ、時々立ち止まりながら、それでも前へと進む。

「宮坂さん」

街灯の下、マスターがこっちに手を振っているのが見えた。

「ごめんね、ここまで来て見失ってしまって」

「いえ」

「でも、この近くにはいると思う」

蒼衣はマスターを真似《まね》て、スマホのライトをかざした。

隼太の名前を大声で呼びながら、注意深く見回す。真っ暗な海。潮のにおい。猫が一匹飛び出していったが、人の気配はない。

いつの間にか空には粉雪が舞っている。どうりで冷えこむと思った。蒼衣が白い息を吐くと、立ち並ぶ倉庫に小さく歌声が響き始めた。

グロリア・イン・エクチェルシス・デオ……この祭りのフィナーレ。一万人の『荒野の果てに』の大合唱だった。歌に聴き入る余裕などないのに、なんてきれいなんだと、一瞬、心を奪われる。

そして、ふと倉庫の隙間《すきま》、細い通路に目を留めた。どうしてだかよくわからないが、吸い込まれるように蒼衣はその通路へと入っていった。

マスターとはぐれてしまったが、導かれるまま歩みを進める。薄明るい街灯の光だけが差しこんでいて、自分でも驚くほど心の中は静かだった。感覚が冴《さ》えわたり、歌声とは別の金属音がかすかに聞こえてくる。

通路を抜けた先に、倉庫ではない建物が見えた。見上げると屋上へ螺旋《らせん》階段が続いていて、そこから誰かが下りてくる。

スマホのライトで照らすと、その影は像を成した。

隼太ではない。だが、よく知る人物だったので蒼衣は息を呑む。

そこに立っていたのは富岡だった。

顔には血がついている。服も血まみれで虚《うつ》ろな目をしている。手元に握られたナイフが光を鈍く反射していた。悲鳴を上げてから、蒼衣は自分が叫んでいることに気づいた。手からスマホが滑り落ち、ライトが消えた。

暗闇の中、走っていく音がする。震えながらスマホを拾い上げ、再びライトを点けたときには富岡の姿は消えていた。

どういうこと？

恐る恐る蒼衣は螺旋階段を上っていき、屋上に出た。そこには貯水槽があるだけで他には何も見当たらない。そう思って何気なく手すりに触れると、ぬるりとした。ライトで照らすと手のひらは真っ赤で、手すりにはべったりと血がついていた。

まさか……次の瞬間、蒼衣は駆け出していた。螺旋階段を駆け下りる。途中、滑って転びそうになったが、どうにか持ちこたえて階段を下りきる。手すりのあった場所の真下。ライトで照らすと、誰かが倒れていた。

讃美歌が流れる中、蒼衣は立ちつくす。

今いる空間が、ぐにゃりと曲がった。

「隼太さん」

長い前髪が顔を覆っていたが、一目で隼太だとわかった。地面には血だまりができていた。胸のあたりを刺されているようで脈打つように血が流れている。

蒼衣は何度も隼太の名前を叫んだ。

いつの間にかマスターが隣にいた。血相を変えて電話をかけている。

どうしてこんなことに？

お願いです。これ以上、もう何も奪わないで。

必死で止血しようとする蒼衣の手に、隼太の指先が触れた。意識があるのか。よく見ると唇がほんの少しだけ動いている気がする。

「何？　隼太さん。何でも言って」

真っ青な唇に耳を寄せて蒼衣は呼びかける。だが声は漏れてこないまま、隼太は動かなくなった。

死なないで。死なせたくない。

神様、助けてください。

蒼衣は泣きながら叫ぶ。

粉雪の舞う中、讃美歌が遠くから静かに聴こえていた。

5

百葉箱の横にある木々が、露を弾《はじ》いている。

心配していた雨は早朝に上がった。

「おはようございます」

職員室に入ると、礼服を来た職員たちが忙しそうに動き回っている。

「わあ、梨乃先生、袴《はかま》にしたんですね」

「すてき」

六年担任の梨乃が女の先生たちに囲まれていた。初めて自分の教え子を送り出す、記念すべき卒業式だ。顔が見るからに緊張している。

「蒼衣先輩、失敗したらどうしよう」

「大丈夫。今日までいっぱい練習したでしょう。いい思い出を作ってあげて」

梨乃の胸にコサージュを付けてやると、準備に向かった。

登校してきた卒業生たちは、みんな見違えるほどおしゃれだ。お互いの晴れ姿を見て興奮しながら、はしゃいでいる。蓮はスーツで決めていて、桃花は華やかな袴姿だ。どの子もみんな大人びて見えた。

門出を祝うように空は晴れてきた。陽射しも柔らかく、絶好の卒業式日和《びより》だ。

渡り廊下を通って講堂に向かった。カメラを持った保護者たちが所狭しと詰めかけ、拍手とともに卒業生が入場する。

心地いい緊張感の中、式は始まった。

校長から一人ずつ卒業証書が授与されていく。

「卒業おめでとう」

校長やPTA会長の祝辞が続き、やがて卒業生の歌が始まった。

ピアノ伴奏は瑠璃子だ。

音楽祭のときと同じで、真ん中に蓮がいた。何度見ても卒業式は感動するが、今年は特別だ。全員揃って卒業の日を迎えられたことが感慨深い。歌詞とともに、いろんな思い出がよみがえってくる。出勤早々この子らに取り囲まれ、ありがとうと感謝されていた隼太のことも。

式は粛々と進み、終わりを迎えた。

教頭がマイクの前に立つ。

「卒業生が退場します。拍手でお送りください」

瑠璃子が再びピアノを奏で始めた。

盛大な拍手に包まれ、卒業生たちが講堂を出ていく。泣いている子がたくさんいて、梨乃も号泣している。思わずもらい泣きしそうになって、蒼衣はハンカチで目を押さえる。

桃花と目が合い、胸がいっぱいになりながら微笑みと拍手を送った。

立派に巣立っていく卒業生たち。この姿を隼太にも見せてあげたかった。

子どもたちも隼太に見てほしかったんじゃないかなと、蒼衣は思う。

あれから三か月近く経ったが、隼太の意識は戻っていない。刺し傷による出血多量に加え、転落時に頭部を強打していたそうだ。一命をとりとめたものの、予断を許さない状況は続いている。

富岡は警察に事情聴取を受けた。彼自身は犯行を否定しているものの、盗聴器やビラ、学校にあった貼り紙は富岡の仕業と判明している。

最近ようやく落ち着きを取り戻しつつあるが、一時は報道陣が殺到して辺りは騒がしかった。蒼衣も武藤からしつこく追いかけ回されて散々だったが、今も隠れるようにして隼太のいる病院に通い詰めている。

「これにて、卒業証書授与式を閉会します」

子どもたちは慣れ親しんだ教室へと向かう。担任とクラスの仲間たちとで最後の時を過ごした後、大勢の人に見送られながら花のアーチをくぐって卒業していった。

心に残る、いい卒業式だった。

「どうなることかと思ったけど、無事に終わったわねえ」

隣で瑠璃子がつぶやいた。

蒼衣は、ええ、と答える。

見送りを終えると、既にいつもの日常だった。振り返って門の外に視線をやると、梨乃が卒業生たちにもみくちゃにされているのが見えた。すぐ側には着物姿の蓮の母親もいる。記念写真を撮りながら、みんな笑顔で幸せそうだ。

空には雲一つない。

視線をずらし、隼太のよくいた屋上を見つめてから、蒼衣は校舎へ戻った。


片付けと打ち合わせが終わり、外でランチをした。

ゆっくりと感傷に浸っている間もなく、午後からはみんな仕事に追われている。

じきに春休みになり、四月からは新しい年度が始まる。蒼衣も再び健康診断シーズンに突入するので、今から少し憂鬱《ゆううつ》だ。

出会いと別れ。春夏秋冬の行事。学校ではこの一年が延々とくり返される。

そんな日常の中で、隼太に出会った。

蒼衣は職員室を抜け出し、廊下へ出る。階段を上って音楽室に向かった。階段を一歩、一歩と上っていく。歌声は聴こえるはずもなく、鍵を開けて中へ入る。

結局、隼太の歌声を聴いたのは、あのときたった一度だけだった。ベートーベンが歌っている。そんな噂が懐かしい。

蒼衣はピアノの前に座ると、一通の手紙を広げる。それはクリスマスフェスタの翌日に、蒼衣のもとへ届いた手紙だった。

富岡が隼太を殺そうとした。

世間ではそういうことになっているが、私は真実を知っている。

――蒼衣さんへ。

まずは謝らせてください。ごめんなさい。でも俺は、朋美を死に追いやった奴がどうしても赦せなかったんです。

この手紙を受け取ってから、何度読み返したことか。そこにはこの事件の真相が書き込まれていた。隼太は朋美の死後、富岡の存在に気づき、彼のやったことを確信したという。殺してやる。何度もそう思ったと隼太は記している。

――ただあるとき気づいたんです。富岡一人を殺したとしても、復讐を果たしたことにはならない。母や朋美を死に追いやった人間は何人いる？　隠れた悪意……全てを把握することなんてできない。次第に、俺の憎しみは社会そのものに向けられました。正己はともかく、母や朋美に何の罪があったという？　死んだのは仕方ないという気か？　そんな馬鹿な。二人は社会に殺されたのだ。こんな社会壊れてしまえばいい。そんな思いに駆られました。

黒い炎が隼太の心を焼き尽くしていく様が、綴《つづ》られた文字からひしひしと伝わってくる。

隼太は兄と同じように、この社会に生きる人々全てに復讐の刃を向けようと思ったこともあるという。だが日の光の下で行き交う人々を前にすると、気持ちはすぐに折れた。自分にはやはり、罪のない人を傷つけることはできない。それでも母や朋美のことを思うと、このまま終わらせたくはない。隼太は苦しみ悶《もだ》えた。

――そのとき、一つの考えが天から降ってきました。俺が殺されればいい。そうぎりぎりのところで思いついたのです。

この社会に復讐できるのなら、自分の命を引き換えにしたってかまわない。そう考えたのだという。

つまり自殺未遂だったのだ。

それを他殺に見せかけて世間に殺人だと思わせれば、全ては上手くいく。死刑囚、野川正己の弟が、事件から十九年後の同じ場所で何者かに殺される。それはきっとセンセーショナルに日本中を揺るがすだろう。そう思った隼太は勤務先にいた富岡を呼び寄せ、彼に殺されたと見せかけようとしたのだ。

頼みたいことがある。

そう隼太に言われて、蒼衣はクリスマスフェスタの会場へ向かった。だが結局、もういいと言われて立ち消えになってしまっていた。一体どういうことだったのか。その答えも手紙にあった。

蒼衣に頼みたかったこと。それは、隼太が自分を刺した後のナイフの始末だった。近くにナイフが落ちていなければ、絶対に自殺だとは思われない。処分する役は蒼衣にしか頼めないと記されていた。

だが隼太は、ここに書かれていることと違う行動を取った。

どうして急に考えを変えたのか。おそらく会場で蒼衣に電話をかけてきたときは、まだ計画通りにするつもりだった。しかし蒼衣と話をした直後に忘れてほしいと言い、電話は切れた。つまり蒼衣が精一杯伝えた気持ちは隼太へ届き、彼は考えを変えた。計画に蒼衣を巻きこむべきではないと思ったのだろう。

推測だが、隼太はナイフを持ち去るよう富岡を脅したのだ。富岡を殺人犯に仕立て上げる必要はない。むしろその方が自分の理想形だと気づいたのではないか。富岡が犯人ということになれば、個人的な怨恨による犯行だとされてしまいかねない。犯人はわからずとも、野川正己の弟だという理由で殺された。こんな悲劇はくり返してはいけない。これ以降、誰も自分たちと同じ苦しみに遭わないようにしたかったのだ。

最後に隼太はこう結んでいる。

――蒼衣さん、あなたと出会えてよかった。どうか幸せに生きてください。それだけが最後の願いです。

野川　隼太

手紙を読み終えて、蒼衣は震える瞼《まぶた》を閉じる。

「……どうして」

この手紙のせいで、蒼衣は板挟みになっていた。

警察に届ければ、富岡は放免される。だが、命をかけた隼太の思いは水の泡と消える。どうしたらいいか決めかねているが、蒼衣にとってはもっと大事なことがある。

蒼衣は手紙を握りしめた。

どうしてこんな道を選んでしまうの。好きだという言葉が隼太に届いたのなら、こんなことやめてほしかった。

このまま死んだら、絶対にあなたのことを赦したりなんかしない。

幸せに生きてほしいと言うけれど、隼太さんは何もわかっていない。

私が望む幸せは、あなたが生きて、側にいてくれることだけだよ。

ただ、それだけなのに。

「隼太さん」

ピアノの蓋を開けると、鍵盤に指を置く。一緒に音楽を奏でる夢を思い浮かべながら、蒼衣はピアノを弾《ひ》いた。

いつまでも待っています。

だからお願い。

もう一度、あなたの歌を聴かせて。

終　章

果てしなく暗い闇の中を歩いていた。

何も見えず、何度も足をとられながら前に進んだ。

途中で誰かに会った気もするが覚えていない。時間も日にちもわからないくらい、長い時が過ぎていった。

誰かが歌っている。何の歌だろう。遠い昔に聴いたことがあるようでもあり、最近、歌ったばかりな気もする。聴こえてくる方へ向かうと、茜《あかね》色の光に包まれるように意識がなくなっていった。

目が開いた。

朝の光が差し込んでくる。白い空間、ベッドの上に寝かされている。

ほろ苦い何かが、口の中に広がった。

途切れていた記憶が加速度的に修復されていく。

クリスマスフェスタに行ったこと、そこで死を決意して自ら胸を刺したこと、意識が消えていく中で誰かが必死で名前を呼んでくれたこと。その声に、生きたいと思い、動かない手を伸ばした……。

それから三か月もの間、眠り続けていたという。医者や看護師には、驚異的な回復力だと何度も言われた。

憎しみだけが自分を支えていて、信じるまま突き進んだ。

だが意識を取り戻し、全ては崩れ去った後だと知った。

蒼衣に送った手紙は警察に届けられ、自殺を図ったことは世間に知られている。復讐《ふくしゅう》はもう不可能になったのだ。

気づくと、ノックの音とともに誰かが入ってきた。

「隼太くん」

マスターだった。合わせる顔がないが、ろくに首も回せない。本当にみじめで情けなく、あのまま死んでいた方がましだったかと思うくらいだ。

「どうだい、調子は」

「……どうと言われましても、このざまです」

全身固定されて身動きできず、点滴やら何やらの管が何本もつながれている。

「宮坂さんは怒っていたよ」

「でしょうね」

あれほど思ってくれていたのに。救いたいと思って差し出された手に、自分はナイフを託そうとしたのだ。命は助かったものの、大事なものを全て失ってしまった。

「たぶん朋美ちゃんも、ものすごく怒っていると思うよ」

「ええ」

どうとでも言ってくれ。逃げることもかなわないベッドの上で、隼太は顔をしかめた。

「隼太くんの意識がない間、ずっと大変だったんだよ」

そう言って、マスターは週刊誌を見せてくれた。そこには異様なくらい詳しく特集が組まれている。〝加害者家族の悲劇〟と銘打たれ、周囲で起きた嫌がらせや朋美の自殺がクローズアップされていた。

「ワイドショーでも、毎日すごかったんだから。隼太くんをこんな目に遭わせたのは一体どこの誰だって、激しく追及していた。でも自殺を図ったのだとわかったら一気に騒がなくなった。世間ってのは、よくわからんもんだな」

一通り話し終わると、マスターは黙った。

蒼衣や朋美が怒っているという言い方はされたものの、マスターは責めるようなことを口にしない。蒼衣と一緒に駆けずり回ってくれたと聞いたし、生前の朋美も父のように慕っていた。いい人だなと思った。社会に大事にされないことに腹を立ててばかりで、こういう人たちに目もくれずにいた。

なるべくして、こうなったんだろう。急にそんな思いが湧き上がってきた。

どこまで行っても自分は死刑囚・野川正己の弟だ。

その事実から逃げることはできないし、母と朋美を死に追いやった社会への憎しみは消えない。だがこの先も運命に抗うことができないまま、きっと中途半端に命を全《まっと》うするのだ。いくら自分が情けなくて惨《みじ》めでも、一生逃げることは赦されない。それが安っぽい言葉で言うなら、償いというものなのかもしれない。

一つだけよかったと思えるのは、血と憎悪にまみれたナイフを蒼衣に託すという残酷な頼み事をせずに済んだということだ。

「車椅子《くるまいす》なら動けるんだろう? 少し、外の空気を吸わないか」

特に返事もしなかったが、ナースコールですぐに看護師がやってきた。抱えられるようにして車椅子に乗せられる。

「ちょうど今は桜が満開だよ」

マスターに付き添われ、病院内を散策する。中二階に広いバルコニーがあって、扉を開けて外へ出ると、少し風が入ってきた。春の匂いがして心地いい。

「南星小の卒業式も、無事に終わったと聞いたよ」

「そうですか」

もうすぐ四月。

あの子どもたちも制服を着るようになり、新天地での生活が始まる。今ごろ期待に胸を膨らませていることだろう。新入生、新入社員……世の中が新しく生まれ変わる、きらめく季節。そこに自分がいなくても、何も変わらない。

そのとき、風に混じって歌声が耳を撫《な》でた。

こんな場所で気のせいだろうか。そう思うが、耳を澄ますと聴こえてくる。

どこかで聴いた曲だ……歌っているのは一人じゃない。

そうだ。『切手のないおくりもの』だ。

マスターが、いたずらがばれた子どものように微笑《ほほえ》んでいる。車椅子をバルコニーの端へと押していった。

隼太は動かない首を必死に起こして下をのぞき込む。

表の駐車場には、あの子どもたちがいた。

歌っている。

あれは、蓮。

こんなに楽しそうに歌う子だったか。

あれは、桃花。

優しい笑みをこちらに向けている。自分の記憶より少しだけ大きくなった六年生の子たちが隼太を見上げながら歌っている。指揮をしているのは河村梨乃だろう。そして子どもたちの後ろに混じって歌う、蒼衣の姿があった。

こんなこと……。

周りの人たちも足を止めて、歌に聴き入っている。合唱が包み込んでいく。空へと響き渡っていく。蒼衣は隼太に気づくと、笑って大きく手を振った。あたたかいものが隼太の体中を包み込んでいく。

苦しいときこそ、笑顔でね。

ふと誰かがささやく声が聞こえた。

お兄ちゃんも一緒に歌いなよ。

そんな声も聞こえる。

自然と隼太の唇からも歌詞がこぼれた。歌おうか、久しぶりに。思いきりは歌えないが、口ずさむことはできる。

蒼衣は歌いながら、こらえきれずに泣き始めたようだ。

ありがとう。

差し伸べてくれたその手を、もう二度と放しはしない。

なぜだろう。笑っているのに、涙がこぼれた。

（本作は書下ろしです）

一〇〇字書評

切り取り線

購買動機（新聞、雑誌名を記入するか、あるいは○をつけてください）

□（　　　　　　　　　　　）の広告を見て
□（　　　　　　　　　　　）の書評を見て
□ 知人のすすめで　　□ タイトルに惹かれて
□ カバーが良かったから　　□ 内容が面白そうだから
□ 好きな作家だから　　□ 好きな分野の本だから

・最近、最も感銘を受けた作品名をお書き下さい

・あなたのお好きな作家名をお書き下さい

・その他、ご要望がありましたらお書き下さい

住所	〒				
氏名		職業		年齢	
Eメール	※携帯には配信できません		新刊情報等のメール配信を 希望する・しない		

この本の感想を、編集部までお寄せいただけたらありがたく存じます。今後の企画の参考にさせていただきます。Eメールでも結構です。

いただいた「一〇〇字書評」は、新聞・雑誌等に紹介させていただくことがあります。その場合はお礼として特製図書カードを差し上げます。

前ページの原稿用紙に書評をお書きの上、切り取り、左記までお送り下さい。宛先の住所は不要です。

なお、ご記入いただいたお名前、ご住所等は、書評紹介の事前了解、謝礼のお届けのためだけに利用し、そのほかの目的のために利用することはありません。

〒一〇一－八七〇一
祥伝社文庫編集長　坂口芳和
電話　〇三（三二六五）二〇八〇

祥伝社ホームページの「ブックレビュー」からも、書き込めます。
www.shodensha.co.jp/bookreview

祥伝社文庫

この歌《うた》をあなたへ

令和 3 年 6 月 20 日　初版第 1 刷発行

著　者　大門剛明《だいもんたけあき》
発行者　辻　浩明
発行所　祥伝社《しょうでんしゃ》
東京都千代田区神田神保町 3-3
〒 101-8701
電話　03（3265）2081（販売部）
電話　03（3265）2080（編集部）
電話　03（3265）3622（業務部）
www.shodensha.co.jp
印刷所　萩原印刷
製本所　ナショナル製本
カバーフォーマットデザイン　芥 陽子

 ISBN978-4-396-34735-2 C0193

〈祥伝社文庫　今月の新刊〉

五十嵐貴久
ウェディングプランナー
夢の晴れ舞台……になるハズが!?　恋にカップルに翻弄されるブライダル&お仕事小説。

西村京太郎
十津川と三人の男たち
特急列車の事故と連続殺人を結ぶ鍵とは？　十津川は事件の意外な仕掛けを見破った――。

梓林太郎
倉敷　高梁川《たかはしがわ》の殺意
拉致、女児誘拐殺人、轢き逃げ。すべては岡山倉敷へ通じていた。茶屋次郎が真相に迫る！

大門剛明
この歌をあなたへ
家族が人殺しでも、僕を愛してくれますか？加害者家族の苦悩と救いを描いた感動の物語。

岩室　忍
初代北町奉行　米津勘兵衛　満月の奏《そう》
〝鬼勘〟と恐れられた米津勘兵衛とその配下が、命を懸けて悪を断つ！　本格犯科帳、第二弾。

神楽坂淳
金四郎の妻ですが3
「一月《ひとつき》以内に女房と認められなければ、他の男との縁談を進める」父の宣言に、けいは……。